U0506161

21世纪 年度最佳
外国小说
2018—2019

已无人
为我哭泣

〔尼加拉瓜〕塞尔希奥·拉米雷斯 著　　　　李 静 译

Ya nadie llora por mí

人民文学出版社

著作权合同登记号　图字 01-2018-7073

图书在版编目（CIP）数据

已无人为我哭泣/（尼加）塞尔希奥·拉米雷斯著；李静译. —北京：
人民文学出版社,2019
（21世纪年度最佳外国小说）
ISBN 978-7-02-015045-8

Ⅰ.①已… Ⅱ.①塞…②李… Ⅲ.①长篇小说—尼加拉瓜—现代
Ⅳ.①I745.45

中国版本图书馆 CIP 数据核字（2019）第 030508 号

责任编辑　张欣宜
装帧设计　李思安
责任校对　李　雪
责任印制　任　祎

出版发行　人民文学出版社
社　　址　北京市朝内大街 166 号
邮政编码　100705
网　　址　http://www.rw-cn.com

印　　刷　三河市宏盛印务有限公司
经　　销　全国新华书店等

字　　数　220 千字
开　　本　880 毫米×1230 毫米　1/32
印　　张　9.875　插页 1
印　　数　1—6000
版　　次　2019 年 10 月北京第 1 版
印　　次　2019 年 10 月第 1 次印刷

书　　号　978-7-02-015045-8
定　　价　49.00 元

如有印装质量问题,请与本社图书销售中心调换。电话:010-65233595

出版说明

　　评选并出版"21世纪年度最佳外国小说",是一项新创的国际文学作品评选活动和出版活动。在世界文学格局中,由中国文学研究机构和文学出版机构为外国当代作家作品评奖、颁奖,并将一年一度进行下去,这是一个首创。

　　"21世纪年度最佳外国小说"评选活动由人民文学出版社和中国外国文学学会及各语种文学研究会(学会)联合举办,人民文学出版社主办。评选委员会由分评选委员会和总评选委员会构成。各语种文学研究会(学会)遴选专家,组成分评选委员会,负责语种对象国作品的初评工作;再由人民文学出版社、中国外国文学学会及上述各语种文学研究会(学会)委派专家组成总评委会,负责终评工作。每一年度入选作品不得超过八部。入选作品的作者将获得总评委会颁发的证书,作品由人民文学出版社组成丛书出版,丛书名即为"21世纪年度最佳外国小说"。

　　总评委会认为,入选"21世纪年度最佳外国小说"的作品应当是:世界各国每一年度首次出版的长篇小说,具有深厚的社会、历史、文化内涵,有益于人类的进步,能够体现突出的艺术特色和独特的美学追求,并在一定范围内已经产生较大的影响。

　　总评委会希望这项活动能够产生这样的意义,即以中国学者的文学立场和美学视角,对当代外国小说作品进行评价和选择,体现世界文学研究中中国学者的态度，并以科学、谨严和积极进取的精神推进优秀外国小说的译介出版工作，为中外文化的交流做出贡献。

自 2002 年第一届评选揭晓到 2017 年，"21 世纪年度最佳外国小说"评选活动已成功举办 16 届，共有 26 个国家的 94 部优秀作品获奖，其中，2006 年度、2003 年度法国获奖作家勒克莱齐奥和莫迪亚诺先后荣获了 2008 年、2014 年诺贝尔文学奖，足见这一奖项的权威性和前瞻性，也使"21 世纪年度最佳外国小说"成为一个名副其实的重要文学奖项。

自 2008 年开始，这套书不再以外文原版书出版时间标示年度，而改为以评选时间标示年度。

自 2014 年起，韬奋基金会参与本评选活动，在"21 世纪年度最佳外国小说"评选基础上，设立"邹韬奋年度外国小说奖"，每年奖励一部作品。

我们感谢韬奋基金会的鼎力支持。我们相信，"21 世纪年度最佳外国小说"的评选及其出版将结出更加丰硕的成果。

人民文学出版社
"21 世纪年度最佳外国小说"评选委员会

"21 世纪年度最佳外国小说" 评选委员会

总评选委员会

主 任

聂震宁 陈众议

委 员

（以姓氏笔画为序）

史忠义 刘文飞 李永平 陈众议

肖丽媛 金 莉 高 兴 徐少军

聂震宁 程朝翔 臧永清

秘书长

欧阳韬 陈 旻

西葡拉美文学评选委员会

主 任

徐少军

委 员

（以姓氏笔画为序）

刘京胜 李 静 范 晔 徐少军 徐 蕾

尼加拉瓜作家塞尔希奥·拉米雷斯的作品《已无人为我哭泣》是他 2009 年出版的《老天为我哭泣》的姐妹篇。私家侦探莫拉莱斯曾为桑地诺民族解放阵线成员。他接手了一桩女孩失踪案的调查，却没想到一步步揭开了政治人物和商界大亨联手勾结、贪赃枉法、实施性侵等无恶不作的事实。侦探小说的酒瓶里装着针砭时事、忧国忧民的酒，也满足了人们对一个副总统作家作品的期待。

"21 世纪年度最佳外国小说"评选委员会

Ya nadie llora por mí, escrito por el nicaragüense Sergio Ramírez, es la obra hermana de *El cielo llora por mí*, publicada en 2009. El encargo que recibió el inspector Morales, detective privado y exmiembro del Frente Sandinista de Liberación Nacional, de encontrar a una chica desaparecida fue, inesperadamente, motivo para destapar una serie de pruebas que demuestran cómo los magnates, aliados de los políticos, cometen espeluznantes atrocidades, corrupción, abuso sexual, etc. Dentro del envase de la novela policíaca, su contenido deja un regusto amargo de la nefasta actualidad y preocupación por el destino del país y del pueblo, como se puede esperar de un escritor que ha sido en su tiempo vicepresidente del país.

Jurado de las mejores novelas
extranjeras anuales del siglo XXI

致中国读者

《已无人为我哭泣》是"当代系列小说"的第二本,第一本《老天为我哭泣》几年前问世,我还打算继续往下写。多洛雷斯·莫拉莱斯探长作为侦探小说的主人公,不单单出现在一本书里,而是贯穿在好几本书中,在读者心中赢得了分量。

该系列已经出版的两本小说可合可分,均可独立成篇,无须先看第一本,再看第二本。读者手中的这本《已无人为我哭泣》开篇就是维基百科页面,介绍了莫拉莱斯探长的生平,概述了之前在《老天为我哭泣》中他的冒险经历。

既然是"当代系列小说",莫拉莱斯探长就生活在今天的尼加拉瓜,国家的真实事件构成了他和其他主人公活动的舞台。虚构人物始终是特定历史时期的一分子,利用时代的特殊性开展活动。

尼加拉瓜是个小国,面积只有区区十二万四千平方公里,人口不超过六百万,位于中美洲——连接北美大陆和南美大陆的中美洲地峡——的中心位置。人口来源多样化,是欧洲人(1492 年克里斯托瓦尔·哥伦布抵达美洲海岸后,尼加拉瓜和拉美许多国家被西班牙征服)、美洲印第安人(当年生活在这片土地上的印第安部落)和非洲人(成千上万的黑人被运到这里种地、开矿、做家奴)混血的产物。

莫拉莱斯探长和广大的中美洲人民以及尼加拉瓜人民一样，是个混血儿，血管中流淌着以上三种人的血。自从1821年尼加拉瓜摆脱西班牙王国的统治获得独立以来，国家经历了多次暴乱、独裁、政变和内战。

莫拉莱斯探长年少时投身于滚滚的历史洪流中。1979年，他拿起枪杆，加入桑地诺民族解放阵线（简称"桑解阵"），反对索摩查家族的独裁统治。索摩查王朝的创始人阿纳斯塔西奥·索摩查·加西亚在美国占领军的支持下，1934年夺取了国家政权，下令暗杀了反美抵抗运动领袖奥古斯托·塞萨尔·桑地诺将军，开始了长达半个世纪之久的家族统治。

莫拉莱斯探长在一次战役中腿部中弹，截肢后装了金属义肢，走路必须拄手杖。1979年，桑解阵革命取得胜利，索摩查家族的最后一任独裁者、也叫阿纳斯塔西奥·索摩查的独裁政权土崩瓦解，同司警察之职的军队作鸟兽散。年轻的多洛雷斯·莫拉莱斯成为新警察部队的一分子，后在毒品调查局任探长。

桑地诺革命政府在位十年，桑解阵原本打算进行翻天覆地的变革，因美国总统里根支持希望推翻政府的"反对派"而未能如愿。桑解阵在1990年大选中落败，革命政权应声倒地。

对继续在警察部队任职的莫拉莱斯探长来说，国家局势发生了根本的变化。2000年，他负责一起国际贩毒案，办案时被迫应对政府的腐败与无能。昔日的理想落空了，曾经为之浴血奋战的革命消亡了。他和搭档迪克逊大人学会用黑色幽默和一点点愤世嫉俗应对现实，虽然失望，却热情未泯。

这本小说的故事发生时，桑解阵已于2006年赢得大选，夺回政权，丹尼尔·奥尔特加再次担任国家总统。然而，新政府已经背离了昔日的革命理想，革命只剩下几句古老的口号。

在这样的大环境下，已成为私家侦探的莫拉莱斯探长接手了一个新案子,帮一位百万富翁企业家寻找失踪的女儿。于是,他接触了政权不为人知的一面——政治利益与非法获利、腐败和镇压紧紧联系在一起。

读者会发现,拉丁美洲的侦探小说和其他地区的侦探小说区别很大。警局探长也好,私家侦探也罢,背后都没有透明的司法体制或体制内的警察队伍撑腰。腐败侵蚀了整个政治体制和社会结构,连莫拉莱斯探长本人也置身于污浊的环境中。

对于如莫拉莱斯探长这样的私家侦探而言,从年轻时代起就用道德目光审视世界;如今世道变了,避之不得,藏无可藏,这样的日子才最艰难。他脚下踏着泥沼,脑子里装着从年轻时代起始终恪守的道德。我们能在小说里听见搭档迪克逊大人——在《老天为我哭泣》中被毒枭伏击,以身殉职——的声音,他的讽刺与幽默道出了莫拉莱斯探长的心声。

塞尔希奥·拉米雷斯

2018 年 9 月

译者前言

本文无意剧透故事情节，只想梳理相关背景，帮助读者更好地理解作品，同时推荐一些延伸阅读。

本书的作者是尼加拉瓜人。那么，第一个问题是：尼加拉瓜在哪儿？

打开美洲地图，我们会发现，北美大陆和南美大陆之间有一片狭长的连接地带，被称为中美洲，面积只有五十二万多平方公里，密集分布着危地马拉、伯利兹、洪都拉斯、萨尔瓦多、尼加拉瓜、哥斯达黎加和巴拿马共七个国家。其中，尼加拉瓜面积最大。尽管如此，在世界范围内，它依然是个在地图上一眼看不到的小国。

中美洲七国，除了伯利兹的官方语言是英语之外，其余都是西班牙语国家，它们都曾经或依然与台湾建立所谓的"外交关系"。哥斯达黎加、巴拿马和萨尔瓦多分别于 2007 年、2017 年和 2018 年与中华人民共和国建交。危地马拉、洪都拉斯和尼加拉瓜至今仍与台湾"建交"。

这片土地虽小，文化上的重要性却毋庸置疑，不仅是美洲三大古文明之一——玛雅文明的发源地，还陆续向世界贡献了许多优秀的作家和作品。然而，中美洲文学在中国的译介十分有限。危地马拉作家米盖尔·安赫尔·阿斯图里亚斯（1899—1974）于1967年获诺贝尔文学奖，代表作《玉米人》《总统先生》和《危地马拉传说》均有中译本。另一位危地马拉作家罗德里格·雷耶·罗萨（1958—　）的小说《聋儿》于2013年荣获21世纪年度最佳外国小说奖，中译本于同年问世。此外，大致回顾一下：早在1958年，新文艺出版社就出版了哥斯达黎加作家法拉斯（1909—1966）的小说《绿地狱》；1961年，上海文艺出版社出版了洪都拉斯作家拉蒙·阿马亚·阿马多尔（1916—1966）的小说《绿色的监狱》；1964年，作家出版社出版了危地马拉作家马努艾尔·加利奇（1913—1984）的小说《难消化的鱼》；1997年，云南人民出版社出版了尼加拉瓜作家鲁文·达里奥（1867—1916）的诗集《生命与希望之歌》；1998年，云南人民出版社出版的《拉美西葡文学大家精品（第一卷）》中收入了危地马拉作家奥古斯托·蒙特罗索（1921—2003）的四十一篇微小说《黑羊及其他寓言》；2008年，北京大学的赵德明老师在《小国文学的启示》一文中介绍了洪都拉斯作家霍尔赫·路易斯·奥维德（1957—　）的三部小说《死者的荣耀》《土耳其女人》和《像我们将军这样的没有第二位》；2013年，漓江出版社出版了《鲁文·达里奥短篇小说选》。

　　第二个问题：作者塞尔希奥·拉米雷斯是谁？

　　他是昔日的尼加拉瓜共和国副总统、现任尼加拉瓜总统丹尼尔·奥尔特加的副手，是一位没有被革命洪流和政治生涯耽误的作家。

　　塞尔希奥·拉米雷斯出生于1942年，毕业于尼加拉瓜国立自治大学（莱昂老校区）法律系，1964年以专业第一名的成绩取得博士学位，1968年创立了中美洲大学出版社，1981年创立了新尼加拉瓜出版社。二十世纪七十年代，他参加了尼加拉瓜桑地诺民族解放阵线反对索摩查独裁政权的革命运动中。1979 年革命成功，1984 年在大选中获胜，1985 年 1 月 10 日至 1990 年 4 月 25 日任尼加拉瓜共和国副总统，1996 年退出政坛。有关尼加拉瓜半个世纪以来的政权更迭，本书开篇维基百科部分有详尽的介绍。

从求学至今，塞尔希奥·拉米雷斯始终笔耕不辍，1963 年出版了第一部短篇小说集，之后既创作虚构类的短篇故事和长篇小说，又创作纪实类的回忆录和针砭时事的杂文，投身革命时期也坚持文学创作，退出政坛后几乎每两年推出一部新作，获奖颇丰。其中重要的有：1998 年西班牙丰泉小说奖，2000 年美洲之家小说奖，2011 年智利何塞·多诺索伊比利亚美洲文学奖，2014 年墨西哥卡洛斯·富恩特斯文学奖等。2017 年，他获得了西语世界最高奖项塞万提斯文学奖，成为尼加拉瓜乃至中美洲首位荣获该奖的作家。

涉足政坛的拉美作家不止他一个。委内瑞拉作家罗慕洛·加列戈斯（1884—1969）曾于 1948 年担任过九个月的国家总统，代表作《堂娜芭芭拉》已成为西语文学经典，以他名字命名的小说奖自 1964 年以来每两年颁发一次，以奖励全球范围内用西语创作的优秀小说。秘鲁-西班牙作家马里奥·巴尔加斯·略萨（1936—　　）曾于 1990 年参加秘鲁大选，在第二轮选举中以不到十个点的劣势败给了后来的总统藤森，他将这段经历写成了回忆录《水中鱼》。巴尔加斯·略萨是中国读者耳熟能详的作家，2010 年获诺贝尔文学奖。

说回塞尔希奥·拉米雷斯，截至目前，他的所有作品中只有小说《天谴》被译成中文，由刘习良、笋季英夫妇翻译，1994 年云南人民出版社首版，2017 年上海译文出版社再版。作者本人认为："我这部小说是'反类型小说'，因为它发挥了各种类型小说的特点。"《天谴》可以被认为是侦探小说、政治小说、实证小说、爱情小说或风俗小说，但从直观上讲，基本情节为调查和审理三起凶杀案。1990 年，塞尔希奥·拉米雷斯因《天谴》荣获以著名硬汉派推理小说大师达希尔·哈米特命名的最佳侦探小说奖哈米特奖。可见，侦探小说是作者已经涉足且十分擅长的文学体裁。

作者在《致中国读者》中已经说明，《已无人为我哭泣》是"当代系列小说"的第二本，第一本是2009年问世的《老天为我哭泣》。主人公多洛雷斯·莫拉莱斯探长曾为桑解阵成员，作者的经历与他的经历有一定的相似之处，作者通过莫拉莱斯探长之眼去审视和思考昨天和今天的尼加拉瓜，通过莫拉莱斯探长之口祖露心声，发表对人对事的看法。多洛雷斯·莫拉莱斯探长的姓名，作者显然精心斟酌过：多洛雷斯（Dolores）意为"痛苦"，莫拉莱斯（Morales）意为"道德"。第一本的书名"老天为我哭泣"来源于原书第247页：副探长迪克逊大人被毒枭伏击时，正在下瓢泼大雨。弥留之际，他对莫拉莱斯探长说："我不会哭的，老天在为我哭泣。"至于这第二本为什么叫"已无人为我哭泣"，相信读者看完全书，会有自己的答案。

第三个问题：有没有影射现实的情节需要交代？

有。

尼加拉瓜现任总统丹尼尔·奥尔特加曾被继女状告性侵。1998年3月，妻子罗萨里奥·穆里略和前夫的女儿索伊拉埃里卡·纳瓦埃斯·穆里略给多家媒体寄去公开信，披露从十一岁起，在长达十九年的时间里，遭到继父的持续性侵，并将其告上法庭。6月，法庭认为，事情主要发生在1978年至1982年间，已超过追诉期限，故不再追究被告的法律责任。1999年10月，受害人在尼加拉瓜人权中心主席比尔马·努涅斯的支持下，继续提起公诉。诉状再次因超过追诉期限无疾而终。丑闻爆出后，罗萨里奥·穆里略自始至终支持丈夫丹尼尔·奥尔特加，没有为亲生女儿说过一句话。后来，索伊拉埃里卡·纳瓦埃斯背井离乡，定居哥斯达黎加至今;2016年,第一夫人罗萨里奥·穆里略当选为共和国副总统、政府总理,"她掌实权,他是花瓶"在尼加拉瓜已经是公开的秘密。

2017年10月,好莱坞女星艾丽莎·米兰诺等人针对美国金牌制作人哈维·温斯坦性侵多名女星发起了"MeToo"运动,呼吁所有曾遭受性侵的女性挺身而出,说出惨痛经历,并在社交媒体上贴文附上标签,以此唤起社会的关注。"MeToo"宣言引发了世界范围内政界、商界、学术界、文化界、宗教界等各个领域内与性骚扰、性侵犯事件相关的广泛披露和讨论。2017年12月,"打破沉默者"当选为美国《时代》周刊年度人物。

2018年4月23日,塞尔希奥·拉米雷斯在西班牙发表塞万提斯文学奖获奖感言,第一句便是:"谨将此奖献给近日来因上街要求民主和正义而惨遭杀害的尼加拉瓜民众。"2018年4月中旬以来,尼加拉瓜爆发了大规模民众抗议,抗议政府削减社会保障开支,国家权力集中在奥尔特加夫妇及其子女手中,堪比几十年前推翻的索摩查家族。奥尔特加政府无视国际社会的谴责和警告,坚决予以镇压。反政府示威已经造成几百人丧生,大量难民越过边境,逃至邻国。

塞尔希奥·拉米雷斯作为曾经的革命领袖、昔日的共和国副总统,历尽沧桑,阅尽千帆,拥有得天独厚的全局视角。书里书外,他都做出了自己的判断和选择。

"就冲这些行贿受贿的勾当,当年就该发动一场革命。"堂娜索菲亚义愤填膺。

"看来还得再发动一场。"迪克逊大人说。

译 者

2018年10月于南京大学

怀念我的弟弟利桑德罗(1945—2016)

水与火摆在你面前，
要哪个，只管伸手。
生与死摆在众人面前，
要哪个，就给哪个。

《教会书》15:16,17

维基百科

多洛雷斯·莫拉莱斯

多洛雷斯·莫拉莱斯探长(尼加拉瓜马那瓜,1959 年 8 月 18 日—),桑地诺民族解放阵线①老游击队员,1979 年 7 月,桑解阵所领导的革命取得胜利,推翻了独裁者阿纳斯塔西奥·索摩查·德瓦伊莱②;桑地诺警察部队(后更名为国家警察部队)元老,退伍后为私家侦探。

个人经历

由祖母卡塔丽娜·拉约抚养成人。祖母在马那瓜老城中心的圣米盖尔市场有个食品杂货铺。1972 年 12 月 22 日,马拉瓜老城毁于地震。

青少年时期,化名阿特米奥,加入桑解阵,初为首都城市小分队队员,后投奔南方阵线游击纵队,在圣心派神父、阿斯图里亚斯

---

① 桑地诺民族解放阵线,简称桑解阵,尼加拉瓜左翼政党,成立于 1961 年 7 月,成立伊始的目的为推翻索摩查家族的独裁统治,采用游击战的方式进行斗争,1979 年革命胜利,1979 年至 1990 年、2007 年至今为尼加拉瓜执政党。

② 阿纳斯塔西奥·索摩查·德瓦伊莱(1925—1980),尼加拉瓜军人、政治家、企业家,索摩查家族最后一位独裁者,1967 年至 1972 年、1974 年至 1979 年间任尼加拉瓜总统,后流亡,在巴拉圭遇刺身亡。索摩查家族从 1934 年起在尼加拉瓜实行独裁统治,其父和兄长均担任过国家总统。

人加斯帕尔·加西亚·拉维亚纳①的率领下,从哥斯达黎加边境向尼加拉瓜内陆推进。

1978年11月,在夺取33号山头的一场战役(加西亚·拉维亚纳神父重伤后牺牲)中,被加利尔突击步枪子弹打碎髋骨,腿坏死,截肢,去古巴安装义肢。

之后他被调至桑地诺警察部队毒品调查局任探长。1990年2月大选,反对党候选人比奥莱塔·查莫罗②取胜。桑解阵下台时,他仍在毒品调查局服役。

桑地诺警察部队经历巨变,更名为国家警察部队,原先的党派性质被剥夺殆尽。他始终低调做人,开着那辆历尽沧桑、破破烂烂的苏联产拉达——尽管部队军官可以享受超低价、贷款购买新车。

1999年,在原索摩查领导的自由党总统阿诺尔多·阿莱曼③执政期间,他指挥了一次行动,声名大振:在格拉纳达城附近蒙巴丘火山山麓的一处庄园里,抓捕了卡利贩毒集团头目"小年轻"惠灵顿·阿瓦迪亚·罗德里格斯·埃斯皮诺和锡那罗亚贩毒集团头目"大天使"席铁尔·奥夫利加多·马西亚斯,移交美国缉毒署,羁押至美国监禁。

国内腐败猖獗,抓捕行动惹恼了政府高层。内务部部长与警署署长塞萨尔·奥古斯托·坎达沆瀣一气,说他擅自行动,勒令其退伍,故其体制内生涯戛然而止。

---

① 加斯帕尔·加西亚·拉维亚纳(1941—1978),西班牙神父、诗人、游击队员,作为天主教神父被派往尼加拉瓜,后积极参与到桑解阵推翻索摩查家族的游击斗争中,人称"马丁司令",后战死。
② 比奥莱塔·查莫罗(1929—),尼加拉瓜政治家、记者,1990年4月25日至1997年1月10日间任尼加拉瓜总统。
③ 阿诺尔多·阿莱曼(1946—),尼加拉瓜政治家、企业家,1997年1月10日至2002年1月10日间任尼加拉瓜总统。

亲密伙伴

在抓捕卡利贩毒集团和锡那罗亚贩毒集团头目的前期调查中,副探长伯特·迪克逊居功至伟。迪克逊大人①来自加勒比海岸的布鲁斯菲尔德,也是一名老游击队员。莫拉莱斯探长和他开着拉达,行驶在马那瓜的多米蒂拉·卢戈区时,被两大贩毒集团收买的杀手用机枪疯狂扫射,迪克逊大人不幸遇难。探长虽然平安无事,但与迪克逊大人兄弟情深,悲恸不已,久久不能平复。

堂娜②索菲亚·史密斯也是他身边可圈可点的一位人物。她原为桑解阵地下组织交通员,儿子在1979年马那瓜东部街区暴动中牺牲。后进毒品调查局做清洁工,在刑事侦查领域颇具天赋,成为莫拉莱斯探长事实上的顾问。她是忠诚的桑解阵成员,虔诚的新教徒,伊甸园街区活水教堂的教民。莫拉莱斯探长和她都居住在该街区。

个人生活

在南方阵线游击纵队时期莫拉莱斯探长结识了巴拿马姑娘艾特尔娜·比西奥萨。她是维多利亚诺·洛伦索③纵队的女战士,化名坎迪达。两人在加西亚·拉维亚纳神父的见证下结为夫妇,

---

① 以多洛雷斯·莫拉莱斯探长为主人公的小说至今共两本,组成"当代系列小说"。在第一本《老天为我哭泣》中,作者交代了迪克逊大人称呼的由来。迪克逊的父亲是一位普通牧民,老来得子,七十岁时才有了迪克逊。因此他一生性情平和,恭谦有礼。战友们认为他有贵族风度,所以称他迪克逊大人。

② 堂娜,置于女性人名前的敬称,男性人名前为"堂"。

③ 维多利亚诺·洛伦索(1867—1903),土著运动的领袖、革命者,被誉为巴拿马民族英雄。

这段婚姻注定不会长久。探长到处拈花惹草,滥情甚于贪杯,这是他性格上的两大缺陷。他和芳妮·托鲁尼奥的恋情维系时间最久。芳妮是尼加拉瓜电信公司的接线员,嫁给了公路网的一名地形测绘员,也成为他的办案助手,对正在调查的案子自由发表意见,多次一语中的。

以上情况都被如实记录在《老天为我哭泣》(丰泉出版社,2008年)一书中,作者塞尔希奥·拉米雷斯是多洛雷斯·莫拉莱斯探长的同胞兼挚友。

政权更迭

莫拉莱斯探长改做私家侦探后,尼加拉瓜经历了多次政权更迭。2006年,曾于二十世纪八十年代担任革命政府总统的丹尼尔·奥尔特加司令与老对手阿诺尔多·阿莱曼达成协议,再次担任总统,并数次连任。2016年第三次连任时,第一夫人罗萨里奥·穆里略当选为共和国副总统。在奥尔特加夫妇巩固家族势力的同时,由桑解阵或周边成员组成的新兴资产阶级也在不断巩固壮大……

目　录

第一部分：8 月 27 日,星期五

……好像

那边的树木都在开始行动了……①

威廉·莎士比亚

《麦克白》第五幕第五场

---

① 书中三处莎士比亚剧本的译文均参照人民文学出版社《莎士比亚全集》朱生
豪译本。

1. 随意款墨西哥式煎蛋①

令人尊敬的拉达多年前遭遇了那场让迪克逊大人丧生的袭击,车身被子弹打成筛子,只好进修理厂,出厂时摇身一变,从天蓝变成普鲁士蓝,好在发动机完好无损。八月的星期五,英雄轿车洒脱地行驶在马萨亚公路上,一路往南,开车的正是多洛雷斯·莫拉莱斯探长。

第一夫人下令栽种的金钟柏分布在公路两侧和中央,全是用金属架子搭起来的假行道树,绵延成一片广袤的怪树林。一团乱麻的商业广告牌间,伸展出蛋黄、钴蓝、紫红、翡翠绿、龙胆紫、墨西哥粉、波斯红等各色阿拉伯花叶饰。

地图摆在副驾驶座。根据地图,莫拉莱斯探长在圣多明戈大型购物中心转盘往西拐入让保罗路,行至特拉萨俱乐部后向南拐,进入一条名叫寡妇路的老路,经过巴尔塞洛酒店和耶稣会中美洲教会学校。

路面铺过,但路况很差。老路蜿蜒向上,通往马那瓜山的头几

① 墨西哥式煎蛋,墨西哥传统早餐,现已风靡美洲大陆,在各地衍生出各种变体。传统样式为:一张玉米饼上放一个煎蛋,加辣酱,佐以菜豆。也可用炒蛋替代煎蛋,或在一张玉米饼上放两个煎蛋,分别浇上红色和绿色的酱汁,将菜豆放在中央。

5

道山嘴。快到森林间奏曲新区前,山中开出一条小路,很快会被改造成一条名副其实的公路。莫拉莱斯探长早早地就在地图上将全长约五公里的小路描红描粗,两旁的雪松、雨豆树、象耳豆树、桃花心木等经年老树被链锯推倒,只剩下泛红的树桩。这里原是咖啡种植园,咖啡树也被连根拔起,遍地狼藉。压路机压出平地,要建带围墙的豪宅。不难发现,小路上现存的牲口圈、杂货店、茅屋注定会在拖拉机履带胜利的步伐下消失殆尽。

地图上用叉标出了目的地。大门一侧是带防弹玻璃的门卫室,旁边停着一辆牧马人吉普,车里坐着两个男子,一个在驾驶座,另一个在副驾驶座,抱着 Uzi 冲锋枪装子弹,像抱着心爱的洋娃娃。门卫室里有个男子,大门前还有两个。

他们都穿着统一的鼠灰色西装,规整地打着涤纶领带,领子浆过,很板,估计会蹭伤皮肤,鞋也是统一的,矫形鞋似的,很重。尽管如此,一眼望去,依然难掩棚户区的低贱出身。

头儿模样的人从吉普车上下来,手一转,示意他摇下车窗。摇柄不好使,莫拉莱斯探长只好打开车门。割草机轰轰作响,要将围墙内广阔田野上的草坪修剪齐整,细雨中飘来根茎切下后浆液流出的味道。

头儿戴着墨镜——隔着镜片完全看不见眼睛,光头,卷曲的耳机线挂在脑后,上衣下摆底下,隐约可见尼龙枪套里的全自动手枪,活脱脱《黑客帝国》①中特工史密斯的形象。

他言语礼貌却态度生硬地请莫拉莱斯探长出示身份证,手机拍照后还给他,在他心脏一侧的衬衫胸口贴上同心圆图案的贴纸。这是当天访客的标志,更像靶纸,供瞄准射击用。

---

① 《黑客帝国》,美国华纳兄弟公司发行的系列动作片,至今已有三部。特工史密斯负责在"矩阵"系统中消灭一切危害"矩阵"运行的异常程序。

门卫室里的男子接到指令,开启电子门。大门无声地打开,牧马人吉普为拉达开路。眼前展开有线电视里老虎伍兹①参赛的高尔夫球场:缓缓的山丘消失在远方,草坪好似台球桌上的绒布,散落着用起重机移来的树木。八月的晨曦下,人工湖在远处闪闪发光。

柏油小路如丝般顺滑,拉达为了跟上牧马人吉普,轮胎吱吱响。喷灌器喷出细密的彩虹色水帘,浇灌着草坪。就连天空都晴朗光亮,温顺的云朵飘浮在远方,宛如外国明信片上的风景。

牧马人吉普在访客停车场的指示牌边停下,尽管停车场空空荡荡,"特工史密斯"还是为他指定了停车位。莫拉莱斯探长先撑好手杖,再下车。他发福了,手杖可以缓解义肢一侧胯部不断增强的疼痛感。

"特工史密斯"和之前一样,言语礼貌却态度生硬地请他把包打开,左手提着手杖,右手拎着包,两臂张开,两腿分开,要搜身。最终,他找到一把短管点三八左轮手枪,探长总是用魔术贴绑带把它绑在人工脚踝上。

"特工史密斯"将左轮手枪和绑带交给一名手下,手下将物品放进一只透明袋子里,给探长一张存物单。这时,出现了一辆高尔夫小车,无线电软天线顶端挂着一面小旗。

莫拉莱斯探长坐在司机身旁,司机和其他人一样沉默不语。截至目前,只有坐在后排的"特工史密斯"跟他说过几句必须要说的话,只听见方向盘下方的无线电里传来催促声或喧闹声。

高高的平台上矗立着一栋豪宅,周围栽着真正的椰子树。豪宅向两翼伸展,落地窗,绿白条遮阳棚,像极了休闲酒店,只是无人

---

① 老虎伍兹,美国著名高尔夫球手艾德瑞克·泰格·伍兹(1975—)的绰号,他被公认为史上最成功的高尔夫球手之一。

入住。一侧的钢筋混凝土平台上画着一个圈,圈里停着一架蓝白色贝尔直升机。豪宅背后茂密的树林里吹来一阵风,螺旋桨微微抖动,没转起来。

管家穿得像婚礼上的教父,指引他穿过长廊。旁边是座花园,花坛间有条石板小径。管家将他送进一间灯光柔和的大厅后离开,留下他一个人。沙发老远就能闻出是牛皮的,围在一张气派的玻璃茶几旁,茶几上堆满了艺术书籍。莫拉莱斯探长舒舒服服地在其中一张沙发上坐下,沙发松软到让他永远不想起身。

四面墙上挂着大幅的画,画面上全是眼睛,单只或一双。有的圆睁,像是惊恐;有的警惕,像在仔细打量,客人走到哪儿,眼睛便盯到哪儿。正对着的那幅画上,两只眼睛俏皮地闭了一只。所有画都是白底黑色工笔画,堪比照片。一只眼流下了一滴红色的泪,成为整个系列中唯一的彩色。

玻璃拉门后,一名身穿红色制服、戴着蝴蝶领结和白手套的服务生正在摆桌子,准备给两人用早餐。听不见脚步声,餐具摆放时也没有发出任何声响。

莫拉莱斯探长双手握着手杖圆头,心想:富人的王国寂静无声,他喜欢。这样的思考应该记在作业本①上,可是想记下时,又全忘了。再说,记下来又如何?

迪克逊大人会说:漫不经心,此大谬矣。感悟生活的哲学家无权浪费自己的想法,应该永远手握一支笔,随时记录,否则身为思想家,没了锋芒,等于狮子没了犬牙,没有比狮子被迫吃素更糟糕的事了。

迪克逊大人在哪儿晃悠呢?他啥时候出现,真说不准。

探长正在胡思乱想,突然远处传来开关门声,一声,一声,又一

---

① 该系列第一本《老天为我哭泣》中多次提到,探长爱用学校作业本当笔记本。

声，眼看人已经来到身后，他赶紧起身，义肢碍事，肚子也碍事，好在还有手杖。

米盖尔·索托·科梅纳雷斯出现在他面前。他赤着脚，套着粗棉连衣裤，大汗淋漓，正在用毛巾使劲擦脸。他向探长伸出手来，大手热乎乎、湿漉漉的，探长闻到他身体发酵、释放出毒素的味道。看来，他每天早餐前晨练，在跑步机上跑步，玩动感单车、划船机，要不举重，就像那些警卫，全都是大力士。

"您喜欢这些画吗？"他随便往墙上一指，"危地马拉天才阿布拉亚奇①的作品，我在纽约买了一大堆。他也画斗牛，不过我喜欢眼睛。"

探长只在报纸和电视上见过索托，记忆中的他不是现在这副模样，而是十五年前宣布自己开设的第一家银行——农业银行破产时的模样。当年，所有人都以为他的好运已经到头。

索托的嗓音粗壮明快，举止朴素亲切。探长心想：他们这种人不仅安静，还谦恭，只不过将自大隐藏起来罢了。随和点又不费什么力气，不会损失什么，好比给慈善机构捐款，税费全免。这条思考也不会记在作业本上。

两人落座。主人忘了从四面八方继续投来的目光，饶有兴致地问候他的母亲和妻子，似乎跟她们是老相识。莫拉莱斯探长的母亲去世多年，没有妻子。但他回答她们身体很好。他很笃定地认为，即便自己说了真话，对方也会不动声色。

索托年近七十，身材匀称，身体健康，古铜色皮肤，银发如丝，尽管如此，还是略有些粗俗和不自信。他娶了个拥有贵族姓氏的女人，自己却来自社会底层，原是尼加拉瓜北部希诺特加山脉偏远

---

① 鲁道夫·阿布拉亚奇（1933— ），危地马拉画家，任职于危地马拉国家人类学博物馆，同时在危地马拉国家美术学院授课。

山谷的农民。住在那里的欧洲人虽然穷困,但向来内部通婚,从不嫁娶本地土著或印欧混血。

索托让他想起已故的菲亚特大亨乔瓦尼·阿涅利[①]。他在哪里见过阿涅利,可以两相比较?在历史频道的一档节目上。阿涅利赤裸着从"阿涅塔"号游艇跳入亚得里亚海,臀部和腹股沟周围的皮肤比别处要白。入水前腾空的那几秒,最令人瞩目的是他的男性生殖器。祖母卡塔丽娜也曾提起,只是她说话爱绕圈子。

"您这下不好意思了吧?居然会怀疑他的男子气!"探长起身要去餐桌边坐下时,听见迪克逊大人的声音。

"你跑哪儿去了?"探长问。

"满世界溜达。"迪克逊大人回答。

管家拉开拉门,请他们进去。他从容地替"阿涅利"拉开椅子,伺候莫拉莱斯探长坐下后,取走了手杖。要不是探长下意识地护住包,包也会被取走。然后,刚才摆桌子的服务生进来,递给他们菜单。

"跟在餐厅里一样。"迪克逊大人说。

菜单是用厚亚麻卡纸做的,对开纸大小,用菜单字体印刷,页脚标注当天日期。"阿涅利"一边看,一边不停地用毛巾擦前额和脖子。

"您问问他,一个人用早餐,是不是也要印菜单?"迪克逊大人说。

服务生即刻为两人端来鲜榨橙汁。莫拉莱斯探长点了一份热带水果,"阿涅利"点了半份玫瑰西柚。接下来,菜单上列出各种

---

① 乔瓦尼·阿涅利(1921—2003),意大利菲亚特公司前董事长、尤文图斯俱乐部前主席。意大利总统和总理均出席了他的葬礼,教皇保罗二世发来唁电,欧洲多国为他降半旗,表示沉痛哀悼。

鸡蛋：

> 水潽蛋
>
> 法式香草奄列蛋
>
> 美式火腿煎蛋
>
> 随意款墨西哥式煎蛋①

还有关于咖啡的详细描述：象豆咖啡，有机精选，2010年希诺特加欢闹庄园出品。

"阿涅利"点了水潽蛋，冷冷地将菜单还给服务生。显然，他总是点水潽蛋。饥肠辘辘的莫拉莱斯探长绕过所有语言障碍，直接点了随意款墨西哥式煎蛋。点错了！端上来的盘子很大，摸着是热的，里头有两只煎蛋，点缀了一小朵欧芹，一小碟酱，看上去没有辣椒。就这些，外加几片黑面包。"阿涅利"的那份只有几个水潽蛋，底下铺了几根芦笋。

"对他们而言，金钱不是用来满足凡人欲望的。"迪克逊大人说，"他们在健身房挥汗如雨，吃一点点东西，认为这样才能延年益寿。探长，麻烦您将这句话记录在您的哲学思考作业本上。"

"阿涅利"正在滔滔不绝地聊体育，从一个话题转到另一个话题。他敢打包票，"小巧克力"冈萨雷斯②一定会在最轻量级拳击比赛中，将对手墨西哥人卡洛斯·夸德拉斯打下场，第四次夺冠；玉米岛人切斯勒·卡斯伯特③一定会在堪萨斯市皇家队取代迈

---

① 原文前两个为法语，第三个为英语，第四个为西班牙语。

② 罗曼·冈萨雷斯（1987— ），尼加拉瓜职业拳击手，在四个级别的拳击比赛中都曾获得世界冠军。2016年9月10日，他在美国洛杉矶击败了墨西哥人卡洛斯·夸德拉斯。

③ 切斯勒·卡斯伯特（1992— ），出生于尼加拉瓜玉米岛，是堪萨斯市皇家队的三垒手。2015年7月，迈克·马斯塔卡斯因为家庭原因无法上场，被切斯勒·卡斯伯特取而代之。

克·马斯塔卡斯,成为三垒首发。

与此同时,莫拉莱斯探长时而礼貌地微笑,时而伸手去拿浆过的餐巾擦下巴,蛋黄太稀,会流到下巴上。他暗自琢磨:为什么请他来吃早餐?索托有何相求?为什么他不打开天窗说亮话?

"我听说您任缉毒局探长时,在蒙巴丘庄园与毒贩 rendez-vous 时的表现。""阿涅利"突然转换话题,将一双粗手放在桌布上。他的指甲精心打磨过,似乎想让客人好好检查。

"Rendez-vous 意为'相遇''相逢'。"迪克逊大人悄悄告诉探长。

抓捕大毒枭后的种种变故,报上称之为"希律王①大屠杀",那次行动的负责人如同吃奶的孩子,统统被革职。他们曾在典礼中荣获勋章,可是第三天,警署署长坎达就以不汇报、擅自行动为名,将他们全部清理出警察队伍。坎达在执行部长的指示,而部长在执行总统的命令。

"那件事,如今已经没人记得了。"莫拉莱斯探长说。

"可是我记性很好。""阿涅利"回答,"您的搭档就是在那次行动中丧了命,他来自加勒比海岸,叫什么来着?"

"我看出来了,他记性很棒。"迪克逊大人说。

"伯特·迪克逊,"莫拉莱斯探长回答,"副探长伯特·迪克逊。"

"您不用费心跟他解释,蒙巴丘行动进行时,我已经死了。"迪克逊大人说。

"按现在的话说,他是加勒比黑人。""阿涅利"评论道。

---

① 希律王(公元前74—前4),耶稣童年时期整个犹太人地区的统治者,以残暴闻名。他曾想杀害幼儿耶稣,下令将伯利恒及其周围两岁及以下的婴儿全部杀死。

"真虚伪!"迪克逊大人说,"说得这么循规蹈矩,直接说卷毛黑人好了。"

"好吧,咱们来说正经事。""阿涅利"说,"我有个案子,想拜托您。"

"瞧好了,要说正经事了。"迪克逊大人说。

"这么说吧,我的客户并不尊贵。"莫拉莱斯探长回答。

盘子里沾了黄色,他看着不舒服。服务生似乎不想让他糟心,过来把盘子撤了。

"说话没骨气,活该啃狗屎。"迪克逊大人怫然作色。

"从现在起,我会成为您的客户。""阿涅利"微微一笑。

"您不会少了几套银餐具,或丢了条纯种犬,让我去找吧?"莫拉莱斯探长问。

"不,不是这些。在这栋房子里,这些都丢不了。""阿涅利"又笑了。

"客户没解释,是因为您不给他机会。"迪克逊大人说。

"不管怎样,您雇得起最好的调查团队,去美国雇都没问题。"莫拉莱斯探长说。

"您千万别说,他还可以直接致电内务部部长请他帮忙。"迪克逊大人说。

"只要您开口,内务部部长也会很乐意帮忙。"莫拉莱斯探长说。

"他前天就在这张桌边和我共进早餐,就坐在您的位置。""阿涅利"说,"不过我们聊的是其他事。这件事,我不想让警察掺和。"

"您这样就不对了,"莫拉莱斯探长说,"把案子交到部长手里,今晚就能把那个侵吞款子或犯其他事的人缉拿归案。"

"我需要绝对谨慎,""阿涅利"的手指不耐烦地敲击桌面,指甲泛着珍珠般的光泽，"选中您的侦探社，是因为它不太显眼。"

"他说不太显眼，是说您的侦探社屁都不是。"迪克逊大人说，"这么有损名誉的称呼，姑且先不跟他计较。"

"去你妈的！"莫拉莱斯探长嘟哝着拍了一下耳朵，像在拍蚊子。

"您说什么？""阿涅利"扬起眉毛问。

"没有，没说什么，我在洗耳恭听。"莫拉莱斯探长很不情愿地从包里拿出作业本，连同一只 BIC 圆珠笔，放在桌上。

"阿涅利"应该按了某个暗铃，这时，有人踩着高跟鞋稳稳地进来。她是莫妮卡·马利塔诺，昨天去办公室请他来用早餐的公关助理。

她冲他微微点头致意，将一只绑着松紧带的棕色文件夹放到"阿涅利"面前，又踩着高跟鞋，袅袅婷婷地走了，留下一股浓郁的香水味，他昨天已经闻到过。

"我的一位家人失踪了，我想拜托您找到她。""阿涅利"递过文件夹。

"是绑架？"莫拉莱斯探长问。他打开作业本，将纸抚平，准备记录。

"开始，我以为是。""阿涅利"说，"可差不多一周过去了，没人跟我联系，要我付赎金。"

"绑架者有时联系得晚。"莫拉莱斯探长坚持说。

"咱们排除绑架的可能性。""阿涅利"说，"您不用记录，资料都在文件夹里。"

"还不问他失踪的人是谁？"迪克逊大人建议。

"是马塞拉，我夫人的女儿。""阿涅利"说，"我们想知道她的下落。"

"不是绑架，就是离家出走。"迪克逊大人说。

"跟母亲吵架了?"莫拉莱斯探长问。

"原因您不用管,""阿涅利"仔细检查修好的指甲,从一只手检查到另一只手,"只管找到她就行。"

"您没想过跟她男朋友有关?"莫拉莱斯探长问。

"据我们所知,她没有男朋友。""阿涅利"回答。

"什么男朋友? 这姑娘是跟情人私奔了,她看中的人家里人不喜欢。"迪克逊大人说,"要么是有妇之夫,要么姓氏不显赫,要么吸毒。"

"什么时候失踪的?"莫拉莱斯探长问。

"一周前,在圣多明戈大型购物中心,""阿涅利"回答,"当晚跟几个女性朋友去看电影,看到一半站起来走,就没回去。"

"文件夹里有那些朋友的资料吗?"莫拉莱斯探长问。

"阿涅利"摇摇头。

"她们都在美国念书,都回美国了。"他说,"我们问过,没有任何发现。"

"她带保镖了吗?"莫拉莱斯探长问。

"保镖们在电影院外头等。""阿涅利"回答,"她不喜欢他们跟着,总让他们保持距离。"

"她自己开车去的?"莫拉莱斯探长问。

"车还在停车场。""阿涅利"回答。

"什么车?"莫拉莱斯探长问。

"宝马卡布里奥。""阿涅利"回答,"这有什么要紧?"

"探长,十万美金的宝马在他眼里算不了什么,跟您的拉达一样不起眼。"迪克逊大人低语道,"这点很要紧。"

"她什么性格? 喜欢独处? 孤僻?"莫拉莱斯探长问。

"您看文件夹。""阿涅利"回答。他作势看了看表,尽管手腕上并没有表。

"我会尽力而为。"莫拉莱斯探长说。他很听话,一个字都没记,合上作业本。

"文件夹里有笔预付款,是您酬金的百分之五十,另外有笔活动经费。""阿涅利"边起身边说,"找到马塞拉,我会付您活动经费超支的部分和剩下百分之五十的酬金。"

"案子结了,我再来您这儿?"莫拉莱斯探长也起身问。

"您有我助理莫妮卡的电话。""阿涅利"回答,"打电话给她,她会派司机去取资料,请将资料密封。司机会付您余款。"

"要是我需要补充资料呢?"莫拉莱斯探长问。

"没有资料可以补充。""阿涅利"回答,"三天之内没有进展,就不用再调查了,预付款归您。"

"要是在您规定的时间内,调查没有进展,我退您预付款,"莫拉莱斯探长说,"只会扣除已经产生的活动经费。"

"猪脑子!"迪克逊大人说,"你爹是百万富翁吗?你受苦受难时,有贵人相助吗?"

"相信您能调查出结果。""阿涅利"说,"就当您帮我个人一个忙,我这人有恩必报。"

"我会尽力而为。"莫拉莱斯探长回答。

"现在我要去冲澡,十一点要赶到危地马拉谈生意。""阿涅利"说着,向他伸出了手。

管家又在前面引路,莫拉莱斯探长取回手杖,两人再次穿过长廊。他看见一个枯黄色头发的女人正在从花园的石板小径上走来。她穿着棕褐色长袍,系着腰带,赤着脚,手上拿着一把园艺用弯刀,在一丛黄边红冠赫蕉旁俯身,割了一大把,抱在怀里。

莫拉莱斯探长停住脚步。女人突然抬头,慌张地望着他。看得出,她有点害怕。

"特工史密斯"没有跟他说再见,直接把枪还给他。自动门开了,拉达踏上回程路,回马那瓜。两公里后,莫拉莱斯探长在一处突出的山崖边停车,此处可远眺城市。树林间隐藏着街道和房屋,楼房稀少;再过去,是莫莫通博火山的蓝色火山锥;辣椒半岛像一只满是皱纹的老人的脚,慢慢伸进湖里。

他打开包,取出文件夹,解开松紧带,里面有一只麻布袋和两只银行信封。一只写着"酬金预付款",装着五千美金;另一只装着活动经费,也是五千美金。

"一个破案子,花上一万美金,外加活动经费,经费还可以任意虚报。"迪克逊大人说。

莫拉莱斯探长把信封放回文件夹,里面还有麻布袋子,暂时不着急打开。要是能赚到一万美金,他可以去度假,也许去逛迪士尼,像警署署长坎达那样跟布鲁托合个影。坎达如今退休了,掌管着三家迪厅,毒贩们自由出入,小日子过得滋润。

"要是马塞拉姑娘跟情人私奔了——这是我的合理猜测,'阿涅利'准会把那人的蛋蛋当早餐,"迪克逊大人说,"做成水潽蛋。"

"别装模作样地跟我说法语,你什么时候会说法语的?"莫拉莱斯探长又发动了拉达。

"我现在时间多的是,可以学各种语言。"迪克逊大人回答。

远处传来直升机的螺旋桨声。直升机先送"阿涅利"去机场,他的"猎鹰"八座飞机正在那儿等着。气流将树冠吹得乱七八糟,链锯锋利的锯齿暂时还没有让这些树遭殃。

直升机吸收着太阳的反射光,消失在远方。

2. 湿漉漉的梦

博洛尼亚住宅区位于市中心,毗邻 1972 年 12 月 22 日地震后留下的废墟和荒地。二十世纪五十年代,那里建起了马那瓜第一批豪宅,最出众的叫"百万宅",造价一百万科多巴①,当年令人瞠目的数字。如今,这里繁华不再。

没有被震倒的豪宅如今变成了家庭旅馆、餐厅、写字楼、五金店、眼镜店、健身房和诊所,忍受着周围的锯木厂、汽车跳蚤市场,还有公共汽车站旁的露天油炸食品小摊。

莫拉莱斯探长的私家侦探社位于二十世纪九十年代初建于博洛尼亚区的象耳豆树购物中心。桑解阵大选失败后,除了这种规模有限的商业中心,还出现了自带美食街和多厅影院的大型购物中心、巨无霸加油站里的便利店、麦当劳、必胜客和棒约翰。

此处自诩为加州殖民地风格建筑,仿陶锌板屋顶,四条骑楼拱廊往里开放,通向用作停车场的中央庭院,一棵根深叶茂的象耳豆树站在中央,将地面顶成波浪状,掀翻了好几段铺路方石。

购物中心一度繁华过,如今空置了许多铺位。透过玻璃,能看见昔日店铺留下的痕迹:角落里拆开的纸盒,货架在墙上留下的阴影,吊顶上挂着电线,因为租户离开时拆走了装饰灯。

莫拉莱斯探长运气不错,分到了南边拱廊的一处铺位,原本是"亲人的怪物"童装店,隔壁是男士女士都接待的 RD 美发廊,店名是为了纪念鲁文·达里奥②。橱窗里摆着他的金色石膏半身像,诗人眉头紧锁,木基座上印有仿大理石花纹。半身像底下的五六只聚丙烯脑袋分别戴着乌黑色、胡萝卜色、紫色的假发,向诗人致敬。

店主姓蒙塔尔万,分别名叫奥威迪奥和阿波罗尼奥,是两个六十多岁的堂兄弟。他们会轮流出来抽烟,每次在拱廊上遇见,总会

---

① 科多巴,尼加拉瓜货币。
② 鲁文·达里奥(1867—1916),他的名字原文为 Rubén Darío,尼加拉瓜诗人、记者、外交家,现代主义的重要代表人物,作品有诗集《生命与希望之歌》等。

恭敬地跟探长打招呼,称他为"诗人"。在他们家乡莱昂,"诗人"统称药剂师、律师、店主、大学教授、文书、理发师、流动商贩、擦鞋匠和酒鬼。他们对堂娜索菲亚也很恭敬,称她为"女学士"。

侦探社橱窗里摆的是戴着帽子、竖着风衣领子的迪克·崔西①,顶着灰色的招牌,上面写着:

多洛雷斯·莫拉莱斯及其合伙人

私家侦探

严肃,谨慎

来客请预约

芳妮如今调到墨西哥美洲电信公司②旗下的"光明"子公司——并购了原来的尼加拉瓜电信公司——做国际长途电话接线生,薪水比原来高。她为侦探社橱窗出过两个点子,一个是迪克·崔西。

另一个是粉红豹③。不过,莫拉莱斯探长最终敲定了迪克·崔西,因为动画片中的粉红豹总是很搞笑,而迪克·崔西,他看漫画时早已熟悉,几笔就能勾出,方鼻子,绝不会错。于是,他让做招牌的人去画迪克·崔西。

两个点子,堂娜索菲亚一个也不喜欢。芳妮是莫拉莱斯探长的万年老情人,她嘲讽地问:"那您建议什么?一副手铐?一把枪口冒烟的左轮手枪?还是一条女内裤?表示出轨案也在调查范围

---

① 迪克·崔西,美国畅销漫画书以及由此改编的大型侦探片《至尊神探》中的人物。

② 墨西哥美洲电信公司,一家大型跨国公司,是拉丁美洲的领先通信运营商,也是全球最大的无线运营商之一,2006年9月吞并了尼加拉瓜电信公司。其大股东是在福布斯富豪排行榜上稳居前十的卡洛斯·斯利姆。

③ 粉红豹,家喻户晓的卡通人物,出现在1964年的同名侦探电影中。该片获1965年奥斯卡金像奖最佳动画短片奖。

中?"说到这儿,芳妮自觉失言,忙不迭地捂住嘴,可惜为时已晚。

堂娜索菲亚动了恻隐之心,没有反唇相讥。当时,芳妮正在和乳腺癌做斗争,切掉了一只乳房,化疗做得头发全掉光了。她老公弗雷迪,看上去老实巴交的,一见老婆病了,立马跟一个十八岁的女招待在一起,连儿子都有了。

日子一天天过去,侦探社渐渐沦为只能帮人捉奸。妻子上门,常常戴着硕大无比的太阳镜,由堂娜索菲亚接待。两个女人脑袋凑脑袋,窃窃私语。戴绿帽子的丈夫上门,则由莫拉莱斯探长接待。

有时,客户很领情。比方说,美丽地平线转盘瘦骷髅破店乌七八糟乐队的短笛手。他在拿到妻子通奸的切实证据后,过了些日子,给莫拉莱斯探长送来了一份礼物,是他妻子——原本就是裁缝——亲手缝制的绣花紫红色薄衬衫。短笛手先是扯着妻子的头发,把她拖到街上,后来又涕泪横流地原谅了她。

考虑到私密性,莫拉莱斯探长在最里头左边角落用胶合板隔出一个小间。墙上的壁画已经褪色,怪物史莱克抱着菲奥娜公主,颜色是众所周知的柠檬绿,右边是光着后腿的贫嘴驴。①

怪物史莱克的屁股被隔间截断。隔间没有门,挂着跳跳蛙图案的浴帘。浴帘旁的隔间正面有一幅迪克逊大人的老照片,是堂娜索菲亚拿去放大的,有点模糊。她找不到别的照片,这是迪克逊大人在地球表面留下的全部印迹。

堂娜索菲亚坐在靠门的塑料贴面桌旁,桌上摆着电话和电脑。惠普电脑,平板显示器,外加惠普喷墨打印机,都是芳妮趁"光明"公司淘汰旧设备时低价弄来的。网络也以芳妮的名字注册,侦探

---

① 怪物史莱克、菲奥娜公主和贫嘴驴都是2001年上映的电影《怪物史莱克》中的人物。

社享受到相当丰厚的折扣。

桌前有两张松木折叠椅,供客户坐,是那种晚会出租椅。不远处有台厚重的电扇,下面有两只脚,属于恐龙级型号。糟糕的是电扇一转,桌上全乱,所以满桌都是镇纸。而莫拉莱斯探长在隔间用的是迷你电扇,装电池那种,几乎没有风,就像一把空气喷枪,只管脖子到脑袋,勉强制造出一丝清凉。

那天早上,等莫拉莱斯探长走进侦探社,少得可怜的随意款墨西哥式煎蛋已经变成了食管中酸灼的火焰。堂娜索菲亚正在看《你好!》杂志尼加拉瓜版过刊,封面人物向来是尼加拉瓜社会名流。杂志是发廊的,跟奥威迪奥借的。

“您瞧瞧谁上了杂志。”堂娜索菲亚看到探长,递给他杂志。

是客户夫人安赫拉·孔特雷拉斯。她穿着晚礼服,坐在金色镶边、胭脂红面的沙发上,脚边卧着一只真实大小的瓷制牧羊犬,身前的大理石桌上,摆着一台由两位天使托起的珐琅钟,沙发旁立着一只中国大瓷瓶。

“我刚见过她,不过不是这身打扮。”莫拉莱斯探长说。

他翻了翻内页,相关报道的开篇是这样写的:尊贵的夫人血管里流着西班牙征服者的血。父辈的一位祖先是皇家掌旗官堂伊雷内奥·德孔特雷拉斯·伊·门迪奥拉,1539 年跟随阿隆索·卡莱罗上尉和迭戈·德马丘卡上尉探寻疑惑海峡①,认为圣胡安河将尼加拉瓜大湖的水送往加勒比海。他在远征途中不幸被矛头蛇啮咬,毒发身亡。费利佩二世为了表彰他所做出的贡献,封其子马特奥·德孔特雷拉斯·伊·阿隆索为侯爵。

方框里是德孔特雷拉斯家族的武器纹章:金色的田野上矗立

---

① 疑惑海峡,假想中连接加勒比海和太平洋的一道海峡,哥伦布曾经多次派人寻找过。

着一座石头城堡,银色边饰,绘着八柄白底黑色军刀,上面缀着一颗蓝色的星星。

还有堂娜安赫拉在豪宅别处的照片,衣服都不重样:映在蓬皮杜式镜子里的全身像;在上身赤裸、裹着缠头布的阿比西尼亚黑人雕塑旁,黑人托着一盏灯;在四扇可折叠日式屏风旁,屏风上绘着雪地田野。所有照片中,她枯黄色的头发始终引人注目。

"这家整一个大集市。"迪克逊大人说。

"刚才,她穿着棕褐色长袍,腰上系着一根麻绳。"莫拉莱斯探长说。

"那是嘉布遣会的教士服,"堂娜索菲亚说,"穿着睡觉,权当苦修。您一会儿能在报道中读到。"

"她在花园里剪黄边红冠赫蕉。"莫拉莱斯探长一边说,一边在椅子上舒舒服服地坐下。

"她每天都去名下的基金会,带花去装饰丰塔纳村天主慈悲教堂皮奥·德彼特雷尔西纳神父①的祭坛。"堂娜索菲亚说。

"什么基金会?"莫拉莱斯探长问。

"就叫皮奥神父慈善基金会,"堂娜索菲亚回答,"给需要的人提供食品、药品、眼镜、轮椅、助步器、拐杖和义肢。"

"请她帮您把义肢换了,探长。"迪克逊大人说。

报道还说,堂娜安赫拉出于谦卑,拒绝使用女侯爵封号,每年赴意大利圣乔瓦尼罗通多修道院朝圣。皮奥神父就是在那里收到了无与伦比的疤痕礼物,手上出现类似被钉子钉过的伤口,半个世纪不曾愈合,直到他去世。

---

① 皮奥·德彼特雷尔西纳神父(1887—1968),意大利嘉布遣会教士,手、脚、肋部有类似耶稣基督的伤痕,被教皇保罗二世封为圣徒。据说那些伤痕在 1911 年至 1918 年间看不见,1918 年 9 月出现,直到 1968 年 9 月他去世时,伤痕都始终可见。

"太奇怪了!"莫拉莱斯探长将杂志还给堂娜索菲亚,"所有照片都是在我刚去过的豪宅里拍的,室内装饰却跟我看见的完全不同。那个男人被一大堆画包围,画上只有非常奇怪的眼睛。"

"报道上解释得很清楚,"堂娜索菲亚说,"豪宅伸出两翼,夫妇俩一人一翼。"

"住一起,却不搅和在一起。"迪克逊大人说,"'阿涅利'这边有一大堆眼睛,夫人那边是个大集市。"

"我没见报道中提到女儿。"莫拉莱斯探长说。

"提到了,马塞拉,在这儿。"堂娜索菲亚回答,"堂娜安赫拉的第一任丈夫1995年在萨尔瓦多死于空难,给她留下了这个女儿。"

"她失踪了,索托想找到她,"莫拉莱斯探长说,"所以才找我。"

"索托富得流油,绑架她女儿,一点儿也不奇怪。"堂娜索菲亚说。

"我们谈起过,可是没人索要赎金。"莫拉莱斯探长说。

"希望您和他坐下来谈之前,我的报告对您有用。"堂娜索菲亚说。

"什么报告?"莫拉莱斯探长问。

"昨晚十一点左右,我从您家大门底下塞进去的报告。"堂娜索菲亚说,"那时候,您肯定还没回家睡觉。"

"他不屑一顾地从地板上的信封旁走了过去。"迪克逊大人说,"他跟一些不三不四的女人在一些不三不四的地方找乐子,您却累死累活地在写那份报告。"

堂娜索菲亚很不高兴,嘴里叽里咕噜,重打了一份报告递给他。也就一张纸,从网上搜来的资料:

全球联合公司(GECO)是注册在大开曼岛①的控股公司,米盖尔·索托·科梅纳雷斯是唯一股东,尽管公司做的好几笔生意都与其他股份公司共用资产。公司在中美洲和加勒比地区开拓了众多业务,设了银行,金融机构,保险公司(尼加拉瓜、洪都拉斯、危地马拉),城市和海边酒店(多米尼加、哥斯达黎加、巴拿马),休闲游艇船坞(多米尼加的蓬塔卡纳、危地马拉的甜水河),大型购物中心(萨尔瓦多、洪都拉斯、尼加拉瓜),中产阶级住宅小区(尼加拉瓜、巴拿马),呼叫中心(尼加拉瓜、巴拿马、萨尔瓦多),建筑公司(尼加拉瓜、萨尔瓦多、巴拿马),牧场和咖啡种植园(尼加拉瓜、洪都拉斯),油棕树种植园和食用棕榈油厂(尼加拉瓜、哥斯达黎加,还有古巴,跟政府合作建公司),肉牛屠宰场(尼加拉瓜、洪都拉斯),蔗糖厂(多米尼加、危地马拉),风力发电园区和地热发电厂(尼加拉瓜、危地马拉)。

股票资产:约21.5亿美元(2014年)。

负债:无。

无任何一家控股公司上市。

个人财产总值:约4.5亿美元(2014年)。

莫拉莱斯探长读完,忍不住打了个大呵欠。休闲游艇船坞、风力发电、食用油厂、呼叫中心……要知道这些干吗?只要去趟豪宅就能清晰地看到,他的客户正畅游在金钱的海洋里。不过,一旦找到他继女的下落,那个汗津津地吃着温热鸡蛋的"阿涅利"会再次从他的生活中彻底消失。而他会再次跟堂娜索菲亚搭档,隔着车

---

① 大开曼岛,开曼群岛三个岛屿中面积最大的一个,是英国在美洲西加勒比海上的海外领地。开曼群岛是世界第四大离岸金融中心,也是著名的潜水胜地。

窗玻璃，用那台来历不明、带摄远镜头的二手尼康 D3200 相机，在奸夫淫妇走出情人旅馆的那一刹那拍照或摄像。

"风力发电，"为了让堂娜索菲亚开心，他摆出羡慕的表情，"这家伙还是风的主人。"

"告诉堂娜索菲亚，尽管如此，他吃得跟鸟儿一样少，"迪克逊大人说，"恐怕都产生不了排泄物，用不上卫生纸。"

"我还有一大堆信息没有处理，"堂娜索菲亚得意扬扬，"这个网站专扒百万富翁。"

莫拉莱斯探长告诉她"阿涅利"的雇用条件，将两只银行信封放在桌上。

"堂娜索菲亚，咱们从来没有一个案子赚过这么多钱，这种好事我估计将来也不会再有，"他说，"好好数数这些钱。"

每个信封里都有一百美元、五十美元、二十美元面值的一沓沓钞票，簇新簇新的，堂娜索菲亚数着数着，就粘了手上。

"我家房顶全烂了，我的那份足够修房顶，"她数完钱说，"需要十五块锌板，还有钢梁。"

"您可以向街区市民委员会申请，他们会很乐意批给您锌板。"迪克逊大人说。

"我想换车，小拉达太破了，我想换辆斯巴鲁。"莫拉莱斯探长说。

"八字还没一撇，就分起了赃。"迪克逊大人说。

"先把钱收好。"莫拉莱斯探长把钱收回信封。

侦探社只在象耳豆树购物中心的制造银行①分行开了个科多巴账户，里面的钱少得可怜。于是，两人决定把钱藏在老地方——平时藏待交客户重要照片和侦探社最昂贵的资产尼康相机及存储

---

① 制造银行，通常写作"Banpro"，是尼加拉瓜的一家私人银行。

卡的地方。

两人走进隔间。堂娜索菲亚先抽出一些钞票作为活动经费，然后灵巧地爬上——一看就是经常爬——莫拉莱斯探长的办公桌，取下一块多孔吊顶板，将两个信封藏好。

藏好钱，来看文件夹里的麻布袋子，里面没有文件。莫拉莱斯探长抖抖袋子，两张中等大小的照片掉到办公桌上。

都是失踪者马塞拉的照片。一张是范德堡大学毕业半身证件照，背面贴着标签"马塞拉·索托，2013 级，文理学院艺术学学士"；另一张是彩照，很不清楚，跟朋友在迪厅照的，有人用记号笔把她圈了出来，背面无解释。

"范德堡大学由海军准将科尼尔斯·范德比尔特所建。加州淘金热时期，他在太平洋和大西洋之间运送乘客，在尼加拉瓜发了大财。"迪克逊大人如数家珍，娓娓道来，"从圣胡安河进去，就是《你好！》杂志上说堂伊雷内奥侯爵被蛇咬的地方。"

"索托让马塞拉合法继承了自己的姓氏，"莫拉莱斯探长说，"说明他们家庭和睦。"

"或者，为了掩饰家庭不和睦。"迪克逊大人说。

"《你好！》杂志上是这么写的：马塞拉是索托的'掌上明珠'。"堂娜索菲亚说。

"也就随口一说，"莫拉莱斯探长说，"杂志上都没登马塞拉的照片。"

"阿涅利"只给他提供了几块小拼图。两张照片上的马塞拉面容苍白、身形瘦削，没什么女性魅力，脸也属于看了就忘的那种。

"期限只有三天。"迪克逊大人愁得直挠头。

"给他打电话，告诉他这样子没法儿工作。"堂娜索菲亚说。

"他嘱咐过我，说东西都在文件夹里。"莫拉莱斯探长说。

"那咱们去跟夫人说。"堂娜索菲亚说，"我可以去基金会办公室找她,地点在栎树大街。"

"千万别打这个主意,"莫拉莱斯探长回答,"索托不让把她卷进去。"

"堂娜索菲亚,听他的,别太放肆。"迪克逊大人说。

"好吧,咱们可别因为犯懒,挣不着那一万块钱。"堂娜索菲亚说。

她拿着照片,在电脑前坐下,敲键盘,进入范德堡大学网站,点击"2013 级",在搜索框里敲入马塞拉·索托的名字。

"全是英文。"莫拉莱斯探长看着她操作,提醒她。

"您的意思是我太老了,就不能学外语了?"堂娜索菲亚继续敲键盘,反问他。

"没错。"迪克逊大人说,"老八哥学不会说话,那都是骗人的。堂娜索菲亚每晚学英语,上网课。"

"Yes!"堂娜索菲亚叫起来,"我找到了!"

"有什么?"莫拉莱斯探长问。

"1992 年 10 月 18 日出生于迈阿密。"堂娜索菲亚念给他听,"您瞧,除了咱们见过的毕业照,还有张近照。说明上写着毕业生每年更新照片。"

毕业照上的马塞拉,头发从学士帽底下露出来,披到肩上,而近照是在学校其他地方照的,跟迪厅照片一样,留的是短发,似乎是她自己拿剪刀胡乱剪的。

"圣女贞德式。"迪克逊大人说。

"也许正时髦。"堂娜索菲亚说。

"我没觉得,"莫拉莱斯探长,"更像在赎罪苦修。"

"跟她妈妈穿嘉布遣会的教士服一个道理。"迪克逊大人说。

"不管怎么说,这姑娘挺漂亮的,"莫拉莱斯探长说,"有她的魅力,有。"

"这话千万别让芳妮听见,她有货真价实、如假包换的孟加拉母老虎的指甲。"迪克逊大人说。

"头发是胡乱剪的。还有,您瞧迪厅这张照片,她穿的是男式夹克,太大了,"堂娜索菲亚说,"要卷袖子。这么穿很难看。"

马塞拉确实在朋友圈里不搭调。那些女性朋友貌似不修边幅,其实一身名牌:乞丐装牛仔裤,衬衫不是优衣库的,就是"永远21"的,戴鼻环或唇环,勾肩搭背,摆出各种鬼脸和表情。相反,她一点儿也没打扮,胳膊紧紧地抱在胸前,似乎被迪厅空调冻着了,更像个奄奄一息的病人。

"还有什么?"莫拉莱斯探长问。

"出生时间,出生地点,就这些。"堂娜索菲亚回答。

"有些女人专门到迈阿密生孩子,想让子女成为美国佬。"莫拉莱斯探长说。

"不是这个原因。堂娜安赫拉的第一任丈夫当年在迈阿密工作,是巴拿马高塔银行银行职员,"堂娜索菲亚盯着屏幕回答,"也是《你好!》杂志上写的。"

"您应该向堂娜索菲亚学习,把《你好!》杂志从头到尾看一遍,就不会有这么多问题了。"迪克逊大人说。

"我们已经很清楚她什么模样,知道她剪过头发,年龄也很清楚了。"堂娜索菲亚说,"现在来估一下身高。"

"中等偏矮。"莫拉莱斯探长说。

"有厌食症。"迪克逊大人说,"看面色就知道是主动性营养不良。"

"等一等!"堂娜索菲亚说,"页面底端可以链接到她的脸书主页。"

"堂娜索菲亚,您早该想到小姑娘会上脸书。"迪克逊大人说。

她点击链接,很快转到脸书页面。

马塞拉的头像戴着面具,像只虎斑猫,只露出脸蛋,嘴巴两边各画了三根黑黑的猫胡子。这回她倒是在笑,只是笑容很淡。

"像万圣节的造型。"迪克逊大人说。

后面一堆名人名言:圣雄甘地的、马丁·路德·金的、加尔各答的特蕾莎修女的。再后面是她喜欢的书、唱片和电影。

"不跳舞,不运动。"迪克逊大人说。

她的社交圈并不广,朋友列表里只有十三个人,带照片。其中,七个姑娘是大学同学,来自美国或亚洲;其余的女孩经过比对,都出现在迪厅照片上,共五个;只有一位男性,弗兰克·马卡亚,头像是荷马·辛普森①在吃甜甜圈。

"把这个记下。"莫拉莱斯探长翻开作业本,在新的一页上写下"马塞拉·索托失踪案"——"朋友均为女性,只有一位享有特权的男性把脸藏在一幅漫画后。"

"这里有张照片,标签是他。"堂娜索菲亚说。

就是那张"阿涅利"装在信封里的集体照,弗兰克·马卡亚摄于圣多明戈大型购物中心情绪迪厅,上传时间为8月19日星期四凌晨三点。根据照片说明,姑娘们第二天一早就回美国,告别前合影一张。

"看来,'阿涅利'在监控马塞拉的脸书主页,"莫拉莱斯探长说,"让人影印了这张照片交给我。"

"谁是'阿涅利'?"堂娜索菲亚问。

"就是索托。"莫拉莱斯探长回答。

"别跟她说您见过裸体'阿涅利'本尊,对他的大家伙印象深刻。"迪克逊大人说。

"根据弗兰克的照片说明,告别聚会是在8月18号星期三。"

---

① 荷马·辛普森,美国动画片《辛普森一家》中的角色,是五口之家的父亲。

堂娜索菲亚说,"咱们去瞅瞅她们在聊天室里聊了些什么。"

"堂娜索菲亚已经成长为一流的黑客,"迪克逊大人惊讶地吹了声口哨,"居然能偷偷摸摸地潜进别人的聊天室。"

根据来往信息,8月19日星期四早上飞回美国的三人是:米雷娅·阿圭略、玛尔塔·克里斯蒂娜·拉卡约和安娜贝拉·罗萨莱斯。

堂娜索菲亚扫了一眼三人的脸书主页:米雷娅在莱斯大学念造型艺术,玛尔塔·克里斯蒂娜在加州大学洛杉矶分校念分子生物学硕士,安娜贝拉刚从范德堡大学电子工程专业毕业,在亚拉巴马州的一家移动电话公司当实习生。

"还剩俩,这俩没准陪她去看电影了。"莫拉莱斯探长说,"索托说是一个星期前的事。"

堂娜索菲亚回到马塞拉主页的聊天室。

"梅尔瓦和卡缇娅。"她说,"梅尔瓦邀请卡缇娅和马塞拉8月21号星期六晚上七点在圣多明戈大型购物中心电影院门口见,去看《狂怒》。"

梅尔瓦加了一颗狂跳的心,当时布拉德·皮特还没有跟安吉丽娜·朱莉离婚。卡缇娅回复,她会梦见皮特,wet dreams every fucking night①,还贴了张皮特的露背照。马塞拉只回复:好的,姑娘们,到时候见。

"卡缇娅用英语写的这句话什么意思?"莫拉莱斯探长问。

"您就别让这位正经女人去琢磨龌龊事了。"迪克逊大人说。

"犹大才会懂!"堂娜索菲亚的脸腾地红了,"您把要紧的记下——小姑娘是8月21号星期六晚上失踪的。"

"已经记下了。"莫拉莱斯探长问,"梅尔瓦和卡缇娅呢?还在

---

① 原文为英语,意为"每个该死的夜晚都会做一些让下体湿漉漉的梦"。

马那瓜?"

"这会儿她们也在美国了。"堂娜索菲亚回答,"一个是 23 号星期一走的,一个是 24 号星期二走的,都回学校去了。"

"梅尔瓦·雷耶斯在杜克,卡缇娅·罗夫莱托在沃顿商学院。"迪克逊大人说,"家境殷实,父母均为国家经济支柱。"

"那您帮我查查弗兰克。"莫拉莱斯探长说。

堂娜索菲亚进入弗兰克的脸书主页,信息一目了然:弗兰克·马卡亚·摩根,1991 年 5 月 19 日出生于哥斯达黎加阿拉胡埃拉。马那瓜的住址为南方公路 10½ 公里处。

头像上的他穿着短裤,戴着遮耳帽,情景喜剧里查博①戴的那种,正在吹迷你生日蛋糕上的小蜡烛。弗兰克在银河呼叫中心工作,主页上挂了一组大楼内外的照片。

"看这模样,像是他自己的公司。"莫拉莱斯探长说。

"就他这模样?"堂娜索菲亚问。

"别搞错了,就他这模样,不是老板,好歹也是经理。"莫拉莱斯探长回答,"如今高管上班,全都穿短裤、趿钩针拖鞋。"

"还有,那些女孩子不会随随便便地跟穷小子混在一起。"迪克逊大人说。

"再回到马塞拉个人主页,"莫拉莱斯探长说,"我想确认她失踪后,是不是没给朋友留言。"

从 8 月 21 日星期六至今,无内容。马塞拉离开电影院座位后,关门闭户,朋友们倒是继续从美国嘻嘻哈哈地发来好玩的信息,还有好多照片、表情包、视频链接,没有人惊慌。

"跟她去看电影的两个姑娘太远了,没法儿见面问话。"堂娜

---

① 查博,墨西哥八台同名电视情景喜剧中的人物,该剧于 1971 年至 1980 年间播出。

索菲亚说。

"还有弗兰克,咱们知道他住哪儿,在哪儿工作。"莫拉莱斯探长说。

"他是她男朋友,把她藏了,"堂娜索菲亚说,"这案子真是不费吹灰之力。"

"要真这样,最好称他们为情人。"莫拉莱斯探长说。

"好吧,我承认,这时候,还真说不准。"堂娜索菲亚回答。

"马塞拉肯定不在他南方公路的家里,索托第一个会去那儿找。"莫拉莱斯探长说。

"没错。"迪克逊大人说,"要是人在那儿,'特工史密斯'早就派部队把她救出来了。"

"要是把她藏在别处,他去找,派人盯梢也不难。"莫拉莱斯探长说。

"做这么多推理,想得出什么结论?"堂娜索菲亚问。

"索托压根儿没必要找我。"莫拉莱斯探长回答。

"没准他试过弗兰克那条线,他也一无所知。"迪克逊大人说。

"当务之急是您去见这个小伙子,"堂娜索菲亚说,"我来查莫妮卡·马利塔诺。"

"这女人有什么重要的?"莫拉莱斯探长问,"就是个送信跑腿的角色。"

"我不喜欢她,"堂娜索菲亚回答,"闻上去一股硫黄味①。"

"哪儿有硫黄味?"莫拉莱斯探长说,"分明是昂贵的香水味。"

"网上什么也查不到,不过奥威迪奥认识她,今天早上已经跟我口头汇报过了。"堂娜索菲亚说。

---

① 《圣经》中说,地狱是个炽热火红的地方,流淌的熔岩为河,灿黄的硫黄为山。恶魔生活在地狱,有硫黄味的人即是恶魔。

"您赫赫有名的顾问出场。"莫拉莱斯探长说,"咱们团队就差理发师,现在齐全了。"

堂娜索菲亚当没听见。

"他告诉我,昨天她来这儿,有人陪同。"她说。

"那人男的女的?"莫拉莱斯探长问。

"男的,白人,光头,戴墨镜,像个军校生。"堂娜索菲亚回答。

"穿全套鼠灰色西装?"莫拉莱斯探长问。

"没错,料子很厚,也不管是不是热得慌。"堂娜索菲亚点点头。

"他是'特工史密斯',索托的卫队队长。"莫拉莱斯探长说。

"她从这里出去后,跟他在车里说了一会儿话。"堂娜索菲亚补充道。

"应该是她相好。"莫拉莱斯探长拿起包和手杖。

"那她就不跟索托好了。"堂娜索菲亚嘟囔道。

"您怎么知道她跟索托有一腿?"莫拉莱斯探长问。

"奥威迪奥汇报时说的,"堂娜索菲亚回答,"消息来源可靠。"

"堂娜索菲亚,雇咱们不是去查这些乱七八糟的男女关系的。"莫拉莱斯探长说。

"就是,"迪克逊大人说,"管他谁跟谁有一腿呢?"

"不把我的预感当回事,以后您别后悔。"堂娜索菲亚说。

"就算是相好,也得先查查这个弗兰克有没有上过马塞拉的床。"莫拉莱斯探长说。

"要是真的,那小子就惨了。小蛋蛋会被扔进沸水里,煮熟了,进'阿涅利'的早餐食谱。"迪克逊大人说。

"蠢话说过一遍,还说!"莫拉莱斯探长没好气地嚷嚷。

"什么蠢话?"堂娜索菲亚回过头,没好气地质问。

"别,我不是冲您。"莫拉莱斯探长边往门口走边说,"年纪大了,老会自言自语。"

"堂娜索菲亚,隔板上我那张照片太烂。幸好我是黑人,要不
然没法儿看。"迪克逊大人说完,紧跟着莫拉莱斯探长出门,"您在
电话号码簿里找我兄弟查尔斯,打电话到布鲁斯菲尔德,让他给您
寄张像样的照片过来,比方说,莫拉沃学院毕业照,跟失踪的马塞
拉一样,戴着学士帽。"

3. 彗星的尾巴

一点钟左右,莫拉莱斯探长在银河呼叫中心停车场走下拉达。
中心大楼在马萨亚公路旁,经过小山住宅新区便是。落地窗黑洞
洞的,未经粉刷的混凝土墙壁后面,员工究竟在干些什么,外人无
从知晓。不到大楼门厅前,绣球花坛中央竖着一块混凝土,上面挂
着公司名的镀铂金属字母,公司标识是彗星的尾巴。

环形办公桌位于大厅中央,前台小姐们穿着灰色条纹制服,坐
在高高的吧台椅上,手边的电话不会震天响,只会像猫咪那样舒服
地发出呼噜声。

莫拉莱斯探长拄着手杖,步子尽可能迈得像样些,向带着点宗
教色彩的办公桌走去。大厅里没有装饰,金属墙面,不透光,也不
反射天花板上陶瓷灯投下的光,总之挺瘆人的。只有最远处、最里
面的墙上挂着一幅画:两只眼睛,一只在流泪,只有眼泪是绿色的。

"猜猜谁是呼叫中心老板,猜中有奖。"迪克逊大人用胳膊肘
碰碰他。

"呼叫中心是干吗的?"莫拉莱斯探长问,问完立马后悔。给
迪克逊大人话头,自己的耳根就没法儿清静。

"跟服装厂来料加工一个道理,只是接线生用英语打电话。"
迪克逊大人回答。

"我还是屁都没听懂。"莫拉莱斯探长说。

"举个例子,"迪克逊大人说,"老太太住在地广人稀的旷野,比如澳大利亚,需要当地时间早上六点吃药。这里一位接线生给她打电话,对她说:'早上好,该给您的骨头补钙、给您的血液补铁了。'"

莫拉莱斯探长跟前台打听弗兰克·马卡亚学士,前台小姐的眼里笑出了花。那探长还能怎么称呼他?经理起码是个"学士"。

"前台乐成那样,让我怀疑咱们找的弗兰克既非学士,又非经理。"迪克逊大人说。

前台失态,赶紧改正。

"很抱歉,工作时间,员工不见客。"她说。

"什么鼎鼎大名的经理!"迪克逊大人说,"不过是个普通员工,一分钟也不能让墨尔本的老头老太们没药吃。"

"我是索托农艺师派来的。"莫拉莱斯探长底气十足。

前台惊讶莫名。莫拉莱斯探长见她拿起电话,在仅有的几种微笑中调出最有魅力的那种。

"咱们别让索托先生不开心,事关机密,第三者不便涉入。"他压低嗓门。

前台小姐很漂亮,古铜色皮肤,高颧骨,厚嘴唇,淡玫瑰色唇膏。她迟疑片刻,微笑着请他出示身份证,换贴纸,探长自己乖乖地把它贴在衬衣口袋上。

"一天被人贴两回贴纸,"迪克逊大人说,"区别只是从靶纸换成哈雷彗星的尾巴。"

"访客结束后,证件奉还。"前台小姐说。

"那我还有机会再见到您。"莫拉莱斯探长再次微笑,前台小姐却一脸严肃。

"微笑行动以失败而告终。"迪克逊大人说。

"乘电梯到三楼,右手第二个门。"前台小姐为他指路。

走廊右手第二个门里坐着十二名接线生,戴着带话筒的耳机,各自对着电脑,同时温柔亲切地低语,似乎在跟老熟人闲聊,彼此信任,可以开些无伤大雅的玩笑。

一个身穿牛仔裤和口袋上绣着彗星尾巴的衬衫、打着领带的小伙子在两排办公桌之间走来走去,监督员工工作。

"您瞧,"迪克逊大人说,"那就是弗兰克,没戴查博式的帽子。"

莫拉莱斯探长向他走去,他见了,主动迎上前来,没好气地拉着他的胳膊,以迅雷不及掩耳之势将他拉到走廊,手杖顿时脱手。

"对不起,先生,接线室闲人免进。"他捡起手杖,还给他。

小伙子想尽量整整仪容,可惜没那么容易。他抹抹头发,动动脖子,有点滑稽,有点目中无人。领带上花团锦簇,像搬上去一整座花园。

"瞧瞧,连眉毛都修过。"迪克逊大人说,"不是双性恋,就是同性恋,我更倾向于后者。"

"咱们得谈谈。"莫拉莱斯探长出示了警察局派发的私家侦探证件——已过期,威严地对他说,"你老板拜托我找女儿,她失踪了。"

小伙子很瘦弱,像过了青春期翘不起臀部的女孩子,喉结突出,咽唾沫看得一清二楚。

"马塞拉失踪了?"弗兰克摆出最逼真的惊讶表情。

"你小子别跟我装傻,咱们少费点口舌。"莫拉莱斯探长扯着他领带问,"哪儿说话方便?干吗不去你办公室?"

"我没有办公室,"弗兰克回答,"就在接线室工作。"

"我以为你最起码是个经理。"莫拉莱斯探长松开他。

弗兰克赶紧整整领结、顺顺领带,那些花儿如今看上去花瓣脱落、无精打采。

"我不是经理,是教练。"他说。

"教练?"莫拉莱斯探长问,"就像棒球教练?"

"我负责监督本部门的接线生。"弗兰克压低嗓门,说得飞快,几乎听不清楚。

"简而言之,你就是个监工。"莫拉莱斯探长说。

"别吓着人家。"迪克逊大人说。

"这儿说话不方便。"弗兰克恳求道。

"好吧,你说几点,在哪儿见?"莫拉莱斯探长说。

"我去请假。半小时后,花儿咖啡馆见,就在这条公路上,'移动之星'移动公司旁。"

"好嘞!"莫拉莱斯探长说,"你要是说话不算话,放我鸽子,我就直接去找索托,明天就把你扫地出门。"

"他会去的,一定会去的。"迪克逊大人说,"吓得屁滚尿流,还不脚底生风?"

弗兰克确实准点到达,看上去镇定不少。他摘了领带,戴上棒球帽,还有约翰·列侬款圆片闪光眼镜,镇定地在莫拉莱斯探长桌边——桌上摊着作业本——坐下,笑了笑。

"我请。"他十分自信地打了个响指,叫服务生。

"给我来杯摩卡。"他先点单。

"您要一杯爱尔兰咖啡,加威士忌。"迪克逊大人说。

"给我来杯爱尔兰咖啡,"莫拉莱斯探长说,"加双份威士忌。"

"您的名字我觉得耳熟,"弗兰克的眼睛眨得飞快,"原来是大名鼎鼎的莫拉莱斯探长。"

"睫毛是假的。"迪克逊大人说。

"你最后一次见她是什么时候?"莫拉莱斯探长听了恭维暗自欢喜,无奈掩饰得拙劣。

"8月21号星期六晚上。"弗兰克说,"我们去电影院看七点半场的电影,是布拉德·皮特主演的片子。看到一半,她说去买爆米花,然后就没回来。"

"你也在电影院?"莫拉莱斯探长惊讶地问。

"卡缇娅最后一刻打电话邀请我的。"弗兰克回答,"那部电影我看过,不过无所谓,跟她们在一起挺舒服的。"

"卡缇娅就是那个做'湿漉漉的梦'的姑娘。"迪克逊大人说。

"你有车吗?"莫拉莱斯探长问。

"天蓝色丰田雅力士。"弗兰克回答。

"我就不再指出证人的某些特征了,"迪克逊大人说,"感觉自己越来越恐同。"

"索托说,马塞拉的宝马还在停车场,"莫拉莱斯探长说,"你不会把自己的车钥匙给她了吧?"

"当然没有,而且很容易证明。"弗兰克耸耸肩,"卡缇娅让我去接她,她的帕萨特被她兄弟开到圣胡安·德尔苏尔去了。她很恼火,觉得她兄弟很过分。我还把她送回了家。"

"马塞拉没回去,你们有何反应?"莫拉莱斯探长问。

"压根没觉得奇怪,她就这样。"弗兰克说,"我们以为爆米花是借口,她觉得没劲,就回家了。"

"看完电影,没想联系她?"莫拉莱斯探长问。

"联系了。我们在棒约翰坐了一会儿,打她手机,不接,给她留言,不回。"弗兰克回答。

"你在哪儿念的书?"莫拉莱斯探长问。

"伯克利。"弗兰克回答,"电子工程专业,没毕业。"

"你的工资能买得起车?"莫拉莱斯探长问。

"我妈在哥斯达黎加,挺有钱的,送了我一辆。"弗兰克很伤自尊。

"那你做什么接线生监工?"莫拉莱斯探长问。

"跟您说我大学没毕业,"弗兰克回答,"只有英语拿得出手。"

爱尔兰咖啡来了,装在高脚杯里。莫拉莱斯探长喝了一大口,一股暖意在胸口化开,精神为之一振。

"能知道你为什么毕不了业吗?"莫拉莱斯探长问。

弗兰克往摩卡里倒了一小袋善品糖,若有所思地用小勺子搅啊搅。

"都是摇头丸惹的祸。"他说。

"一种能将回忆和被压抑的情感从黑暗深处释放出来的毒品。"迪克逊大人说。

"宇宙无限,飘飘欲仙。"莫拉莱斯探长说。

"当时流行用红牛服摇头丸。"弗兰克接着说。

"你把自己玩坏了。"莫拉莱斯探长说。

"一天晚上,在一个很爽的聚会上,我想从三楼阳台跳下去,"弗兰克说,"觉得只要动动胳膊,像鸟儿那样扇扇翅膀,就能在空中飞。"

"还有人自以为是钢铁侠,妄想螳臂当车,结果被拍死在马路上。"迪克逊大人说。

"怎么从黑洞里走出来的?"莫拉莱斯探长问。

"进了奥克兰戒毒中心,费用比大学一个学期的学费贵两倍。"弗兰克说,"我可怜的妈妈。"

"完全戒掉了?"莫拉莱斯探长问。

"现在我做克利亚瑜伽,沉思冥想。"弗兰克说,"我可以去参加某个聚会,所有人像疯子一样吸粉,或是大把大把吞药,而我无动于衷。"

"可这些都没让我想明白你为什么会来尼加拉瓜生活?"莫拉莱斯探长问。

"因为爱人。"迪克逊大人说。

"我的个人经历跟您的调查有什么关系?"弗兰克问。

"谁知道个人经历会导致什么结果?"莫拉莱斯探长回答。

"我在戒毒中心认识了一个尼加拉瓜朋友。"弗兰克小心地舔舔小勺。

"后来他把你给踹了。"莫拉莱斯探长说。

"没有。"弗兰克伤心欲绝,"我们在马那瓜幸福地生活了一年后,他死了。"

"获得性免疫缺陷综合征。"迪克逊大人说。

"于是,你决定留下。"莫拉莱斯探长喝完了爱尔兰咖啡,打算再要一杯。

"你去哪儿,我也去哪儿……你死在哪儿,我也死在哪儿。"弗兰克说。

"《路得记》,有改动。"迪克逊大人说。

"之后,你没再有过伴?"莫拉莱斯探长问。

"我是个守身如玉的鳏夫,"弗兰克微微一笑,"倒不是怕传染给别人,我的血清反应不是阳性。"

"你的人生伴侣给你留下了包括马塞拉在内的一些朋友。"莫拉莱斯探长说。

"卡缇娅、梅尔瓦,还有其他女性朋友,您一定都在我的脸书上查到了。"弗兰克说。

"她们都那么大大咧咧,知道你只是个普通的接线生监工吗?"莫拉莱斯探长问。

"她们都知道,但我妈不知道。"弗兰克回答,"我妈要是知道,会急出病来。"

"她干吗要伤心?明知你大学没毕业,重要的职位也求不来。"莫拉莱斯探长说。

"她笃信姓氏，"弗兰克回答，"坚信只要姓马卡亚，去哪儿都能做高管。"

"她以为你会挣大钱。不管怎样，她送了你一辆车。"莫拉莱斯探长说。

"妈妈的心意。"弗兰克笑言。

"可是，不管这个职位是否重要，都是马塞拉帮你向她爸爸讨来的。"莫拉莱斯探长说。

"根本用不着她爸爸出面，"弗兰克说，"她给人力资源部经理打了个电话，全部搞定。"

"我得再要一杯咖啡。"莫拉莱斯探长举手叫服务生。

"刚到下午，您就要两个双份威士忌，有酗酒的迹象。"迪克逊大人提醒道。

"没问题，您点，还是我请，我很荣幸。"弗兰克说。

"马塞拉在哪儿？"莫拉莱斯探长冷不丁地问。

"我不知道！"弗兰克回答，他喝了点跟咖啡一起送上来的水。

"这是一次友好谈话，"莫拉莱斯探长说，"我不压你，也不逼你。"

"希望咱们能像朋友那样交谈，可您得相信我。"弗兰克说，"她在哪儿，我完全不知道，向麦克斯保证。"

"麦克斯是他已故的男友。"迪克逊大人说。

"马塞拉的男朋友叫什么名字？或是她情人，一回事。"莫拉莱斯探长问。

"她没有男朋友，也没有情人。"弗兰克回答，"她很孤单，所以我跟她谈得来。"

"如果你的朋友，也是她的朋友，全都回美国了，只剩下你们俩，"莫拉莱斯探长问，"为什么不联系？"

"就是这点最让我纳闷。"弗兰克叹了口气，"我成天盯着手机,别说电话,连短信都没有一条。"

"从照片上看,她很抑郁。"莫拉莱斯探长说。

"没错,极度抑郁。"弗兰克同意。

"她没跟你说过为什么抑郁?"莫拉莱斯探长问。

"我跟她没熟到那个程度。"弗兰克回答。

"他在撒谎,"迪克逊大人说,"追着问,别撒手。"

"兄弟,你当我傻啊?"莫拉莱斯探长说,"刚说那姑娘没人可找,只能找你,现在又说你跟她不熟。"

"您不知道什么叫抑郁。"弗兰克说,"人把自己关在壳里,撬不出话来。"

"告诉我,她的精神科医生叫什么名字?"莫拉莱斯探长问。

"她没有精神科医生。"弗兰克回答。

"你又在撒谎。"莫拉莱斯探长叹了口气。

"我说的全是实话,"弗兰克说,"您不信,我没辙。"

"她拒绝去看精神科医生?"莫拉莱斯探长问。

"她继父不让。"弗兰克回答。

"为什么不让?"莫拉莱斯探长问。

"他说他女儿没疯,只有疯子才需要精神病看护。"弗兰克回答。

"索托没找过你,问他女儿在哪儿?"莫拉莱斯探长问。

"没。"弗兰克回答。

"也没有一个叫莫妮卡·马利塔诺的女人联系过你?"莫拉莱斯探长问。

"我不知道这女人是谁。"弗兰克回答。

"马塞拉几点离开了电影院?"莫拉莱斯探长问。

"电影放到一半,"弗兰克回答,"差不多晚上八点一刻。"

"有人打她手机?"莫拉莱斯探长问。

弗兰克有一会儿没吭声。

"是的，有人给她打电话。"他回答，"她把手机调成了震动，有人打电话进来。"

"她接了吗？"莫拉莱斯探长问。

"没有，"弗兰克回答，"只是看了看屏幕。没过一会儿，又有人打电话进来。"

"知道是不是同一个人打的？"莫拉莱斯探长问。

"她没说，直接关机。"弗兰克回答。

"打进来两个电话，后一个电话和她离开电影院之间隔了多久？"莫拉莱斯探长问。

"顶多两分钟。"弗兰克几乎不假思索地回答。

"嗯，"莫拉莱斯探长说，"如果她把车留在停车场，必须有个跟她走得很近的人过来接。"

"打电话给她的人。"迪克逊大人说，"打进来两个电话，这是暗号。"

"我再说一遍，您说的这个人不存在。"弗兰克摇头。

"这么说，甭管她去了哪儿，都是走去的？"莫拉莱斯探长问。

"我想了好几天，脑袋都想破了，也没想出答案。"弗兰克回答，"没准是绑架。"

"索托完全排除了绑架的可能性，"莫拉莱斯探长说，"我认为他说得有道理：没有人绑架会不索要赎金。"

"别的我也想不出。"弗兰克做起身状，"对不起，我该回去上班了。"

"还有个小问题。"莫拉莱斯探长举手将他拦住，"咱们姑且认为她不会对你说心里话，可是你觉得，她为什么抑郁？"

"恐怕跟她父母对她的期望有关，马塞拉完全不感冒。"弗兰克回答。

"什么期望?"莫拉莱斯探长又喝了一口第二杯爱尔兰咖啡。

"索托想让她做公司旅游部主管,"弗兰克回答,"慢慢培养,最终让她掌管他的商业帝国。想必您已经知道,索托只有马塞拉一个继承人。"

"他亲口告诉过我。"莫拉莱斯探长说。

"可这日子,她想想都怕。要跟别人做斗争,跟员工做斗争,参加各种高层会议⋯⋯"弗兰克说,"她想回美国,去念英国文学硕士。"

"这都是她告诉你的?"莫拉莱斯探长问。

"不是,她在小圈子里偶尔提过,冲我们这些玩得比较近的人说的。"弗兰克回答。

"那她为什么不按照自己的心愿去美国?"莫拉莱斯探长问。

"我想是为了不让索托不高兴,"弗兰克回答,"她走了,索托就甭指望让她接手家族生意了。"

"她跟他关系如何?"莫拉莱斯探长问。

"她尊重他。"弗兰克回答。

"尊重他,但不爱他。"莫拉莱斯探长说。

"我可没这么说。"弗兰克跳了起来。

"你说的尊重是一回事,爱是另一回事。"莫拉莱斯探长说。

"好吧,她一定爱他。他给了她姓氏,她怎么会不爱他?"弗兰克说。

"一个姓氏而已,"莫拉莱斯探长问,"你觉得这就足够?"

"您想说什么?"弗兰克问。

"就是,探长,您想说什么?"迪克逊大人也问。

"我想找到她。既然收人钱财,就要替人办事。"莫拉莱斯探长回答。

"您调查她爱不爱她爸爸,就能找到她?"弗兰克有点揶揄地问。

"只是继父。"莫拉莱斯探长回答,"你就没想过,要是他们关系好,她会不愿意住在家里?"

"我没听她说过他们关系不好。"弗兰克说,"更何况,要是她不想跟父母住,直说好了,肯定没问题。她是成年人。"

"弗兰克言之有理。"迪克逊大人说。

"你去过她家。"莫拉莱斯探长说。

"去的次数不多,但去过。"弗兰克说。

"这么说你见过索托。"莫拉莱斯探长说。

"那栋豪宅大得可怕,"弗兰克说,"马塞拉跟他们分开住,有独立出口。"

"你觉得她妈妈怎么样?"莫拉莱斯探长问。

"堂娜安赫拉?永远都在忙她的皮奥基金会。"弗兰克回答。

"母女关系呢?"莫拉莱斯探长问。

"我觉得正常。"弗兰克回答。

"只是你觉得?"莫拉莱斯探长问。

"我并不了解她们的日常。"弗兰克回答。

"如果马塞拉不爱做生意,是不是也不爱帮妈妈给穷人分吃的?"莫拉莱斯探长问。

"问得好。"弗兰克说,"等我见到她,一定帮您问。"

"下回再笑我,我揍死你!"莫拉莱斯探长说。

"可您问的这些问题……"弗兰克说。

"你说,"莫拉莱斯探长问,"马塞拉没有男朋友,没有情人,是不是同性恋?"

"不是,绝对不是,您想歪了。"弗兰克激动地否认。

"我没说她是,只是问一句。"莫拉莱斯探长说,"迪厅那张照片上,除了她,所有姑娘都很时髦。谁会穿一件完全不合身的男式夹克去那种鬼地方？"

"您要了解她的性格，才能理解她的装扮。"弗兰克说，"昂贵的衣服和珠宝，她都不放在眼里。"

"可她开的是宝马，我觉得在尼加拉瓜全国找不出第二辆一模一样的车。"莫拉莱斯探长说。

"那是她爸送她的毕业礼物，她能怎么办？只好拿过来开。"弗兰克回答。

"还有保镖什么的。"莫拉莱斯探长说。

"就俩，开丰田普拉多，远远地跟着。"弗兰克说，"她向来自己开车，独来独往。"

"索托告诉我，当晚，保镖们一直在电影院门口等。"莫拉莱斯探长喝完最后一口爱尔兰咖啡。

"一个守在大门口，另一个守在后走廊出口，电影散场时，那儿也能出去。"弗兰克说。

"好吧，我问完了。"莫拉莱斯探长说，"留给我手机号，万一我要找你。"

弗兰克报出手机号，莫拉莱斯探长记在作业本上。

"麻烦您，别再来上班的地方找我。"弗兰克起身说。

"还有马塞拉的手机号。"莫拉莱斯探长说。

"我给她打过无数次电话，发过无数条信息，那个号码一直没动静。"弗兰克说。

"不管怎样，先留给我。"莫拉莱斯探长说。

"我不给！"弗兰克说，"这过分了，我不能答应。"

"好吧，我不逼你。可是你不给，我觉得很奇怪。"莫拉莱斯探长说，"既然那个号码一直没动静，给我有什么要紧？"

"有样东西叫忠诚，她没允许我把她的号码给别人。"弗兰克说。

"好极了。"莫拉莱斯探长递给他一张印着迪克·崔西画像的名片，"万一马塞拉联系你，一定通知我。"

"那当然，您放心。"弗兰克说。

"我觉得你又特别紧张了，"莫拉莱斯探长说，"索托没有不让我跟你说话，你为什么这么怕他？"

"我为什么要怕他？"弗兰克说，"我是不希望公司的人乱嘀咕，说警察来找我问话。"

"我已经不是警察了。"莫拉莱斯探长说。

"可所有人都知道您缉拿毒贩，"弗兰克说，"我又沾过毒品，不想让领导捕风追影。是同性恋已经够受的了。"

"他说的完全在理。"迪克逊大人说。

弗兰克将两根指头放在帽檐处，告辞，绕过坐满顾客的桌边，往门口走。

"叫住他！他还没买单！"迪克逊大人惊呼。

"让他走，索托买单。"莫拉莱斯探长说，他又要了杯爱尔兰咖啡。

"阁下，小拉达可没装自动驾驶系统。"迪克逊大人说。

"这个弗兰克，你怎么看？"莫拉莱斯探长问。

"他跟您说的话，有些是真的，有些我存疑，还有些我持保留态度。"迪克逊大人回答。

"这么说，你认为他知道的比他说的要多？"莫拉莱斯探长问。

"我要是您，我会跟踪他。"迪克逊大人回答。

"他不给我马塞拉的手机号，"莫拉莱斯探长满意地笑，"却提供了自己的手机号。这个傻瓜没有意识到，可以顺藤摸瓜。"

"芳妮该行动了。让她给咱们搞来弗兰克、马塞拉的电话清单。"迪克逊大人说，"这样，咱们就能查到电影放到一半，是谁给她连打了两次电话。"

"兄弟,没有你,我该怎么办?"莫拉莱斯探长将爱尔兰咖啡一饮而尽,烫着了嗓子眼。

他想站起来,又跌回到座位上。他笑了,笑自己笨拙。

4. 蒂埃里·穆勒①香水味

中午一点不到,正当莫拉莱斯探长踉踉跄跄地离开花儿咖啡馆时,堂娜索菲亚正在准备午饭。鉴于侦探社已经转型,主要承接捉奸案,发生了一件让她并不意外的事。

她正要关门,来了一位女客户。堂娜索菲亚从一大早就在等她,要交付一沓用尼康摄远镜头拍的照片。照片上,她丈夫在中美洲移民聚居区小巷的爱巢门前,安详地抱着一个两岁左右的男孩。

女客户强装镇定看完照片,要了杯水,堂娜索菲亚赶紧倒来。这时,只见她猛地从包里抓出一把在有关司法案件的报道中被称为"殉情药丸"的磷化铝,想一口吞下。堂娜索菲亚扑上去,扭打挣扎一番,制服了女客户,夺走了致命的毒药,安慰她,让她扑在怀里痛哭一场,好言相劝了一刻钟,提出各种建议,待她平静下来,送她到拱廊。

总算可以吃午饭了。堂娜索菲亚从办公桌抽屉里取出塑料饭盒,里面装着蛋黄酱拌土豆沙拉,她几乎每天都吃这个,还有一升装皇家可乐②,已经开瓶,直接对着瓶口喝。

电扇莫名其妙地使劲吹,除了把纸吹得乱七八糟,只能在空寂的办公室里搅一搅酷热的空气。不过,堂娜索菲亚以为独自一人,

---

① 蒂埃里·穆勒,法国时装和香水品牌,创建于 1974 年。

② 皇家可乐,秘鲁亚和公司从 1988 年开始推出的一种可乐,风靡美洲十多个国家。

其实不然,迪克逊大人一直守在身旁,看着她吃饭。

她吃得慢条斯理,在迪克逊大人眼里,慢得让人绝望。她把勺子伸进沾满蛋黄酱的熟土豆块,仔细翻检,没好气地拣出芹菜丁,放在一小张报纸上。迪克逊大人一直很想问她:堂娜索菲亚,既然您那么讨厌芹菜,干吗要把它拌进土豆沙拉里?

她慢悠悠地拣完芹菜才好不容易吃上一口,望着晴朗的天空,嚼了好久。她这么磨蹭是因为脑子里在想事儿。她在想莫妮卡·马利塔诺。

昨天是星期四,跟平常一样,没有客户上门。上午,堂娜索菲亚走进莫拉莱斯探长的小隔间,悄声通报:外面有贵妇求见。她还多此一举地补充道:没有预约。有求而来的人总会搞突然袭击,探长办公桌上的记事簿是明星鸡肉铺的赠品,空无一字,白白落灰。

来的那位贵妇,额头上架着太阳镜,随意地系着菲拉格慕①牌丝巾,肩背米色公文包,配细高跟鞋,滑稽地迈着大步,似乎在丈量地面。

堂娜索菲亚心想,要是类似的鞋穿在她脚上,无异于踩高跷——小孩子在雨里蹚水那种,走不了两步,准会摔个狗啃泥,磕掉几颗牙齿。

贵妇手上晃动着蓝银色沃尔沃标志的钥匙扣,似乎那是打算甩在桌上的色子。蒂埃里·穆勒香水的气味顿时弥漫在空气中。

昨天,奥威迪奥没来得及汇报有关贵妇的详情,他要到社保临时医疗点中的一个去看病,雇了人,大清早替他排队。那人刚打来电话,说就快轮到他了。今天早上,在莫拉莱斯探长从索托家的豪宅用完早餐回到侦探社前,他终于穿着那件带 RD 美发廊标识的尼龙黑大褂,坐在折叠椅上,向堂娜索菲亚做口头汇报。

---

① 菲拉格慕,意大利著名高端时尚品牌。

贵妇从拱廊姗姗离去时，正好轮到他在发廊门口抽烟。他叼着烟，目送她离去，见她坐进珍珠灰沃尔沃驾驶室，车身在烈日的炙烤下，一定烫手得很。

他一眼就认出了她。革命期间，她做过一段时间的内政部礼宾司司长，佩戴上尉肩章，尽职尽责，在部长办公室旁的小办公室里办公。部长是高级将领，办公室在提斯卡帕山旁一栋楼房的三层。

橄榄绿军装虽说用的是防缩水的上好面料，但毕竟不允许她展示出外国时装的魅力，于是，她只好把心思放在化妆和发型上。她的短发剪得像男孩子，一绺绺头发故意显得凌乱，其实很性感。

奥威迪奥和阿波罗尼奥也穿过军装，可是没有肩章。他们曾在内政部大楼地下室里的理发店工作，隶属于安全部门，专为投身革命的高级将领服务，因为国家领导集团的人不能冒险去公共理发店。

那时理发店里配备了最新款镀铬扶手椅和一名古巴籍服务生，专门调制古巴莫吉托和台克利鸡尾酒，却没有想象中那么受欢迎。将领们宁可请人上门服务，而内政部理发店的服务对象仅限于部里的团营级军官。

他们形成了固定的圈子，经常会聊到莫妮卡。革命胜利那天，她和有些人分明不是军人，也披了身橄榄绿，这些人被统称为"马齿苋"。

尽管她是军人——火线入伍，尽管她很快成为国家安全局马莱斯平局长的情人，却没有动一根手指头让父亲的家产免遭充公。父亲是个工厂主，专门生产卫浴瓷砖，多年前，他把她送到瑞士洛桑的圣母修女学校去念社会艺术学。

她的职责包括接待苏联、保加利亚和东德的顾问团。军人俱乐部的酒窖归内政部监管，那里存着索摩查的最爱——苏联红牌伏特加,存了好多箱,可以让顾问们随便喝。

她常带顾问们去理发店,像严格管教孩子的母亲,盯着理发师们不折不扣地完成任务。只要她在,没人敢胡说八道,尤其当马莱斯平局长下来理发时。局长的头发由店主罗穆阿尔多·特拉尼亚师傅亲自打理。

奥威迪奥看完病,为了收集资料,专程去皇冠假日酒店拜访特拉尼亚师傅。老金字塔式的酒店挨着索摩查的地堡,1972 年 12 月地震时,商业巨头霍华德·休斯①进地堡避过难,后来火速撤离。特拉尼亚师傅除了掌管酒店发廊,还为有头有脸的人提供上门服务,如红衣主教米盖尔·奥万多·伊·布拉沃②。虽说他上了年纪,手法依然稳健。

奥威迪奥告诉堂娜索菲亚,尽管师傅手上功夫还在,记性却差强人意。他所提供的最重要的信息是,索托在跟安赫拉·孔特雷拉斯结婚前一直单身,二十世纪八十年代,他也是莫妮卡·马利塔诺的情人。

之后,奥威迪奥开始描述在停车场等她的男人。莫拉莱斯探长听完就说,"特工史密斯"有可能是这个传话助理的现任情人。

堂娜索菲亚对有关莫妮卡·马利塔诺如今生活的了解并不满意,而且她还想进一步调查索托。除了网上找到的财产信息,她想知道更多。在《你好!》杂志的专题报道中,索托夫人很少提到索托。

因此,她计划召开"顾问会议":莫拉莱斯探长总是将堂娜索

---

① 霍华德·休斯(1905—1976),美国企业家、航空工程师、电影导演。他是个花花公子式的传奇人物,2004 年上映、以其生平改编的电影《飞行家》获五项奥斯卡金像奖。

② 米盖尔·奥万多·伊·布拉沃(1926—2018),尼加拉瓜红衣主教,马那瓜名誉大主教。

菲亚、奥威迪奥和卡莫纳医生——象耳豆树购物中心北拱廊"淘气包好办事"讨债公司的主人——的碰头会戏称为"顾问会议"。

她吃完午饭,关上电扇,让电脑休眠,出门时挂上"暂时歇业"的牌子。牌子是维萨卡馈赠的小礼品,搬走的童装店留下的。

堂娜索菲亚站在美发廊橱窗前,冲奥威迪奥比画,让他去卡莫纳医生办公室。奥威迪奥穿着黑大褂,正在给一个围着黑色护衣、连脚都被盖住的小男孩理发。他郑重其事地点了点头。

一群小男孩大呼小叫地在卡莫纳医生讨债公司办公室门前的拱廊上打牌,丝毫不在意被烈日晒个正着。扑克牌是医生提供的,下注的筹码是矿泉水瓶盖,从隔壁库斯卡特莱科酒吧的垃圾罐里捡来的,酒吧最拿手的是萨尔瓦多玉米馅饼。

佩德罗·塞莱斯蒂诺·卡莫纳医生负责讨债。要是哪个债主找到"淘气包好办事",那他自己真是一点辙都没有了。卡莫纳医生将手下的流浪儿分成小队,穿上五颜六色的衣裳,戴上五颜六色的帽子,守在债户单位或家门口,就那么安静地待着。目的嘛,所有人心知肚明,等着看热闹。债户一天不还钱,孩子们一天不拔营。

只有遭遇极端抵抗,卡莫纳医生才会开着皮卡,亲自出马,赶往事发地点。驾驶室顶上背靠背装了两只高音喇叭,车厢里站着一堆淘气包。他会用雷鸣般的声音对债户宣读法律条文,敦促其欠债还钱,友情提醒和磁带中录制的《齐格弗里德的葬礼进行曲》①轮番轰炸。

"堂娜索菲亚,您千万别责怪孩子们不上学。"迪克逊大人说,"淘气包们鬼精鬼精的,会让您日子不好过,给您取些恶心的外号,恶心得我都说不出口。"

---

① 《齐格弗里德的葬礼进行曲》,来自瓦格纳的著名歌剧《众神的黄昏》。

责怪卡莫纳医生也没用,堂娜索菲亚知道他会怎么回答:没了这份体面工作,孩子们也不会去上学,要么被父母派到有红绿灯的街口去讨饭,动辄被车撞死;要么学坏,去市场上偷东西。

卡莫纳是产科医生,多年前为遭人强暴的十三岁姑娘做流产手术,被人指控,吊销行医执照。他绰号"万事通",记忆力超群,对别人的事牢记于心,一桩桩按字母顺序储存在脑子里。

"淘气包好办事"讨债公司办公室原本是家"付得更少"连锁平价鞋店。"万事通"没有办公桌,喜欢舒舒服服地坐在一套四把的灯芯草摇椅上处理各项事务。背后有只古老的保险箱,转盘似船舵,左右旋转方能开启。墙上钉着钉子,挂着淘气包们的工作服。

侦探社闷热无比,这里却和美发廊一样,开着空调,清凉惬意。卡莫纳医生和蒙塔尔万堂兄弟都在电表上做了手脚,莫拉莱斯探长原本也想仿效,堂娜索菲亚坚决反对,如此违法乱纪之事,必须严词拒绝。

保险箱上方用铁链挂着一只铁笼,锁了把大锁,钥匙交由堂娜索菲亚保管。铁笼里有瓶老伯威,盖子封着印花,立存此证。"万事通"向自己保证:都肝硬化了,这酒非戒不可。

他酗酒时,喝得昏天黑地,能连醉好几周。喝完老伯威威士忌,逮着什么喝什么:小马朗姆酒、耶稣的眼泪红葡萄酒、红鹰红葡萄酒——可作料酒,也可用于家庭聚餐、危地马拉吉卜赛女人香槟——会在衣服上留下无法洗净的黄渍,甚至还有香水——购物中心"神之子耶稣"药店出售的散装香水。

他戒酒不戒赌,雷打不动地光顾阿尔塔米拉森林法老赌场,每晚七点整,准时坐在二十一点桌前,同桌赌友是他最好的消息来源。

堂娜索菲亚见他跟平常一样,穿着无袖针织背心,趿着橡胶拖鞋,戴着英式毡帽——远古时代足球门将戴的那种。地上堆着一沓讨债文件,手边的细腿小凳上,挤进了一只带铝壶的小电炉、一罐普莱斯托速溶咖啡和一只天蓝色塑料杯,杯里有把小勺。

他鼻尖上架着眼镜,正在查看一份卷宗,见堂娜索菲亚来了,礼貌地起身,去小卫生间抹了好多香皂洗手——做产科医生落下的毛病,似乎她去做产科咨询。

"索托,"堂娜索菲亚一边坐下一边问,"您能告诉我多少?"

"您要的都装在这块硬盘里。""万事通"指了指自己的脑袋。

他又去卫生间,拿着铝壶接水,给小电炉通电。这时,奥威迪奥轻手轻脚地进来,似乎这是一场宗教仪式,又轻手轻脚地在另一张摇椅上坐下。

"首先,在一周前出版的《官方公报》上,索托被任命为总统外国投资事务顾问,级别相当于政府部长。""万事通"接着说。

"我需要他个人生活方面的资料。"堂娜索菲亚说。

"万事通"不紧不慢地在塑料杯里放了两大勺速溶咖啡,端起铝壶,倒入沸水,慢慢搅匀,以免结块。

"那就从家世背景说起。""万事通"说。

"赶紧的,长话短说。"堂娜索菲亚嘱咐。

"索托的父亲是希诺特加省拉孔科迪亚过得不赖的农民。""万事通"将杯子放到嘴边,又猛地拿开,咖啡太烫,"起先买下中等大小的欢闹咖啡种植园,又陆续买下更多咖啡种植园,获得老索摩查的许可,控制北部山区的咖啡豆生产,缴纳什一税。"

"家产殷实,"堂娜索菲亚说,"可以睡在钱堆上。"

"可要是您见到他,会觉得他是个不起眼的农民,戴着橡胶帽子,穿着橡胶靴子,亲自动手,给卡车卸货。""万事通"说。

"直到发生革命,家产被抄,倒了血霉。"奥威迪奥说。

"万事通"吹了吹咖啡,投去鄙夷的目光。

"才不是,我亲爱的朋友。"他回答,"他之所以倒了血霉,是因为某个星期六,有人在天亮前洗劫了庄园,他和老婆被枪托活活打死,只有两个儿子躲过一劫。哥哥西普里亚诺抱着弟弟米盖尔,捂着他的嘴不让他出声,摸黑躲进了咖啡种植园。"

"插播广告时间,预知后事如何,且听下回分解。"奥威迪奥说。

"您要当它是电视剧,那就别浪费您宝贵的时间了,回发廊去吧!""万事通"气呼呼地说。

"理发师先生,请您闭嘴。大夫就要把滚烫的咖啡泼过来了,这次顾问会议,小心您被烫伤,无法全身而退。"迪克逊大人说。

"银行一点儿也不含糊,迅速扑将过来,瓜分财产,收益、庄园、储存的咖啡豆、卡车全没了。两兄弟流落到艾斯特利的 SOS 儿童村。""万事通"接着说。

"哪部电视剧里都少不了孤儿。"奥威迪奥小声嘀咕。

"两兄弟里,米盖尔更有种。对不起,女士在场,用词不雅。""万事通"说,"他在儿童村里长大成人,抓住一切机会,念慈善学校派①开设的农校,二十岁当上农艺技师。是技师,不过他谎称农艺师。"

"大的呢?"堂娜索菲亚问。

"糟透了。""万事通"沉痛地回答,"自打英雄救弟后,'恶习'和'堕落'始终不离左右。"

"下集内容为:勇敢的小米盖尔重建父亲昔日王国。"奥威迪奥说。

"万事通"的眼神足以杀死他。

---

① 慈善学校派,1617 年 3 月 25 日由圣何塞·德卡拉桑斯(1557—1648)建立,旨在为罗马贫困儿童提供受教育的机会,后来该想法传播至欧洲各国及其他天主教国家。

"真是瞎猫抓着死耗子,居然说对了。"他叹了口气,"米盖尔不仅夺回了欢闹咖啡种植园,还重新控制了北部山区的咖啡豆生产,向老索摩查的儿女们缴纳什一税。农民要是收了预付款,不交咖啡,法院会出面催缴。"

"嗯,这下到时候了,发生革命,他倒了血霉。"奥威迪奥说。

"没错,最最了不起的插嘴狂人。""万事通"说,"索摩查跑了,一位自命不凡的军官控告他剥削普罗大众,人民法院判处他三十年监禁。"

"后来出狱,是因为他的农学知识使他成为紧缺型人才。"奥威迪奥说。

"不得不承认,他又说对了。""万事通"说,"成熟的咖啡豆烂在庄园里,唯独他有办法,能把作物变成钱。"

"军官们把咖啡生意还给他了?"堂娜索菲亚问。

"万事通"含着一口咖啡,望着她。

"给他办了假释,由国家安全局的人盯着,陪他一个一个地区跑,去收咖啡豆,"他说,"结果收成保住了。"

"于是,他在这些军官中挑了些最精明的,逐渐发展成未来的合伙人。"奥威迪奥说。

"万事通"在摇椅上不自在地扭了扭。

"奥威迪奥,您就省省吧,小心没好下场。"迪克逊大人说。

"腐化分子哪儿都有,天国也不例外。"堂娜索菲亚说。

"可要是天国腐化分子都是相当于总参谋部里的大天使,那就糟了。""万事通"回答。

"对不起,大夫,频频打断您,可是您讲故事也太吊人胃口了点。"奥威迪奥开口道歉。

"万事通"喝了好大一口咖啡,目光虽然严厉,却透着欢喜。

"先是还给他欢闹咖啡种植园,之后这里一点咖啡利润,那里一点咖啡利润，他又买卡车，组建车队，最后拿到出口许可。"他说，"他用了两年时间，又建起了一个商业帝国，比过去那个规模更大。"

"再后来，他加入爱国企业家的阵营中，革命胜利周年纪念日，他被请上广场中央的主席台。"奥威迪奥说。

"错！他不在公开场合露面，也不发表政治言论，""万事通"回答，"从山区搬到小山住宅新区，那儿可是马那瓜最漂亮的地方。"

"堂娜索菲亚，咱可不能否认，他办的聚会，那些亲爱的、尊贵的将领们都会参加。"迪克逊大人说。

"如今，他穿名牌牛仔裤，戴牛仔帽，蹬牛仔靴，""万事通"接着说，"就像西部牛仔片里的罗伊·罗杰斯①，还有粗粗的金项链、金手链，全是21K金。"

"我知道谁是他的穿衣顾问。"奥威迪奥像在课堂上，举手要求发言。

"您等着，还没轮到您说话。"堂娜索菲亚喝道。

"就是，好好管管这个不懂事的家伙。""万事通"笑着给自己倒了第二杯速溶咖啡，"不过，我亲爱的朋友，说来听听，谁是索托的穿衣顾问？"

"大夫，您喝这么多咖啡，脑子会崩掉的。"迪克逊大人说。

"莫妮卡·马利塔诺，"奥威迪奥回答，"听罗穆阿尔多师傅说的。"

"这个女人先放一边，待会儿再说。"堂娜索菲亚说。

"堂娜比奥莱塔赢得大选、革命将领们一败涂地时，索托创建

---

① 罗伊·罗杰斯(1911—1998)，美国好莱坞演员，活跃于二十世纪四五十年代，是当时非常受欢迎的西部片明星，绰号"牛仔之王"。

了农业银行。你们回忆一下,那时候,每个街角都开了家新银行。""万事通"说。

"就像现在,每个门厅里都办了所大学。"迪克逊大人说。

"'女学士',猜猜他跟谁开的银行?"奥威迪奥问。

"咱们又不是来猜谜语的。"堂娜索菲亚批评他。

"当然是跟那些合伙人,受过他小恩小惠的军官们,还能跟谁?""万事通"说。

"自己赚大钱,扔小钱让别人尝点甜头。"奥威迪奥说。

"尊敬的理发师先生,您真是才学渊博。""万事通"说,"不过我提醒您,太博学的人会聪明'绝顶'。"

"推荐他用特里科菲洛德巴里牌生发剂。"迪克逊大人说。

"后来,银行欺诈性破产,大量客户流落街头。不是吗,大夫?"奥威迪奥说。

"我记得破产责任人全都进了监狱,"堂娜索菲亚说,"不过,我不记得里头有索托。"

"因为替罪羊都是些二流货色:银行出纳、小律师、只挂名不干事的家伙,仅此而已。""万事通"说。

"索托和那些咱们心知肚明的合伙人,摇身一变,扮成了受害者。"奥威迪奥说。

"咱们来瞧瞧他们是如何欺诈的。""万事通"说,"索托及其合伙人申请贷款,让银行买进假冒出口咖啡,袋子里装的全是锯末和稻壳。"

"这人运气真好,一点儿火苗都没沾上,"奥威迪奥说,"都没作为证人出庭。"

"运气?""万事通"笑了,"最最尊敬的理发师先生,这跟运气无关,只不过他像人猿泰山,心思洞明,知道该攀哪根高枝。"

"别忘了,他还另有绝技,知道该脏了谁的手。"迪克逊大人说。

"咱们要找的不是银行欺诈性破产的责任人,而是一个失踪的姑娘。"堂娜索菲亚说。

"您是罪案调查专家,""万事通"又烧一壶水,"一团乱麻有好几个线头,有什么奇怪?"

"看来还需要一只笼子,把普莱斯托速溶咖啡锁进去。"迪克逊大人说。

"即便如此,就算索托是个无赖,会妨碍他身为父亲去找女儿?"堂娜索菲亚问。

"别让藏在吊顶里的钱蒙蔽了您的双眼。"迪克逊大人说。

"请允许我补充一点:客观上讲,即便索托不是个大无赖,是个大圣人,我也能将他创造的诸多奇迹向您细细道来。""万事通"说。

"'女学士'既不信圣徒,也不信奇迹。"奥威迪奥说,"这么说吧,她是新教徒,不讲偶像崇拜那一套。"

"我也不信在小便盆里小便的圣徒。""万事通"检查电源插口,铝壶里的水不烧了。

"小电炉坏了。这么烧,怎么可能不坏?"迪克逊大人说。

"咱们说的这位肯定不是什么大圣人,情人连数都数不清。"奥威迪奥说。

"这可不是恶习,我当它是美德。""万事通"说。

"资格最老的情人就是莫妮卡·马利塔诺。"奥威迪奥说。

"好吧!""万事通"笑了,"敢情罗伊·罗杰斯的衣服,她给他穿,也给他脱。"

"听罗穆阿尔多师傅说,当她是马莱斯平局长的小情人时,陪他出席过索托举办的晚会。"奥威迪奥说,"不知从何时起,她就搬到新爱巢小山住宅新区去了。"

"有一年索托过生日，她用飞机专程从洛杉矶请来北方老虎乐队。"迪克逊大人说。

"可现如今，这个女人又有了新欢。""万事通"说。

"说来听听，别让咱们蒙在鼓里。"奥威迪奥说。

"还是家里人。""万事通"说，"她现在勾搭上了索托的侄子、卫队队长小曼努埃尔。"

"他侄子？"堂娜索菲亚好奇地问。

"是他哥哥西普里亚诺的儿子。""万事通"回答。

"别叫他'特工史密斯'。这帮人要是没看过《黑客帝国》，根本听不明白。"迪克逊大人提醒堂娜索菲亚。

"就是他陪她来找的莫拉莱斯探长。"堂娜索菲亚说。

"莫拉莱斯探长眼睛真毒，说他们是情人，还真是。"迪克逊大人说。

"要知道，就是这个侄子在追马塞拉——那个失踪的姑娘。""万事通"说。

堂娜索菲亚不摇摇椅了，欠身问：

"她答应他了？"

"她受不了他。""万事通"回答。

"索托什么意见？"堂娜索菲亚问。

"就是索托牵的线搭的桥。""万事通"回答。

"咱们总算说回正题了。"奥威迪奥激动地直搓手。

"他为什么要把马塞拉嫁给自己侄子？明明可以找个更门当户对的主。"堂娜索菲亚问。

"我保证，我会继续追查。""万事通"回答，"目前我只知道，小曼努埃尔尿道下裂。"

"听上去像被狗咬过。"奥威迪奥说。

"那是狂犬病。""万事通"替他纠正，"尿道下裂是种生理疾病,指尿道口不在阴茎顶端,而在正常尿道口至会阴部尿道间。"

"您怎么不把这些解释留着,说给赌场的哥儿们听?"堂娜索菲亚生气了。

"这就意味着,他要像女人那样坐着小便?"奥威迪奥问。

堂娜索菲亚堵住耳朵。

"我不解释了,免得有人生气。""万事通"说,"不过,我很乐意补充一点,射精更难,阴茎勃起后呈钩状,插入不易。"

"堂娜索菲亚,您的团队真是人才济济,"迪克逊大人说,"说他是性变态都算客气的。"

"您怎么能调查到这么私密的消息?"奥威迪奥崇拜地问。

"消息来源,无可奉告。""万事通"回答。

"或许侄子掳了她逼婚。"奥威迪奥说。

"别越说越离谱,"堂娜索菲亚说,"那索托还要雇我们两个调查?要真这样,就糗大了。"

"还有个问题,"奥威迪奥问,"要是侄子在追马塞拉,莫妮卡·马利塔诺作为情人,扮演什么角色?"

"摆在我面前的线索越来越多,不知该查哪条才好。"堂娜索菲亚说。

"我内急,得赶紧解决。""万事通"一边脱裤子,一边往卫生间走。

"堂娜索菲亚,您该找些更体面的顾问。"迪克逊大人说。

"索托夫人呢?她在这里头起什么作用?""万事通"关卫生间门时,堂娜索菲亚问。

"屁用!"声音传出卫生间,"自己女儿结婚,当妈的意见没人听。"

"一只关在金丝笼里的鸟。"堂娜索菲亚感叹道。

"索托娶她,就图个姓氏,他少个贵族头衔。""万事通"说。

"这种事当然不会登在《你好!》杂志上。"奥威迪奥说。

"她跟索托结婚时已经守寡十年。婚礼在谢里塔斯教堂举行,红衣主教奥万多·伊·布拉沃主持,""万事通"说,"只有至亲好友参加。"

"知道吗?代表大会通过紧急提案,将这位红衣主教列入国家名人堂,"奥威迪奥说,"他是唯一在世的名人。"

"索托的行径就是开门襟,往自己脸上贴金。""万事通"拉下坐便器手柄,轰的一声出水。

"大夫都吃了些什么?"奥威迪奥皱了皱鼻子。

"被淘气包碎尸万段的债户。"迪克逊大人说。

"我就不懂了,您有必要用这么恶心的词吗?"堂娜索菲亚见"万事通"出现在自己面前,清清嗓子问。

"您指'开门襟'?这个词当然跟门襟有关。""万事通"说,"门襟是裤子前上方的开衩部位,通常钉扣子或装拉链,又叫襟门。"

"堂娜安赫拉的第一任丈夫是银行职员,工资挺高的,别的没有。她娘家没留下多少东西,"堂娜索菲亚说,"索托不是冲钱去的,恶心话您就省省吧!"

"他开门襟不为钱,为姓氏。""万事通"说。

"索托的资产,她没份?"奥威迪奥问。

"他就让她去忙皮奥神父慈善基金会。""万事通"又去拉一回坐便器手柄,第一回出的水不够,"她搞的慈善义卖会,他会出个场,转一圈,没了。"

"大夫,罗穆阿尔多师傅说莫妮卡无限忠诚,总是将奴性发挥到极致。"奥威迪奥说,"据此,我们可以弄清楚两人的关系。"

"罗穆阿尔多师傅不是记性不好吗?"堂娜索菲亚问,"可他的话已经被引用了好几次。"

"他就像老式短波收音机，"奥威迪奥说，"信号忽强忽弱。"

"罗穆阿尔多师傅是个思路清晰的哲学家，他说得没错。""万事通"出卫生间，始终戴着那顶英式毡帽，"或许索托看重这个，看重莫妮卡的无限忠诚。她大概多大年纪？"

"很少见人上大号戴着帽子。"迪克逊大人说。

"少说五十出头。"堂娜索菲亚赶紧回答。

"床上功夫肯定没丢。"奥威迪奥说。

"这个年纪的女人，还是有本事把床折腾散的。""万事通"又去喝速溶咖啡。

"这两个家伙的嘴巴，就算用美国派素万能除菌清洁剂也洗不干净。"迪克逊大人说。

5. 救世军神堂

莫拉莱斯探长见完弗兰克·马卡亚回来，开始看堂娜索菲亚在电脑上紧急敲出的顾问会议报告。他昏昏欲睡，打起十二分精神才磕磕绊绊地看明白"万事通"对"阿涅利"用欺诈性手段赚取财富的解释，以及"万事通"和奥威迪奥对莫妮卡·马利塔诺情史的回顾，前头的解释没用，后头的回顾也没多大用。

这些全都与案子无关。他把头靠在办公桌上，满脑子胡思乱想，想得最多的是曾经精明干练的堂娜索菲亚正大踏步地向热衷于八卦的老太太迈进。想着想着，他睡着了。

大概下午五点，他被自己的鼾声吵醒，听到隔板那头传来芳妮的声音。她刚进门，开心地向堂娜索菲亚问好。莫拉莱斯探长整整头发，揉揉眼睛，拉开跳跳蛙浴帘，出去迎接。若干杯爱尔兰咖啡在嘴里回味无穷，眉间却像有把尖尖的钻头在钻他脑袋。

芳妮的头发大把大把地掉，奥威迪奥免费为她剃成光头。她没办法,只好用圆点花纹缠头布,脑门上打个结,有点古巴黄金时代伦巴女郎的风情。"化疗。"她说得随意,就像在说老朋友,使劲摆手,不要任何同情。莫拉莱斯探长和堂娜索菲亚遂她的心愿,不对她特别照顾,明知做得很假,特别是莫拉莱斯探长。

芳妮这一病,大发恻隐之心,加入志愿者的行列中,在大都会教堂做弥撒时,用棍子吊着紫色灯芯绒袋子,伸进一排排长凳间,求人布施。

她来时欢欣鼓舞。从丰塔纳村"光明"公司总部打车过来,收音机里正在播报新闻,说教皇弗朗西斯科邀请几个睡在桥下的乞丐去圣塔玛尔塔收容所和他共进午餐。同时,她又义愤填膺,说司机大逆不道,竟然指责教皇惺惺作态,放低身段,只是骗骗人、做做样子罢了,晚上百分之百会偷偷睡回到宫里的黄金象牙床上去。梵蒂冈应该有御用牛圈和屠夫,阿根廷人①死也不能不吃牛肉。而他开着出租车跑东跑西,腰都快跑断了,只吃得起菜豆和米饭,也没见什么圣人教皇来请,让他饱餐一顿。

堂娜索菲亚眉头紧锁,对出租车司机的看法面上谴责,内心赞许。不过,要是她胆敢对罗马天主教发表意见,说它还像路德揭竿而起、正义反抗时那样邪恶虚伪,一定会受死这个小病人——她悄悄称呼芳妮——的气。

"我对这个教皇印象不错,他不穿金线绣花真丝便鞋,只穿普通的旧鞋。"莫拉莱斯探长成心给堂娜索菲亚添堵。

"堂娜索菲亚,之前那个教皇本笃十六穿猩红色的鞋子,跟莫妮卡·马利塔诺的一样,都是普拉达的,名牌。"迪克逊大人说。

"你在上班时间喝过酒?"芳妮闻了闻莫拉莱斯探长,"老远就闻到一股甘蔗酒味。"

---

① 现任教皇弗朗西斯科是阿根廷人。

"跟他说也是白说，"堂娜索菲亚插嘴，"他总是左耳进、右耳出。您去搜搜他的办公桌抽屉，一定能搜到罪证。"

"堂娜索菲亚，您这是污蔑！"莫拉莱斯探长说，"我的办公桌里没有私藏任何酒。我喝酒是工作需要，再说了，只是兑了酒的咖啡。"

"还说工作需要，"堂娜索菲亚说，"连站都站不住。"

"我觉得晕，是因为胃里只有玉米奶酪馅饼，在库斯卡特莱科酒吧吃的。"莫拉莱斯探长说。

"同志，别怕。"迪克逊大人说，"堂娜索菲亚还不至于飞奔着去给您报名参加匿名戒酒会。"

"任务完成。"芳妮突然掏出一只带"光明"公司标识的优盘，"这里有弗兰克宝宝的手机通话清单，包括他打给马塞拉·索托的电话。"

"马塞拉的手机通话清单呢？"莫拉莱斯探长问。

"放心，里头也有。"芳妮说，"这种泄密的活儿早晚会把我的饭碗给敲了。"

她走过来，掰开他的指头，将优盘放在他手心，又亲切地合上。莫拉莱斯探长闻到她身上浓浓的化学气味，像氯气。

"咱们来瞧瞧通话清单。"堂娜索菲亚建议。

"弗兰克的先放一放，直接看马塞拉的。"莫拉莱斯探长拜托她，"我想知道她在电影院那会儿，谁给她打的电话。"

堂娜索菲亚在电脑屏幕上显示马塞拉失踪当日的手机通话清单。数量很少，她立即下拉进度条，有两个电话来自同一个手机号——一个是晚上 8:14 打来的，另一个是晚上 8:16 打来的。

莫拉莱斯探长想了想，去隔间找莫妮卡·马利塔诺的名片，查看写在背面的电话号码。

"是她。"他说。

"她是谁?"芳妮问。

"'阿涅利'的公关助理。"莫拉莱斯探长回答。

"是个喷香水的女人,"堂娜索菲亚补充道,"留下的味儿比臭鼬还重。"

该发现令人难以置信,整件事变得如此简单。莫妮卡·马利塔诺是马塞拉的同伙,协助她逃跑,也会知道她的下落。两个电话是关键,通知她:自己开着沃尔沃,在外头等。

莫拉莱斯探长只需再深入调查一点点,就能在最短时间内提交报告,一万美金就像天上掉馅饼,狠狠地砸到他的头上。从小到大,除了卡塔丽娜奶奶圣诞节放在他枕头底下的一只棒球手套——马粪纸做的,一淋雨就散架,没有人送过他礼物。

为什么"阿涅利"的助理会是马塞拉逃跑的主要协助者?这个轮不到他去调查。莫妮卡·马利塔诺为情人"特工史密斯"牵线搭桥,掳走马塞拉,交给他,让他们生米煮成熟饭,自己得利?让她老板去问她吧!

"看见没?还瞧不上我去调查这个轻佻女人。"堂娜索菲亚说。

"没瞧不上,您的顾问会议报告对我太有用了!"莫拉莱斯探长说。

"你们瞧瞧,他连撒谎都不会。"堂娜索菲亚微微一笑,怒容散去。

"我想知道她昨天来,开的沃尔沃是什么型号?"莫拉莱斯探长问。

眉间的钻头正在无情地挺进前脑叶。他口干舌燥,来杯啤酒才能活过来。

"V40珍珠灰。"堂娜索菲亚回答。

"只要证明当晚在影院停车场有人见过这辆车。"莫拉莱斯探长说。

"闭路监控!"芳妮打了个响指,"可以调看监控录像。"

"没错。"迪克逊大人说,"大名鼎鼎的莫拉莱斯探长汗津津地赶到,汗水中混杂着爱尔兰威士忌,请人查找相关录像,拷贝,提交。很高兴为您效劳,永远乐意为您效劳,向堂娜索菲亚问好。"

"早在喷香水的女人被列为嫌疑人之前,我就想到了这种可能性。"堂娜索菲亚说。

"恭喜两位。"莫拉莱斯探长说,"可是,下面这个坎过不去,没办法看到监控录像。"

"奥威迪奥的姐夫是圣多明戈大型购物中心监控室主任。"堂娜索菲亚说。

"那咱们试试,您去找奥威迪奥。"莫拉莱斯探长说。

"他已经去办了。在您喝醉酒呼呼大睡时,他已经去办了。"堂娜索菲说。

"要是他姐夫拒绝呢?"芳妮问。

堂娜索菲亚坏坏地瞅了瞅吊顶。

"他是有备而去的。"她说。

"您至少应该事先征求我的意见。"莫拉莱斯探长的心灵很受伤。

"就是,堂娜索菲亚,"芳妮说,"这儿谁是头儿?"

"我现在就给奥威迪奥打电话,说没事儿了,让他回来。"堂娜索菲亚气冲冲地回答。

这时,她手机响了,找了半天,发现在衣服口袋里。

"是奥威迪奥打来的。"她说,"他姐夫说三百美金不行,要四百。"

"这家伙,好大的胃口!"芳妮说。

"理由是太冒险,可能被炒。"堂娜索菲亚说。

莫拉莱斯探长作势说"行"。

"四百美金!"芳妮说,"既然你们出手这么阔绰,我贡献了通话清单,也会被炒,你们给我多少?"

"奥威迪奥马上带录像回来。"堂娜索菲亚收好手机,"那家伙同意剩下的一百美金,回家再付。"

"那奥威迪奥呢?他去办事,能拿多少?"芳妮问。

"一百美金。"堂娜索菲亚回答。

"我的妈呀!你们的小金库是个无底洞!"芳妮说。

"奥威迪奥一下午的时间全废掉了,没在发廊干活儿。"堂娜索菲亚解释道。

"他一上午也就在拱廊上抽抽烟,就这么过去了。"芳妮抱怨道。

堂娜索菲亚不耐烦地叹了口气。

"您别对芳妮说话不留情,别提醒她人家还给她免费理过发,那么慢,那么小心,把她的脑袋剃得跟孩子屁股似的光滑润洁。"迪克逊大人说。

"堂娜索菲亚,"莫拉莱斯探长可怜巴巴地望着她,"能帮快渴死的人一个忙吗?"

"我正琢磨着,看您能熬多久?"堂娜索菲亚回答。

"要很冰很冰的!"莫拉莱斯探长恳求道。

"亲爱的,我去。"芳妮问,"哪儿有啤酒卖?"

"库斯卡特莱科酒吧。"堂娜索菲亚正打算出门,"还是我去吧!处理紧急状况也是我职责所在。"

每等一分钟都是煎熬,啤酒来了,他一口气喝了好久,人又活过来了。

他刚把酒瓶从嘴边拿开,奥威迪奥就上气不接下气地赶到,似乎是从圣多明戈大型购物中心一路走来的,DVD装在斯曼百货商店的购物袋里,戴着美发廊橱窗里的一顶乌黑色假发。

"哪儿在开化装舞会?"芳妮问,被自己逗乐了。

"'女学士'让我换个形象,免得被人认出。"奥威迪奥解释。

他把假发搭在胳膊上,回 RD 美发廊。莫拉莱斯探长和芳妮围在堂娜索菲亚身旁,看她把碟片放进光驱,先快进到晚上八点,再按正常速度播放。整个屏幕被分割成若干块,不同的探头分别对着两层室内停车场、入口处的斜坡、过道和活力街区前的露天停车场。电影院、酒吧、餐厅、迪厅都位于活力街区。

他们看了一个小时,一无所获。除了有个穿制服的守卫穿过画面,唯一的活人是马塞拉的保镖车司机,穿着鼠灰色西装,时不时地下车抽根烟,活动活动筋骨。旁边停着宝马卡布里奥,莫妮卡·马利塔诺的沃尔沃 V40 连影子都没见着。

除了一个戴帽子、穿黑色制服、背后印着布法罗辣鸡翅餐厅标志的小伙子,也没有人去搭乘停在活力街区前露天停车场小路上的一溜出租车。小伙子大概刚下班,提着一只双肩包回家,芳妮说,他肯定在厨房顺了点吃的。

监控中死寂的画面直到九点才焕发了生气。九点钟,人潮一浪浪地涌现,两人结伴或多人同行,去取车或从刚停好的车里下来,离开或来赶新的电影场,要不去找别的乐子。熙熙攘攘,分辨不出谁是谁。

于是,他们转去看购物中心北边的监控,可以穿过店铺中间的走道出去,到另一片停车场。结果也一样,没有任何发现。

"一大笔钱扔到水里去了,连个响都没听着。"芳妮说。

"得看从哪个角度讲。"堂娜索菲亚说,"咱们刚刚证实了两件事:马塞拉没有坐车离开,莫妮卡·马利塔诺没有去接她。"

"她又没长翅膀,总不会飞了吧?"芳妮问。

"我知道她是怎么离开的。"莫拉莱斯探长说。

"同志,咱俩想一块儿去了。"迪克逊大人说,"别磨蹭,赶紧给弗兰克打电话。"

莫拉莱斯探长在作业本上找到弗兰克的手机号,拨出,他接得很快。探长问马塞拉当晚去看电影,有没有背一只双肩包?听到答案,他幸福地笑了,连声道谢,说上帝保佑,会赐予你一个好丈夫的。说完,他挂上电话。

"堂娜索菲亚,帮我再找到那个穿黑衣服的布法罗辣鸡翅餐厅店员。"莫拉莱斯探长说。

堂娜索菲亚找到画面,让它正常播放。

"戴着帽子、穿着裤子,像个小伙子。可是瞧他走路那样,分明是个姑娘。"芳妮说。

"就是马塞拉,"莫拉莱斯探长说,"她就是这么离开的。"

现在,马塞拉背对着他们,招手叫排在队首的出租车,监控上的时间为晚上 8:29。

"布法罗辣鸡翅餐厅的制服原本就放在双肩包里。"堂娜索菲亚说,"她去影院卫生间换上,直接从候在门厅的保镖眼皮子底下经过,那傻瓜压根就没发现。"

"芳妮,赶紧跟堂娜索菲亚道歉。"迪克逊大人说。

"堂娜索菲亚,您把事情处理得真好,我不该指手画脚。"芳妮说,"那钱花得值。"

"人非圣贤,孰能无过,您不用在意。"堂娜索菲亚眼睛盯着屏幕,开开心心地回答。

监控录像又开始走。马塞拉坐进出租车的副驾驶座,关车门前,对司机说了什么,显然在说要去哪里。车开了。

"堂娜索菲亚,再按暂停键,看能不能识别出车牌号。"莫拉莱斯探长拜托她。

"看得一清二楚。"堂娜索菲亚回答。

"您眼睛真亮。"芳妮说。

堂娜索菲亚报给他车牌号,莫拉莱斯探长记在作业本上。

"这一下,喷香水的女人出局了。"芳妮叹了口气。

"不过,的确是她给电影院里的马塞拉连打了两个电话。"堂娜索菲亚说。

"探长,先去找出租车司机。"迪克逊大人说。

莫拉莱斯探长将左轮手枪绑在人工脚踝上,准备出门。

"别忘了,左轮手枪的持枪证一年前就到期了。"堂娜索菲亚说。

"还有驾驶证、侦探社执照,全都在一年前就到期了。"莫拉莱斯探长回答。

"司机能记得她吗?"芳妮问,"好几天前的事了,出租车每晚都会送餐厅员工回家。"

"服务生都坐公共汽车,否则,那点工资全花在打车上了。"堂娜索菲亚回答。

"好吧,当我没说。"芳妮说,"不过,有可能司机不想惹麻烦,不愿意开口。"

"吊顶里的钱可以搞定。"堂娜索菲亚回答。

"估计二十美金面值的钞票,十张就能搞定。"堂娜索菲亚往隔间走,莫拉莱斯探长说。

"最好换个地方藏钱,免得发生意外。"堂娜索菲亚爬上办公桌,迪克逊大人说,"我在莱昂和同学合租,邻居放高利贷,把钱装进塑料袋,藏在吊顶里,被一只小狐狸叼走,丢在另一个正在上厕所的邻居头上。那邻居运气真好,上厕所都能发财。"

"芳妮,您最好陪他一起去。"堂娜索菲亚拿钱出来,用大度的口气真诚地对她说。

"就是,"迪克逊大人说,"花儿咖啡馆就在附近,别让这位同志又去喝爱尔兰咖啡。"

芳妮很高兴能出任务,将手杖递给莫拉莱斯探长。

到达圣多明戈大型购物中心时,将近晚上八点半。他们把拉达停在露天停车场,走到出租车停靠站,没费多大力气就找到了那辆车,排在队伍的第三辆。他们等了一会儿,等到它才上车。

两人在后排坐下,座位上铺着透明塑料布。莫拉莱斯探长吩咐司机:

"从科洛尼亚超市那边出去,走马萨亚公路,在小山住宅新区兜一圈,咱们聊聊,再把我们送回这儿。"

司机惊恐地回头。他留的是贾斯汀·比伯式发型,耳朵上打了个环。

"别担心,'贾斯汀',莫非我们像拦路抢劫犯?"芳妮对他说。

司机开车,挂在挡风玻璃前的夏威夷小玩偶似乎正在紧张兮兮地跳舞。

"开慢点。我问你问题,别回头,只管回答,别弄不好撞车。"莫拉莱斯探长提醒他。

"贾斯汀"总有点不放心,点点头。三人一路无言,开过小山住宅新区的第一个入口,开到绿浪餐厅附近,莫拉莱斯探长才又开口。

"上周六,差不多这个时候,你载了一个身穿布法罗辣鸡翅员工制服的姑娘,"探长说,"提着一只双肩包。"

"先生,您弄错了。""贾斯汀"回答,"我是车主雇用的司机,车主排班,上周六不是我当班。"

莫拉莱斯探长有些犹豫,这有可能,监控录像上看不清出租车司机的模样。

"别停啊,咬紧了问。"迪克逊大人说。

"你越撒谎,越遭殃。"莫拉莱斯探长用手杖柄敲了敲司机的后脖颈，"你不知道自己捅了多大娄子，那姑娘是警署高级警长的女儿，等他们抓到你，送你进齐博特。"

听了齐博特的名号，"贾斯汀"顿时方寸大乱。齐博特位于提斯卡帕山，是臭名昭著的司法机关临时看守所。

"凭什么？"司机抱怨道，"我犯了什么事？"

"首先，他们会揪着你的头发，把你的脑袋按进装满屎尿的坐便器。"莫拉莱斯探长说，"要是你再不听话，就让你屁眼儿里麻酥酥。"

"什么叫麻酥酥？"芳妮假装好奇地问。

"是种电棍，"莫拉莱斯探长平静地告诉她，"让人痒痒的，很舒服，你会喜欢的。"

"贾斯汀"自作主张地把车停在西班牙文化中心前面，那儿亮堂，他没熄火。

"您难道是警察？"他在后视镜里看着莫拉莱斯探长问。

"他要是警察，能像朋友似的跟你说话？别人想修理你，他会想救你？"芳妮说，"我有个表兄，审讯时满口牙都被拔了，现在只能吃香蕉南瓜泥。"

"行了，最好跟他说实话。"莫拉莱斯探长说，"没错，我干过警察，不过人太好，那里头的黑幕我看不下去。"

"贾斯汀"握紧方向盘，不说话。夏威夷小玩偶还在不安分地扭着胯跳舞。

"那姑娘给了你多少封口费？万一有人问起，不让你说？"莫拉莱斯探长问。

"五十美金。"司机没回头，答道。

"我给你一百美金，让你见识见识在跟谁打交道。"莫拉莱斯探长从钱包里数出五张二十美金的钞票。

"我怎么知道那姑娘的警长爸爸不会来抓我？""贾斯汀"问。

"因为他是我朋友，托我私下里帮他这个忙。"莫拉莱斯探长说，"他不想丢脸，让警署的人知道他女儿跑了。"

"这傻瓜又不要你帮，你跟他讲这么多废话干吗？"芳妮作势要抢走莫拉莱斯探长手中的钱，"你就让他被人修理去，告他贩毒，在出租车上藏点毒，分分钟搞定。"

"这女人真是神助攻。"迪克逊大人说。

"你有什么不放心的？"莫拉莱斯探长问，"对我来说，不给你一百美金，直接拿枪指着你，带你去齐博特我朋友那儿，不是更方便？"

"我女儿三岁，我妈在照顾，老婆去哥斯达黎加打工，一去不回。""贾斯汀"说，"我要是被抓了，谁去供她吃供她穿？"

"别哼哼唧唧的，听得人不耐烦。"莫拉莱斯探长说，"钱再给你一遍，拿就成交；不拿，你自己也说了，榆木脑袋，遭罪的是自家闺女。"

"贾斯汀"回头，一把夺过钞票，塞进衬衫口袋。

"她是在九月十五日街，卡瓦里奥教堂旁边下的车。"他说。

"那是东方市场最乱的一个入口，"芳妮说，"头脑没毛病的人谁也不会大晚上去那儿，更别说像她那种姑娘。"

莫拉莱斯探长从座位上欠起身，伸手从"贾斯汀"的口袋里抢回钞票。

"说瞎话，没钱赚。"他说。

"我说的是实话。""贾斯汀"没改口，"她在过教堂后的第一个街区下的车。"

"我觉得他说的是实话。"迪克逊大人说。

"你带我们去她下车的地方。"莫拉莱斯探长把钞票还给他，吩咐道，"别担心，车钱另付，耽误的时间我也会补偿。"

"不是自家钱，用得真大方。"迪克逊大人说。

"贾斯汀"答应,又将车开回公路,往北绕过提斯卡帕湖,进入马那瓜老城破破烂烂的地区,黑灯瞎火的,灯光昏暗,远远地听见犬吠。远处某个酒馆飘来奥尔加·格里略特①的歌声,像穿越到过去的旧时光。

"贾斯汀"尽量避开路面的坑坑洼洼,将车开进曾经喧闹的九月十五日街,往东,开到卡瓦里奥教堂。教堂曾在地震中半夜坍塌,后来用混凝土重建,现在的模样更像家货栈。

出租车在预制板墙边停下,墙上用粗笔刷着红字"救世军神堂"。黑漆金属大门前,候着一群穷人,只有一盏灯照亮人行道。

另一侧,垃圾堆积如山,溢至街道中央。一支由妇孺组成的队伍悄无声息地在垃圾中寻宝,一些人将纸板、破布、瓶子和塑料包装塞进大口袋,另一些人在聚乙烯制成的黑色垃圾袋中寻找有用的物品,将磕伤或半烂的水果放进篮子。他们将装满的大口袋和篮子放在一辆小车上,拉车的马儿灰头土脸,瘦得连肋骨都能数清。

"我在这儿把她放下的。""贾斯汀"说。

"然后呢?她往哪边走的?"莫拉莱斯探长问。

"我没注意,""贾斯汀"回答,"此地不宜久留。"

"大门前的人当晚也在?"莫拉莱斯探长问。

"这些人永远在。""贾斯汀"说,"都是些吸毒的——吸粉或打针、抽大麻、吸合成毒品,卖淫的,还有小偷,鬼鬼祟祟的,一眨眼就把你钱包给偷了。"

"'贾斯汀'突然能说会道起来。"迪克逊大人说。

"大门几点开?"芳妮问。

---

① 奥尔加·格里略特(1922—2010),古巴波莱罗歌手,风靡全拉丁美洲、美国甚至欧洲,被誉为"波莱罗女王",2007年获拉丁格莱美终身成就奖。

"早上五点。不过,等几个小时,他们不在乎。""贾斯汀"回答,"他们来这儿,是想吃顿早饭,洗个澡,之后想看电视的,可以留下来看电视,然后吃午饭,下午五点被扫地出门。"

"难道这些人也有洗澡的习惯?"芳妮问。

"必须的,""贾斯汀"回答,"不洗澡没饭吃。"

"为什么不给他们提供睡觉的地方?"芳妮继续问。

"夫人不希望哪个吸毒的姑娘在她那儿弄大了肚子。""贾斯汀"回答,"过去有过一例,夫人带姑娘去打胎,结果害自己坐了牢。"

"哪个夫人?"莫拉莱斯探长问。

"乌苏拉嬷嬷,""贾斯汀"回答,"由她掌管神堂。"

"你怎么知道这么多?"芳妮问。

"我以前开车,满城拉客。""贾斯汀"回答,"马那瓜的酒馆、赌场、妓院、舞厅,你们随便问,看我是不是活地图。"

莫拉莱斯探长掏出一张二十美金的钞票递给他。

"送这位夫人去她想去的地方,"他说,"我留下待一会儿,转一圈。"

"你留下?"芳妮抓着他胳膊,"你疯啦?深更半夜留在这儿?"

"别夸张,"莫拉莱斯探长一只脚已经踏在垃圾堆旁,"十点还没到,我要跟大门口那帮人聊聊。"

"拉达呢?"芳妮问。

"就停那儿,挺好,有那么多守卫。"莫拉莱斯探长回答。

"你从这儿怎么回去?"芳妮又问,明知怎么劝都没用。

"全马那瓜又不是就这一辆出租车。"莫拉莱斯探长回答,轻轻地关上车门。

6. 意外现身

晚上八点过,关门时间到。象耳豆树购物中心各商铺的金属卷帘门噼里啪啦地往下合,停车场空了,街上开始传来夜班守卫的哨声。

RD 美发廊的卷帘门是最后几个放下的,只放下一半,奥威迪奥和阿波罗尼奥还在忙着收尾。淘气包讨债鬼们早走了,"万事通"也走了,已经坐在法老赌场的二十一点桌前,戴着门将帽,绞尽脑汁地思考。

购物中心几乎一片萧条,只有库斯卡特莱科酒吧还在营业。据奥威迪奥猜测,那里出售高纯度可卡因。顾客偷偷摸摸地将小袋毒品藏在玉米奶酪馅饼的打包盒里带走。

堂娜索菲亚孤守着办公室,等莫拉莱斯探长和芳妮回来,一边等,一边在电脑上继续看优盘里 8 月 21 日星期六马塞拉的手机通话清单。

没有拨出电话。马塞拉是个安静的姑娘,也不常用脸书和朋友联系。拨入电话中,除了在电影院接到的两个,没有莫妮卡·马利塔诺的号码。其余通话共六个,一个是弗兰克·马卡亚打来的,还有五个来自同一个手机号,都是下午打来的,彼此间隔十分钟。她一个都没接,全是未接来电。

堂娜索菲亚想了想,决定不妨一试。这个点儿,有可能打过去没人接。不过真要是这样,机主会在自动应答机里自报家门。她不慌不忙地按下一个个数字,尽量不按错。

响到第三声,有人没好气地接了,不客气地问:"喂,您找谁?"堂娜索菲亚一听便知,对方是莫妮卡·马利塔诺。她吓坏了,赶紧挂断,似乎手机屏幕上出现了高翘着尾巴的蝎子。

心还在怦怦狂跳不已,她抓了支圆珠笔,随便找了张纸写道:"两个电话的机主,或负责接听两个电话的人。马塞拉当天接到的几乎所有电话都是恶女人打来的。"等心绪稍稍平复,出于职业操守,她画掉了"恶女人"三个字,改成"相关人员"。

脑袋像马蜂窝似的嗡嗡响,要是有机会,她很想询问"相关人员"一些问题。

这时,有人轻轻敲门。她以为是奥威迪奥,有时候他会来说再见,跟她聊一会儿。可是打开门,却发现是个惊慌失措的小伙子,五官精致,戴着奇怪的圆片闪光眼镜,帽子盖住耳朵。

小伙子礼貌地跟她说晚上好,却一个劲地在瞅空荡荡的拱廊两边。

"堂娜索菲亚,他是弗兰克·马卡亚。"迪克逊大人悄悄告诉她。

"我能跟莫拉莱斯探长聊聊吗?"访客问,"对不起这么晚打扰。我打他手机,他不接。"

莫拉莱斯探长每次出门,第一反应是检查左轮手枪是否绑在脚踝上,然后拿包,常会忘记螺钿外壳、酷似名贵烟盒的三星盖乐世手机。手机是芳姐送他的,"光明"公司内部采购,折扣很可观,它在隔间办公桌上,正关机。

"拖时间,给他留下好印象,别放他走。"迪克逊大人说。

"他很快就回。"堂娜索菲亚绽放出最灿烂的笑容,"请进,先坐一会儿。"

弗兰克终于进门。

"您知道我是谁?"他站在桌前问。

"沉住气,别让他试探您。"迪克逊大人说。

"一清二楚。"堂娜索菲亚回答,"我可以逐句复述今天中午您和莫拉莱斯探长在花儿咖啡馆的谈话。"

"别提他没买单就走了,免得坏事儿。"迪克逊大人说。

"拜托,不用称呼我为'您'。"弗兰克坐下,就像瘫倒在椅子上。

"现在,您要像母亲似的把他揽到怀里,就像安抚那些丈夫出轨、想要自杀的女人。"迪克逊大人建议。

"孩子,我觉得你心烦意乱,"堂娜索菲亚说,"有什么心里话,可以讲给我听。"

"别这样!像十台墨西哥电视剧《妈妈只有一个》里的场景。"迪克逊大人说。

"夫人,我被炒了。"弗兰克双手抱着脑袋。

"为什么被炒?"堂娜索菲亚假装奇怪地问。

"您说我可以对您讲心里话,是真的吗?"弗兰克问。

"你不妨畅所欲言。"堂娜索菲亚回答。

"您反对同性恋吗?"弗兰克问。

堂娜索菲亚拼命咽口水,鸡奸乃十恶不赦之罪,《圣经》中再三遣责。想想《利未记》那段就好:"要跟女人睡,不跟男人睡。跟男人睡,是令人厌恶之事。"

"小心别说错话,会吓跑他的。"迪克逊大人说。

"孩子,我这么回答你。我的阿姨卡梅拉——她去世了,愿她安息——说过:'谁都能用屁眼儿敲鼓。'"堂娜索菲亚说完,脸腾地红了,为自己这番话害臊。

"我的天啊!堂娜索菲亚,您不仅杜撰出卡梅拉阿姨,居然还能说出如此出格的话,真让人大跌眼镜。"迪克逊大人说。

"意思是,您不嫌弃同性恋?"弗兰克要问个明白。

"这孩子,非要打破砂锅问到底,都说不嫌弃了。你的屁眼儿是你的,只管自由支配。"迪克逊大人说。

"我是谁啊?哪有权利评判别人?"堂娜索菲亚叹了口气。

"好吧,这就是人力资源部经理给我解雇信时说的理由。"弗兰克说。

"解雇信里就这么写的?"堂娜索菲亚问。

"没有,他们不敢。"弗兰克回答,"信里写的是——为了公司利益,无法继续聘用。"

"索托应该不知道吧?"堂娜索菲亚问。

"他怎么会不知道?"弗兰克跳了起来,"就是他亲自下令炒了我,说我是不可救药的同性恋。"

"他不可能事无巨细,去管手下员工的私生活。"堂娜索菲亚说。

"他从危地马拉打来电话,原话如此。"弗兰克说,"总经理秘书是我姐们儿,偷偷告诉我的。"

"无论如何,我都想不明白:索托为什么不顾时机,对你做这么绝?"堂娜索菲亚说。

"根本原因,是我和莫拉莱斯探长接触过。"弗兰克苦笑。

"那我就更不明白了。"堂娜索菲亚说,"既然你和马塞拉关系好,我们第一个找你,合情合理。索托应该能想得到。"

"他一定没想到你们会去联系马塞拉的朋友。"弗兰克回答。

"这话听上去很奇怪。"堂娜索菲亚说。

"这就是索托的思维方式。"弗兰克回答,"他只能想到莫拉莱斯探长去威胁电影院的引座员,拿枪指着停车场的守卫,严刑逼供。"

"这些他可以派自己的保镖去做。"堂娜索菲亚说。

"他不想让保镖或用人知道马塞拉失踪了。"弗兰克回答,"官方说法是:她出国了。"

"咱们换个角度,"堂娜索菲亚说,"明明是索托本人请莫拉莱斯探长调查女儿失踪的事,为什么他会因为你和莫拉莱斯探长接触过就炒了你？"

弗兰克抬头看堂娜索菲亚。

"首先，马塞拉不是他女儿。"他说。

"嗯，是他养女，"堂娜索菲亚回答，"索托让她跟自己姓。"

"姓氏又不能证明什么。"弗兰克说。

"我还是不明白。"堂娜索菲亚说，"索托出钱，让我们去找马塞拉；与此同时，他又阻碍我们调查。"

弗兰克站起来，双手扶着桌子。

"告诉我，索托是不是要求莫拉莱斯探长找到马塞拉后，不许问她任何问题。"他问。

"就说'是'，让他继续信任您。"迪克逊大人说。

"没错，"堂娜索菲亚回答，"他只要我们找到马塞拉躲在哪儿。"

"瞧见没？"弗兰克说。

"那你说，他为什么不许？"堂娜索菲亚问。

"我只能告诉莫拉莱斯探长。"弗兰克又坐下。

"难道你不信任我，尽管我像母亲对儿子那样跟你讲话？"堂娜索菲亚问。

"您别误会。是莫拉莱斯探长把我卷进来的，我得找他解决这件事。"弗兰克说。

"想办法让他松口。"迪克逊大人说，"您多费心，天知道莫拉莱斯探长几点回来。"

"既然我帮不了你，那你就舒舒服服地坐着在这儿等莫拉莱斯探长，我得接着工作。"堂娜索菲亚回头去看电脑。

"堂娜索菲亚，这招风险太大。"迪克逊大人说，"万一小伙子走了，煮熟的鸭子就飞了。"

"您别误会，我不是冲您。"弗兰克说。

"你不用担心。"堂娜索菲亚回答,"等人无聊,来帮我看看这个。"

"能为您效劳,荣幸之至。"弗兰克说。

"屏幕上是马塞拉失踪当天的手机通话清单。"堂娜索菲亚说。

"什么?"弗兰克又俯身靠近桌子,"您怎么能弄到这个?"

"干这行的,办法总比别人多。"堂娜索菲亚回答,"你过来瞅一眼:你跟她看电影时,她接到的两个电话,来电显示都是莫妮卡·马利塔诺的手机号。"

"别跟我提那个狗娘养的臭女人。"弗兰克说。

"堂娜索菲亚,您找到同好了。"迪克逊大人说。

"我倒觉得她很有教养,言行举止无可指摘。"堂娜索菲亚说得镇定自若。

"这个咱们稍后再聊。"弗兰克说,"其他通话呢?"

"有一个是你打的。"堂娜索菲亚说。

"我现在就能告诉您我们在电话里说了什么。"弗兰克回答。

"我对其他更感兴趣,"堂娜索菲亚说,"总共五个,来自同一个号码。"

弗兰克俯身去看屏幕。

"是索托的,"他说,"他只用这个号码给她打电话。"

"我拨过,接电话的是莫妮卡·马利塔诺。"堂娜索菲亚说。

"因为这是索托系列私人号码之一,她也能用。"弗兰克说,"不过,之前这五个电话,您放心,一定是索托打的。"

"可是,马塞拉在电影院接到的电话是从莫妮卡的手机拨出的,"堂娜索菲亚说,"她给我们留的也是这个号码,方便联系。"

"因为马塞拉不接他电话,索托才会让那个臭女人给她打。"弗兰克说。

"这么看来,父女俩关系疏远。"堂娜索菲亚说。

弗兰克不说话。约翰·列侬式眼镜早已摘下,他在使劲啃眼镜脚。

"继父母和继女之间有矛盾,这很正常。"堂娜索菲亚一个劲地往下说,"这案子我懂了:女儿想吓唬继父,玩失踪。"

弗兰克还是不说话。

"会不会索托认为马塞拉逃跑,你也有份,所以才嫌弃你?"堂娜索菲亚问。

"我当然有份。"弗兰克用挑衅的语气回答,"我想,你们已经知道马塞拉是穿布法罗辣鸡翅餐厅制服离开的。"

"没错,"堂娜索菲亚说,"我们调看了圣多明戈大型购物中心的监控录像。"

"制服是我帮她弄的,我有个朋友在那儿当服务生。"弗兰克说。

"点子不错。可是你瞧,我们没中计。"堂娜索菲亚炫耀。

"莫拉莱斯探长给我打电话,双肩包的信息是我提供给他的,我很清楚他想调查什么。"弗兰克说。

"谢谢你。"堂娜索菲亚说。

"我正想跟他说,急着要跟他面谈时,他挂了电话。"弗兰克抱怨道。

"他总是匆匆忙忙的,请你原谅。"堂娜索菲亚说。

"您知道索托决定雇用你们时,他是怎么想的?"弗兰克离开电脑,说道,"就像酷玩乐队那首歌里唱的:你们是 a bunch of poor devils。"

"他说我们是一群可怜鬼。堂娜索菲亚,您别理他。"迪克逊大人说。

"没想到,他找的侦探社掌握尖端科技,能搞到通话清单和监控录像。噢!"弗兰克说。

"好吧,有这句话,之前的恶心话就不计较了!"迪克逊大
人说。

"为什么你向莫拉莱斯探长隐瞒马塞拉从影院乔装出逃?"堂
娜索菲亚问,"你浪费了他宝贵的时间。"

"他的态度也好不到哪里去。"弗兰克回答。

"也许因为你的错,他正在白白冒险。"堂娜索菲亚说。

"我想他去找出租车司机了,现在应该已经找到。"弗兰克说,
"监控录像上能看见车牌号,不是吗?"

"弗兰克有查案天赋,堂娜索菲亚,赶紧将他纳入您的顾问委
员会。"迪克逊大人说。

"马塞拉藏在哪儿,你原本也可以直接告诉他。"堂娜索菲
亚说。

"他应该已经找到了,司机会告诉他把马塞拉送到了哪儿。"
弗兰克回答。

"送到哪儿了?"堂娜索菲亚问。

"乌苏拉嬷嬷掌管的救世军神堂。"弗兰克说着,突然往门
口走。

"我们已经在神堂外面了。堂娜索菲亚,您要是看见那条街,
一定会毛骨悚然。"迪克逊大人说。

堂娜索菲亚跟他走到门口,还想把他留住。

"再等一刻钟,我想他也该回来了。"她说,"你再多一点点
耐心。"

"我等不了,"弗兰克回答。听声音,他又开始害怕,"这儿有
后门吗?"

"没有。不过,你要是愿意,我送你出去。"堂娜索菲亚说。

弗兰克笑了笑,似乎在笑堂娜索菲亚逞强。他微微摇了摇头。

"请他给我打电话，不管几点，他有我号码。"说完，他匆匆离开。

"人丢了，"迪克逊大人说，"留下了太多疑问。"

堂娜索菲亚叉着腰，看着空荡荡的拱廊，目送着弗兰克消失。的确，小伙子留下了不少疑问。

真是索托下令炒了他？会不会因为性取向，他跟呼叫中心的男同事有瓜葛，早在莫拉莱斯探长到访前，公司就决定炒了他？要是百万富翁跟继女闹别扭，弗兰克自己承认，作为马塞拉的同谋，难道不会很自然地认为错在索托？要么是索托和堂娜安赫拉之间出了问题，女儿烦不过，宁愿逃离家庭苦海？要不然是母女俩闹别扭，索托猜到继女想逃，于是便一再给她打电话，劝她别逃？还是他们想逼她嫁给索托的侄子，她决定逃婚？

不管怎样，这么多想法和推测也许根本不管用。弗兰克说，莫拉莱斯探长应该已经找到了马塞拉，如果她还躲在乌苏拉嬷嬷的神堂。天知道这地方在哪儿？谁又是乌苏拉嬷嬷？至少芳妮会手机不离身，索托的人恐怕已经得到消息去接马塞拉了。他们会批评她，对她严加看管，把她送到美国，或者不顾她反对逼她嫁人。然后，收余款，结案。

已经太晚了。她正准备去关电脑、拿包，两束光照亮了空荡荡的停车场。是"万事通"的皮卡，驾驶室顶上装着两只高音喇叭。他下车，见她站在侦探社门口，向她走去。

"我太开心了，忍不住过来跟您道声晚安。"他恭恭敬敬地摘下帽子，对堂娜索菲亚说，"还有，我想跟您讨回笼子钥匙，把那瓶酒拿出来，庆祝庆祝。"

"绝对不行！"堂娜索菲亚回答。

"开玩笑的！""万事通"将帽子放在胸口，"之所以把钥匙交给您，就是知道再也拿不回来了。不过，至少让我告诉您我为什么开心。"

"玩二十一点赢了呗! 明天这时候,您又会伤心,因为玩二十一点输了。"堂娜索菲亚说,"赌博就像玩过山车,命运掌握在坏人手里。"

"我一个晚上赚的比带淘气包一个月赚的还多,我来把钱收进保险箱。""万事通"说。

"输钱的倒霉蛋是谁?"堂娜索菲亚问。

"两只公鸡,毛被拔得精光。""万事通"翘着尾巴回答,"中国人程先生,自由贸易区规模最大服装厂的大工头;穆斯塔法·艾哈迈德,花园城婚庆花园的主人。我有如神助,狠赚了一笔。"

"神才不会掺和到赌博或是其他恶习中。"堂娜索菲亚说。

"万事通"咧开嘴笑。他又戴上帽子,从裤兜里掏出一只金表。

"战利品。"他把金表举到堂娜索菲亚眼前晃荡,"中国人没钱下注,金表都被我赢来了。他要是赌内裤,我照样赢来。"

"得看金表是不是真金。"堂娜索菲亚说。

"假的,中国制造。"迪克逊大人说,"白铁皮做的,明儿就散架。"

"亲爱的夫人,当我是小娃娃呢?""万事通"把表收好,"正品劳力士。知道土耳其人艾哈迈德最后拿什么当赌注,后来输了吗?"

"我哪儿知道?"堂娜索菲亚很不耐烦,想锁上办公室一走了之。

"三匹塔夫绸,两匹蝉翼纱,明天我去他店里找。""万事通"说,"他喜欢躲债,不过他已经知道,要是不给,有淘气包等着他。"

他差点想接着说:这其实不算什么。从明儿起,我会发大财,天上掉下来的。到时候,再见了,淘气包讨债鬼! 再见了,土耳其人和中国人！我要去环游世界，第一站布宜诺斯艾利斯，我要去看一眼加德尔①在博卡区的探戈小路，免得哪天没了，还有阿巴斯托区的黑发小伙子去过的其他地方。

然而，谨慎起见，还是不说为好，好机会总是见光死。

"一个赌徒，带着淘气包讨债鬼，去胁迫另一个赌徒土耳其人，"堂娜索菲亚说，"就像您手下有一支儿童警察部队。"

"别跟我提警察。""万事通"说，"您是不知道我刚在街对面看到的情景，那才叫仗势欺人。"

"怎么个欺负法？"堂娜索菲亚问。

"一个衣冠楚楚的小伙子走在人行道上，突然冲出两个穿制服的警察，破口大骂，扑将过去，将他摁倒在地。""万事通"说。

"是个戴帽子、戴眼镜的小伙子？"堂娜索菲亚突然心悸，问道。

"我停车的地方，距离刚刚好。我可以肯定，""万事通"说，"小伙子戴着绿帽子、圆片眼镜。"

"是弗兰克！"堂娜索菲亚差点大声嚷嚷。

"那个小伙子，您难道认识？""万事通"问。

"他刚从我这儿离开。"堂娜索菲亚回答，"他是马塞拉的朋友，知道她好多事。警察干吗找上他？"

"小伙子不是尼加拉瓜人，对吧？""万事通"问。

"嗯，他是哥斯达黎加人。"堂娜索菲亚回答。

"那就对了！指挥行动的军官说他是不受欢迎的外籍人士，那些难听话我就不跟您重复了，什么狗屎同性恋腐蚀我们年轻人

---

① 卡洛斯·加德尔（1890—1935），被称为阿根廷"探戈歌王"，曾经住在布宜诺斯艾利斯的阿巴斯托区。他的代表作《一步之遥》被誉为最华丽的探戈舞曲，深受世界各国人民的喜爱。

之类的,这算最客气的。""万事通"说。

"我看他很害怕,似乎知道有人在跟踪他,当时我还不太相信。"堂娜索菲亚痛心疾首,"可怜的孩子,肯定会被遣返。"

"恐怕您猜得不对。""万事通"说,"警察把他交给了一群彪形大汉,全是便衣,一眨眼的工夫,他们开深色玻璃的面包车来的。"

"全都穿着鼠灰色西装?"堂娜索菲亚问。

"像一群摩门教徒。""万事通"回答。

"为首的是个光头?"堂娜索菲亚问。

"是,大晚上的,还戴着墨镜。""万事通"回答。

"那是索托的侄子。"堂娜索菲亚说。

"马塞拉的追求者?""万事通"问,"我没这个荣幸认识他本人。"

"索托手下这帮禽兽会对弗兰克做什么?"堂娜索菲亚问。

"谁说他是被抓走的?""万事通"问。

"您说的,还能是谁?"堂娜索菲亚回答。

"才不是。他们刚想把他塞进面包车,他就像玩杂耍的,纵身一跃,跃过车头,沿着街,一溜烟地往下跑,跑得比兔子还快,拐过街角,把他们给甩了。""万事通"说。

"您干吗不早说?"堂娜索菲亚抱怨。

"因为您不耐烦,会让任何想认真讲故事的人扫兴。""万事通"回答。

"事态很严重,"堂娜索菲亚说,"我要马上通知莫拉莱斯探长。"

"您瞧瞧,人生多矛盾!""万事通"说,"靠革命发家的警察反倒去侍弄权贵!"

堂娜索菲亚赶紧在上衣口袋里掏出手机,一遍遍地拨打芳妮的电话。打不通,甚至都没跳出自动应答机。

"联系不到他们,芳妮不接电话,莫拉莱斯探长没带手机。"她说。

"您不知道他们在哪儿?""万事通"问。

"弗兰克说,在什么乌苏拉嬷嬷的什么神堂。"堂娜索菲亚说,"马塞拉躲那儿去了,他们找到了这条线索。"

"乌苏拉嬷嬷?""万事通"说,"真是人生处处有奇迹!"

"莫非您认识她?"堂娜索菲亚问。

"当年,我在莱斯卡诺阁下区开了家诊所,就是她带了个被强奸的姑娘来,让我给她堕胎,害我被吊销了行医执照!""万事通"回答。

"她是做什么的?"堂娜索菲亚问。

"神堂是无家可归之人的避难所。""万事通"说,"乌苏拉嬷嬷给饿肚子的人饭吃,照顾流落街头的儿童。比方说,我的所有淘气包都来自神堂。"

"所有都品行端正。"迪克逊大人说。

"那个堕胎姑娘是怎么回事?我没听懂。"堂娜索菲亚问。

"那姑娘的骨盆还没有发育完全,让她生孩子,等于让孩子生孩子,听之任之,那是死罪。""万事通"说,"您反对堕胎,但我觉得有义务救她。"

"现在不是讨论我信仰的时候。"堂娜索菲亚说。

"好吧!当年,警察不去抓强奸犯,跑来抓我,还有乌苏拉嬷嬷,说她是共犯。""万事通"说。

"可您被释放了。"堂娜索菲亚说。

"律师给法官塞了钱,要不然,会判我七年。""万事通"回答,"嬷嬷原本也要判三年,我塞钱也带上了她。"

"您马上带我去神堂,"堂娜索菲亚说,"我急着要找莫拉莱斯探长。"

"我先把战利品放进保险柜,之后很乐意陪您前往。""万事通"说。

"堂娜索菲亚,咱俩去。"迪克逊大人说,"我是不会扔下你的。"

正说着,另一辆车的车灯照亮了停车场,是"贾斯汀·比伯"的出租车,停在象耳豆树的树干旁。芳妮噌地跳下车,出租车倒出去时,她已经穿过了拱廊。

"堂娜索菲亚,见到您真是太好了!"她几乎上气不接下气,"那人犟得很,自己进了东方市场,少说也会被人拿刀捅破肝脏!"

7. 厨房里听来的秘密

周五晚,当堂娜索菲亚聚精会神地盯着电脑屏幕,研究芳妮提供的手机通话清单时,当弗兰克还没出现时,RD 美发廊里,阿波罗尼奥从收银机里取出当天的收入,奥威迪奥把地上的头发扫到角落,扫进簸箕。当天的最后一位顾客是附近的一位老绅士,牵着拉布拉多寻回犬,每个月来一回,请他们用推子将自己鸽毛般的稀疏银发推短。

堂兄弟俩一起在莱昂的萨拉戈萨区长大,一起在基督教兄弟会开办的职业学校学理发,一起在大学旁边的三狼堡理发店找到第一份工作,一起在革命胜利后搬到马那瓜,去内政部理发店工作。招募他们的是阿纳斯塔西奥·普拉多,昔日的学生领袖,后来的游击队队长,也是莱昂人,去三狼堡理发店理过发。

父亲在莱昂开了家药房,阿纳斯塔西奥·普拉多想子承父业,进了药学系,辍学后,被任命为刚刚成立的个人安全部门的头儿。他跟墨西哥伦巴舞蹈家约兰达·蒙特斯一样,头上有撮白毛。约兰达·蒙特斯体态优美,颇具异国情调,二十世纪五十年代因出演歌舞片名噪一时。在影片里,她随着劲爆的康加鼓点疯狂地扭动臀部,艺名"肥肥"。于是,阿纳斯塔西奥·普拉多也得了个"肥肥"的绰号。

堂兄弟俩外貌特征对比鲜明。奥威迪奥毛发稀少,面色红润,脸颊光洁,胡须剃得干干净净;阿波罗尼奥个子稍矮,眉毛连成一条,肩背上全是毛。

他们不仅外貌有别,还性格迥异。阿波罗尼奥殷勤、忍让,"肥肥"推荐他陪同理发店店主特拉尼亚师傅为部长上门服务。师傅干完活儿,他负责用热毛巾焐脸,用振动仪做面部按摩和身体按摩,用小剪刀剪耳毛和鼻毛,喷拿破仑之水牌男士古龙水,为部长梳头。

他在部长家的职能逐日增多,很快成为全能型仆役,热心地提供各种高质量服务。奥威迪奥批评他,说他明明自讨苦吃,偏偏自得其乐。他玩魔术哄孩子,孩子过生日时准备悬挂的糖果罐,看孩子做作业,开专车陪孩子到内哈帕乡村俱乐部——现已被征用——的半奥林匹克泳池上游泳课。做了这些还不够,他还自愿充当女佣们的情感顾问,作为回报,她们在厨房给他开小灶,保证他吃好喝好。

奥威迪奥扫完地,故意慢吞吞地梳头,在镜子里看阿波罗尼奥站在发廊最里头的收银机前清点账目。不知为何,过了这么久,想起阿波罗尼奥那些自轻自贱的行为,奥威迪奥依然心里窝火,义愤难平。

"记得'肥肥'当年要求你,"他说,"去见部长时,要喷腋下除臭剂。"

"又来了!"阿波罗尼奥叹了口气。

"速棒牌男士止汗香体膏。"奥威迪奥说,"部长鼻子尖,你还要嚼薄荷味口香糖清新口气。"

“好在不用自己掏腰包，都是‘肥肥’出钱，让我去外交人员免税店买的。”阿波罗尼奥说。

“别的事你也是自己送上门。”奥威迪奥说，“在糖果罐里放蜥蜴，吓得来参加生日会的孩子一头扎进游泳池。就你一副奴才相，忙得特起劲。”

“你一辈子咽不下这口气，”阿波罗尼奥说，“只怪‘肥肥’当年没挑中你。”

“可是你也不傻，敢跟部长抢食，”奥威迪奥说，“跟他的礼宾司司长偷腥。”

“我才不会犯浑，去干这种吃了豹子胆的事。”阿波罗尼奥说。

“别告诉我你没跟她上过床。”奥威迪奥说。

“我承认上过，可我先确认部长跟她没那层关系，”阿波罗尼奥回答，“马莱斯平局长也已经把她扔在一边了。”

“那女人昨天来过。”奥威迪奥说。

从镜子里看，阿波罗尼奥拿着一沓信用卡单据走来。

“我知道，”他说，“估计你认出她了。”

“怎么会认不出？”奥威迪奥回答，“胖了点，老了点，可那张脸永远忘不了，眼睛半闭不闭的骚样，张开嘴，像在恳求‘快过来，吻我！’”

“这模样，恐怕你只在梦里见过。”阿波罗尼奥笑言。

“蠢女人！喜欢毛乎乎的猴子，看不见帅小伙儿。”奥威迪奥侧身，对着镜子抬起下巴。

“你那张脸滑得像屁股，她才不会喜欢。”阿波罗尼奥说。

“她就喜欢贴着臭脸。”奥威迪奥说。

“你肯定跑去告诉‘女学士’，咱们认识莫妮卡。”阿波罗尼奥说。

“我跟她说，我认识莫妮卡。”奥威迪奥说，“没把你搅进去，没必要。"

"换了我,我会告诉她,"阿波罗尼奥说,"好歹以前风光过。"

"她贴着部长,寸步不离,你就贴着她,奴颜媚骨。"奥威迪奥说,"可是我没想到,就你这副奴才相,居然也能俘获芳心。"

"不是奴才相,"阿波罗尼奥笑了,"是我风趣幽默。她特爱听我给她列的不可能博物馆清单。"

"就是那些傻话,什么死海的裹尸布、冷却友情的冰箱、倒苦水的布、温暖希望的绒线衫、左撇子专用杯、为了不让时间溜走关在笼子里的钟。"奥威迪奥说。

"还有打造先例的椅子、水枪专用子弹、性行为隐形眼镜,"阿波罗尼奥笑了,"最后这个是她的最爱。一天,她让我抄一份单子给她。"

"你把单子送到她家。"奥威迪奥说。

"交给她本人。"阿波罗尼奥又笑了,"那份单子是我的通关文牒。后来,我不用列单子,也能直接进她卧室。"

"你又不是她的唯一。"奥威迪奥说。

"既不唯一,也不重要。"阿波罗尼奥说,"她最重要的情人是索托。想吃独食?那是痴心妄想。"

"才不是!好歹以前风光过。你现在还在跟她约会,别跟我装傻。"奥威迪奥说。

"偶尔为之。"阿波罗尼奥说。

"说来听听,别吊我胃口。"奥威迪奥说。

"我去她家,从下人的门进去。埃尔梅琳达,过去部里那个厨娘会来给我开门。"阿波罗尼奥说。

"昨天有个戴墨镜的家伙在车里等她,也是她相好。"奥威迪奥说。

"啊,小曼努埃尔,"阿波罗尼奥又笑了,"他要是晚上去,我就待在厨房,那儿是我的地盘。冰箱里装满了百威啤酒,埃尔梅琳达给我吃进口奶酪、橄榄塞金枪鱼。"

"你是天生公子哥儿的命。"奥威迪奥说。

"不如说,我天生带桃花运。"阿波罗尼奥又笑了,这回是哈哈大笑。

"不管怎样,小心点那家伙。"奥威迪奥说,"你难道不知道他是索托的卫队队长?"

"还是他心爱的小侄子。"阿波罗尼奥回答,"当年我跟她好,就没怕过索托,现在跟她好,更不会怕索托侄子。那家伙根本没脑子。"

"索托不会把个人安全交到一个没脑子的人手上。"奥威迪奥说。

"他只是看上去凶恶,索托让他戴个耳机,当个虾兵蟹将的头儿玩玩。"阿波罗尼奥说,"索托要给他擦屁股,气不打一处来时,莫妮卡会帮他说话。"

奥威迪奥想问他知不知道索托打算把继女马塞拉嫁给他侄子,想完就后悔了。从这个话题会引到姑娘失踪的话题,他可不能冒这个险。稍有不慎就会坏事儿。堂娜索菲亚严格规定:分工协作,互不打听。

"那个傻瓜小曼努埃尔,你可以给他擦皮鞋。"奥威迪奥说。

"我不给他擦皮鞋,"阿波罗尼奥说,"我给他剪头发。你以为那个废物的头发是谁剪的?莫妮卡叫我帮忙,我就在某个星期天提着工具箱过去,按他的心意把他剃成光头。"

"你就吹吧!"奥威迪奥叹了口气。

"我请你去她家,让你瞧瞧那儿怎么招待我。"阿波罗尼奥说。

"咱们现在就去。"奥威迪奥赶紧答应,想去看个究竟。

"没问题。"阿波罗尼奥说,"不过,你跟'女学士'一个字都不许提。你已经顺杆儿爬,也想当侦探了。"

"真的请我去?"奥威迪奥反倒怵了,怯生生地问,"我去那儿干吗?"

"喝点爽口的,吃点美味,"阿波罗尼奥说,"你还要怎样?"

"她要是看见我,怎么办?"奥威迪奥问。

"你说莫妮卡?"阿波罗尼奥问,"你难道不是跟我去的?"

"要是索托侄子在,怎么办?"奥威迪奥问。

"哎哟,别扫兴了!"阿波罗尼奥回答,"这个怎么办,那个怎么办?咱俩待在厨房,守着冰箱。"

"要是她一个人在家,把你叫到卧室,你们俩快活去了,我怎么办?"奥威迪奥问。

"你去搞定埃尔梅琳达!你不会后悔的。"阿波罗尼奥说,"她老了,不过还有两把刷子。"

"有百威啤酒就行。"奥威迪奥说。

两人关灯,弯腰,从卷帘门底下钻出去。阿波罗尼奥拉下卷帘门,锁上地锁。侦探社的门底下还漏着光,堂娜索菲亚坐在电脑前。要是奥威迪奥现在告诉她要去什么地方,阿波罗尼奥会察觉,那就什么都黄了。算了,明天一早再跟她仔细汇报。

他俩在拱廊和弗兰克擦肩而过。弗兰克走得鬼鬼祟祟,帽檐压着眼睛,让人误以为是去库斯卡特莱科酒吧买毒品。

人行道上,阿波罗尼奥招手叫出租车。购物中心对面街口停着一辆两厢警车,前灯熄着,他们没在意。

"到太平山大门前半个街区。"阿波罗尼奥隔着车窗告诉司机。

一番讨价还价,价钱谈妥,上车。

"居然挨着墓地住,哪怕挨着有钱人的墓地也会让我毛骨悚然。"奥威迪奥说。出租车驶往桂桂山转盘。

"那是她爸留下的乡间别墅，当年，附近只有奶牛庄园。"阿波罗尼奥说，"桑解阵大选失败后，政府把乡间别墅连同其他全都物归原主。"

"她爸是造抽水马桶的，"奥威迪奥说，"被革命政府扫地出门，在洪都拉斯郁郁而终。宝贝女儿自始至终一句话不说。"

"她那是默许。"阿波罗尼奥说，"难道咱们不是？要么点头，要么掉脑袋。"

"她默许抄家，又默许把已故父亲的家产还给她。"奥威迪奥说。

"你对她那么看不惯，"阿波罗尼奥说，"干脆下车好了，现在下车还来得及。"

"看到啤酒，我就闭嘴。"奥威迪奥说。

"还记得收音机里播放的马利塔诺卫生洁具的广告歌吗？"阿波罗尼奥问。

"'马利塔诺卫生洁具，从洗手池到坐便器。'"司机一边哼，一边在方向盘上打拍子。

"老兄，您记性真好！"奥威迪奥说。

"我开车听收音机，都多少年了。"司机说。

"幸好不是'马利塔诺卫生洁具，把您的肛门放心地交给我们。'"阿波罗尼奥说。三人狂笑，最放肆的是司机。

他们开出让保罗路，拐进圣多明戈老路。路修过，铺了沥青，还是窄，没有人行道。出租车开到太平山十字路口，遭遇大堵车，好多人要去给一位退休的将军守灵。两人只好下车步行，穿吊唁服的人也被迫排长队步行。

别墅有两层，二十世纪五十年代加州风格，一楼拱廊，二楼花式铸铁阳台，陶瓦屋顶，正门两侧栽着两棵柏树，细细往上，直触飞檐。花园一侧另修了车库，屋顶同别墅。车库前，停着莫妮卡的珍珠灰沃尔沃。

奥威迪奥胆战心惊地进门，看到车想逃，被阿波罗尼奥一把拉住胳膊。歌利亚安保公司门卫从大门旁的小屋里走出，见是阿波罗尼奥，放行。他们从旁边一条小巷绕至别墅后。

黑暗中突然蹿出两条杜宾犬，扑将上来，奥威迪奥更是大惊失色。好在狗儿们也认出了阿波罗尼奥，欢欢喜喜地陪他们来到厨房门口，门前有扇齐腰栅栏门。

阿波罗尼奥推开栅栏门，探进脑袋。埃尔梅琳达是个年近六十、矮矮胖胖的黑白混血，正在从超市袋子里往外拿东西，见了他，捂着嘴笑。

"你跟她说了什么下流话？她一看见你，就全想起来了。"奥威迪奥悄悄问。

阿波罗尼奥站在原地，等埃尔梅琳达笑完，比画着问：莫妮卡在不在？在楼上卧室，还是楼下客厅？埃尔梅琳达比画着回答：在楼上。她按着太阳穴，意思是莫妮卡偏头痛。于是，阿波罗尼奥毅然决然地迈向冰箱，拿出一罐啤酒，打开，站着就喝，还肆无忌惮地打嗝。

"这位先生是跟你一起来的？"埃尔梅琳达发现了奥威迪奥。他站在栅栏门外，半转过身，挡着花园吹来的风，想点根烟。

"他是我嫡嫡亲亲的堂弟。"阿波罗尼奥说，"他在部里那会儿，你不记得了？"

"说实在的，不记得了。"埃尔梅琳达打开栅栏门，想挨近了仔细瞧。

"晚上好。"奥威迪奥夹着烟，帅气的加德尔做派。

"进来吧，老兄，别怯生生的。"阿波罗尼奥给他打气。

"此处禁止吸烟，夫人闻着烟屁股味都会作呕。"埃尔梅琳达说完转身。

奥威迪奥像是烫着了手,赶紧把烟扔了,用脚后跟踩熄。

"'鸭子水洼'那个破地方组织过异装选美比赛。这家伙去走T台,差点被撵出部里。"阿波罗尼奥又打嗝,"桑解阵警察进门,抓走选手、评委和观众前,他已经被评为选美皇后了。"

埃尔梅琳达又捂着嘴,哈哈大笑,连眼泪都笑出来了,用围裙擦。内部对讲机响了,她跑去接,模糊听见莫妮卡在发号施令,她一溜烟地消失在通往别墅的小门后。

埃尔梅琳达前脚刚走,奥威迪奥后脚就一阵风似的从木头刀架上抽出一把切肉刀。

"婊子养的,叫你造谣!有本事再说一遍!"他说。

"兄弟,开玩笑的。"冰箱门还没关上,阿波罗尼奥躲在冰箱门后,求他手下留情。

"我要割了你老二,让你坐着小便,比小曼努埃尔还惨。"奥威迪奥舞着刀威胁。

"别疯了,安静点,小心让人听见!"阿波罗尼奥继续躲在冰箱门后不出来。

"啊?好吧!既然如此,那行。"奥威迪奥把刀放回去。

"婊子养的,你还真开不起玩笑。"阿波罗尼奥递给他一罐啤酒。

"叫你扮小丑,一个劲地挤对我。"奥威迪奥拿啤酒贴着脸,看是不是足够冰,"咱们来了之后,你就没完没了,把我说得一钱不值。"

"小曼努埃尔坐着小便,那是怎么回事?"阿波罗尼奥问。

"'万事通'说是天生残疾,"奥威迪奥回答,"尿道口不在阴茎顶端,在阴茎下面。"

"哦,好吧,'万事通',"阿波罗尼奥说,"无所不知的'万事通'。"

"这要是真的,对你挺好。"奥威迪奥一口气喝完啤酒,捏扁易拉罐,"那家伙要是不能正常小便,做那事儿会怎样,可想而知。"

阿波罗尼奥得意地笑。

"幸好上帝把我生得齐全,没准还多两样。"他说。

"不知道,我又没检查过。"奥威迪奥打开冰箱,又拿出一罐啤酒,"再说了,我又不像'万事通'是妇科专家。"

"偏头痛,痛得她眼冒金星,"埃尔梅琳达回到厨房,"再来一片舒马普坦,搞定。"

这时,前门锁有动静,埃尔梅琳达屏住呼吸。

"是堂小曼努埃尔,他有钥匙。"她说,"我没听见他的车进来。"

门轻轻一声关了,有人步履匆匆,走木楼梯上楼。

"让他们好好乐一乐,治偏头痛,这法子最好。"奥威迪奥说,"埃尔梅琳达,趁这工夫,给我们弄点晚饭。"

"哎哟喂,这个不要脸的,居然像在自己家里似的要吃要喝?"埃尔梅琳达说。

"埃尔梅琳达,我帮了您一个忙,您得请我吃饭,报答我。"奥威迪奥说。

"你什么时候帮过我?"她气呼呼地问。

"就刚才。我原本打算把这个造谣生事的家伙肠子掏出来,后来想想刀子上沾血,您还得洗,算了,就不给您添麻烦了。"奥威迪奥说。

埃尔梅琳达惊恐地看着阿波罗尼奥,用目光询问自己听到的是不是真的。

"是真的。"阿波罗尼奥说,"他举着刀扑过来,我给了他一罐啤酒,换我的命。"

"你们俩醉了,应该找人捆起来。"埃尔梅琳达说。

"加上这罐,我才喝三罐。"奥威迪奥说着,又去开冰箱。

"晚饭的事,我堂弟说得没错,"阿波罗尼奥说,"今天有什么好吃的?"

"埃尔梅琳达,您不来一罐?"奥威迪奥举着一罐啤酒问她。

"连上帝都不会乐意让我跟你们一起喝酒!"她回答。

她炸了几根香肠,烤了烤做热狗的面包,将番茄酱和芥末酱放在桌上,三人坐下来吃。刚愉快地聊了半小时,突然听见马达声,厨房窗户被进门的车灯照亮,噼里啪啦的关车门声此起彼伏。

"我的妈呀!"埃尔梅琳达说,"是堂米盖尔!"

奥威迪奥跳起来,挨着阿波罗尼奥寻求庇护。

"他这个点儿来干吗?"他气若游丝地问。

"我他妈的怎么知道?"阿波罗尼奥回答,"这是头一回我在的时候,他过来。"

"要是保镖们进厨房,那该如何是好?"奥威迪奥又问。

"问得真好。"阿波罗尼奥也愣住了,开始艰难地咽唾沫。

埃尔梅琳达已经跑去开客厅灯,只听见她打开前门,索托气呼呼地问他侄子在哪儿。马上传来匆匆下楼的脚步声和恭恭敬敬的说话声,应该是小曼努埃尔。

埃尔梅琳达很快气喘吁吁地回到厨房,锁上后门,关上灯,只有院子里的长明灯漏进一点点光。她示意他们坐回到椅子上,她自己也坐下。无论如何不要高声说话,不要发出任何声响。

"居然要我来找你,猜你会在哪儿!"只听索托说道。

"已经换岗,"小曼努埃尔回答,"我都交给'左撇子'负责了。"

"换岗?这就是你的理由?"索托质问道,"你让那个娘炮跑了,闯了祸,不向我报告,像只吓坏了的鼬鼠,跑到这儿来躲着。"

"叔叔,我没躲。"小曼努埃尔回答,"您很清楚能在这房子里找到我。"

"那个娘炮呢？拜托你告诉我，我去哪儿才能找到他？"索托讽刺地问。

"全都是警察的错。我让巡逻队队长在交人前把他铐上，可他不理睬我。"小曼努埃尔难过地回答。

"原本二十四小时监视，现在倒好，因为你的错，他从咱们手里溜了，哪儿都找不着。"索托说。

又有人下楼，这回脚步声更轻，听到的是莫妮卡的声音。

"没必要这么光火。"她说，"曼努埃尔给我打电话，什么都告诉我了，是我让他到这儿来的。"

"来你这儿躲躲。"索托说。

"我们给你打电话，你哪个手机都不接。"莫妮卡说。

"我从危地马拉赶来，飞机正在降落。"索托说，"'左撇子'来接我，告诉我这个消息。那混蛋从咱们手里溜了，咱们又得从头开始。"

"叔叔，他像山猫似的跳走了，您是没见着。"小曼努埃尔说。

"再说一个字，我就撕了你的嘴。"索托说。

"你炒弗兰克，这步棋是错的，"莫妮卡说，"他急了。咱们的目的不是让他急，是让他带咱们找到马塞拉。"

"叔叔，我拿到订婚戒指了，在迈阿密定做的，已经到货，"小曼努埃尔说，"想不想看一眼？"

"能帮帮忙让这个不争气的孩子闭嘴吗？"索托气急败坏。

"曼努埃尔，你能到楼上等我吗？"莫妮卡请他配合。

一片沉默，终于听到咚咚咚的脚步声。他正在气头上，地动山摇地上楼。

"真搞不懂，我怎么会听了你的话让他去负责这次行动？"索托说。

"因为你自己说，要给他自信。"莫妮卡回答。

"更糟糕的是,居然把那个迪克·崔西侦探社搅了进来。"索托的气稍微顺了顺。

"这可不能怪曼努埃尔,"莫妮卡说,"是你夫人插的手,她想找个私家侦探,免得女儿失踪的事见报,闹出一桩大丑闻。"

"我头一回听说那个瘸子,看了你的报告才跟他见了面。"索托说,"不管怎么说,我都觉得那是个虚有其表的四流侦探社。"

"不管怎么说,咱们精心策划过。"莫妮卡说,"把事情交给瘸子,让他没机会找到马塞拉,与此同时,你自己去找。还有比这更好的计划吗?"

"可如今适得其反,"索托说,"他上了正道,得让他住手。"

四流侦探社!要是让堂娜索菲亚听到,她会气成什么样!奥威迪奥心想,居然对游击队英雄莫拉莱斯探长嗤之以鼻,叫他"瘸子"!

"谁能想到,一眨眼的工夫,瘸子就去呼叫中心找弗兰克了。"莫妮卡说,"他怎么会这么快查到弗兰克头上?"

"咱们小瞧了他。"索托说,"我看他吃饭,使刀叉笨手笨脚,还以为他查案也会笨手笨脚。"

"弗兰克是关键,只要跟着他,就能找到马塞拉。"莫妮卡说。

"可他很快就跟瘸子谈拢了。"索托说。

"那可不一定。"莫妮卡说,"也许是弗兰克被炒,怀恨在心,去他办公室,找他发牢骚。"

"咱们不能再冒险,"索托说,"所以我才从危地马拉下令抓住他,结果你那个宝贝小曼努埃尔把事儿搞砸了。"

"你说得没错,得让那个瘸子住手。"莫妮卡说,"有钱就有动力,他正经去查了。"

"我真想不通,"索托说,"给他那点资料,应该什么都查不出才对。"

"或许可以将错就错,"莫妮卡说,"让他带咱们找到马塞拉。"

"从一开始就该让'肥肥'来处理这件事。"索托说。

"你不是不想让警察掺和吗?"莫妮卡问。

"'肥肥'不同,我跟他谈得来。"索托说,"他把巡逻队借给我参加行动,被你的小曼努埃尔搞砸了。"

两位理发师睁大眼睛,那个把他们从莱昂带到这里的"肥肥",他们再也没见过,如今只在暗地里活动。谁也不知道他身为国家警察情报局局长,究竟有多大的权。

"'肥肥'知道马塞拉逃走了吗?"莫妮卡问。

"当然不知道。"索托回答,"为了让他配合我抓到那个同性恋,我谎称他从呼叫中心带走了一个机密光盘。"

"要是把案子交到他手上,你得跟他交底。"莫妮卡说。

"我会说个大概。"索托回答,"我们要窃听瘸子的电话,跟踪他。你说得没错,他会带我们找到马塞拉。我约了'肥肥'去我办公室,他应该已经在等了。"

"瘸子会不会知道得太多?"莫妮卡问。

"这个我们需要去了解。"索托说,"要真这样,我不会让他到处跟别人说。"

"你夫人怎么办?"莫妮卡问。

"让她定定心心地去忙皮奥神父慈善基金会,"索托回答,"她没问过我人找得如何。"

"你不该这么小看曼努埃尔。"莫妮卡说。

"我小看他?"索托回答,"我难道不是要把自己女儿嫁给他吗?"

"正因为这个,"莫妮卡说,"没有新郎,办不成婚礼。"

"我知道,小曼努埃尔是我唯一信得过的新郎。"索托说。

"可是,没有新娘也办不成婚礼。"莫妮卡说,"她一出现,就得让她答应。"

墙那边突然没了声音,厨房桌边的三个人谁也不敢动,谁也不敢在椅子上换个姿势坐好。

"在这个问题上,安赫拉站我这边。"索托终于开口,"她也说这姑娘有点怪,说她不合群,对象难找。她不讨厌曼努埃尔,侄子好歹是自家人。"

"你确定母女俩没聊过?"莫妮卡问,"马塞拉没跟她妈交过心?"

"肯定没有。"索托回答,"否则,早就后院起火了。"

"她为什么要逃?"莫妮卡问,"能告诉我吗?"

索托不说话。穿堂风扫过屋顶,厨房窗户被刮得哗啦哗啦响。

"我们吵架了。"他总算开口。

"你动了手。"莫妮卡说。

"嗯,没别的办法。"索托说。

"你太骄傲了,没想到她会逃。"莫妮卡说。

没听见索托回答。厨房桌边的人像在参加一场招魂会。

"到现在我才敢问你这个问题。"莫妮卡说,"你难道能为了她把老婆休了?跟妈妈离婚,跟女儿结婚?你打算这么做?"

"想想会闹出多大的丑闻。"索托说。

"你在回避问题。"莫妮卡说,"我再问清楚点:你是爱上她了,还是迷上她了?"

"就算我回答'是',我打算这么做,那又怎样?"索托说,"她永远都不会答应。"

"你爱上她了,也迷上她了,米盖尔·索托。"莫妮卡说,"两样都占,你没救了。"

"干吗要说没救?"索托说,"我就是要把她找回来。"

"好吧,'肥肥'在等你,我偏头痛,脑袋都要炸开了。"莫妮卡说。

"对不起,今晚这么无礼。"索托说,"我不习惯事态失控。"

"请你把曼努埃尔带走,"莫妮卡说,"我只想关上灯躺在床上,不想听人抱怨。"

"你叫他下来。"索托答应。

"让他给你看订婚戒指。"莫妮卡说。

后来,索托携车队扬长而去,整栋别墅又安静下来,似乎废弃了多年。三人在厨房桌边,黑灯瞎火地又坐了好久。

"她可不能知道我们在这儿。"阿波罗尼奥低声说。

"要是听到的这些话,你们出去跟别人说,动刀子掏肠子的人就是我。"埃尔梅琳达也低声说。

"听见没?"阿波罗尼奥对奥威迪奥说,"一个字都不许跟'女学士'提。"

"哎哟喂,兄弟,你还不了解我吗?"奥威迪奥回答,"绝对守口如瓶。"

8. 神秘的乌苏拉嬷嬷

莫拉莱斯探长挂着手杖,避开成堆的垃圾,走在街道中央,小心高一脚低一脚的路面。道路年久失修,缝隙中挤出杂草。穷人们守在神堂前,散落在暗处,大门附近有盏高高的路灯,穷人远离光线所能照到的区域,于是暗处显得更暗。

有些人已经排起了队,或站着,或席地而坐,还有些人将背包和衣服包放在正在形成的队伍中,占个位置。人行道上有棵枝繁叶茂、叶片光亮的芒果树,有些人在树下用石头围成圈,生了堆火,拿炼乳罐头煮咖啡,还有些人盖着报纸或黑色塑料垃圾袋,在人行道的水泥地上睡觉。

一台装电池的收音机开着,声音很小。音乐台夜间主持人鼓励大家点歌,布鲁斯乡间的一位听众点了《德州女人卡梅莉亚》,电台即刻播放。咖啡的香味在尿骚味和霉衣服味间散开,街上一堆堆的垃圾也传来阵阵恶臭。

这些人都是老江湖,笃定得很,在队伍中有固定的位置。要是马塞拉走进那扇门,肯定有人看见。先确定姑娘进门,再跟"贾斯汀"口中的乌苏拉嬷嬷见个面,要是她确认姑娘就在里头,这案子就结了,资料交给莫妮卡,皆大欢喜。

"也许姑娘玩失踪是想在神堂洗盘子,洗刷有产阶级的罪过。"迪克逊大人说。

莫拉莱斯探长走近队伍,找人问话。他在一位瘦骨嶙峋的姑娘身边停下,姑娘的头发被剪得长长短短、参差不齐,粗棉大褂的背部印着变淡了的"贝尔塔·卡尔德隆医院"字样,穿着嫩绿色卡骆驰鞋,左脚面是破的。

"这人没准是从医院跑出来的。"迪克逊大人说。

姑娘握着装着黏稠状物体的嘉宝婴儿食品小瓶,凑到鼻子边闻,失神的目光看着莫拉莱斯探长。

"强力胶5000,最好的粘鞋剂。"迪克逊大人说,"喝下去,铁定烧坏神经元。"

"这是我的位置,你不许抢,胆小鬼!"姑娘突然尖叫,用的假声,带着鼻音。

"离她远点,"迪克逊大人说,"这姑娘疯得厉害。"

皮肤黝黑的矮胖男人蹲在火堆旁煮咖啡,转头就吼:

"婊子养的,他以为他是谁啊? 居然敢插队?"

"老兄,听见'兰博①'的话了吧? 排队尾去,这儿没人有特

---

① 兰博,史泰龙主演的《第一滴血》系列电影的主人公,是位退伍军人。电影讲述了他屡遭警察欺凌而被迫展开反击的故事。

权。"另一个女人扯着他的袖子。这人也是一把骨头,眉毛画得很浓,戴着麦当劳送给小朋友的奇异王冠。

"兰博"离开火堆,慢悠悠地走来。他穿着军用沙漠迷彩背心和没有鞋带的雨林靴。握着嘉宝婴儿食品小瓶的姑娘哆嗦着哭了。

"这家伙好记仇,咱们得好好扁他一顿。""兰博"一本正经地宣布。

一个穿着湖人队 32 号魔术师约翰逊无袖背心、松松垮垮的短裤要走一步拎一下的男人也走上前来问:

"这坨臭狗屎对'柏皮斯①'干了些什么?"

另一个男人悄无声息地站在莫拉莱斯探长身后,戴着阿斯泰里克斯②的聚氨酯带翅头盔,嘴里缺了几颗牙。

"三十六计,走为上。"迪克逊大人说,"您被包围了,有诅咒睡美人的'巫婆'、杀人的'兰博'、永不犯错的'魔术师约翰逊',还有高卢抵抗古罗马军团的英雄'阿斯泰里克斯'。"

"老爹,你不仅想插队,居然还欺负'柏皮斯'。她可是我这位朋友的相好。""兰博"拉着"魔术师约翰逊"的胳膊,对莫拉莱斯探长说。

"我没插她的队,也没欺负她。"莫拉莱斯探长回答,"我只想打听点事儿,也许你能告诉我。"

"打听你圣母妈咪内裤是什么颜色?""阿斯泰里克斯"从背后推了他一下。

莫拉莱斯探长失去平衡,想用手杖撑着。可是,"魔术师约翰

---

① 柏皮斯,和前文中的查博一样,是墨西哥八台情景喜剧《查博》中的人物。柏皮斯是个天真无邪的八岁小女孩,总是被人骗。

② 阿斯泰里克斯,1999 年上映的电影《美丽新世界》中的人物。

逊"一把夺过手杖,他只好张开手臂,免得摔倒。

"叫他胡说八道,看他怎么死!""魔术师约翰逊"高举手杖,短裤滑下,露出白花花的大屁股。

莫拉莱斯探长想拿回手杖,"魔术师约翰逊"笑着不让他拿。吼叫声、威胁声、口哨声此起彼伏,探长被推来推去,越推越凶,实在没辙,只好拔枪唬人。

"别,这样会越弄越糟!"迪克逊大人提醒道。

莫拉莱斯探长忍住拔枪的冲动,可惜为时已晚。

"你们瞧!假腿上还带了家伙!""巫婆"提醒同伴,"这烂人是条子,只是没穿那层皮!"

"啊哈,混蛋!你是来钓鱼的。我们查过,你想混进来,抓人进局子。""魔术师约翰逊"作势要敲他一手杖。

"有本事去抓那些吃香的喝辣的。那帮强盗!连破衣烂衫的人都不放过。""阿斯泰里克斯"狠狠地推他的肩膀。

"才不是,疯子!他们对那些人客气,对咱们算计,就因为咱们没钱。""巫婆"说。

莫拉莱斯探长刚想回答,"兰博"突然从"魔术师约翰逊"手里夺过手杖,捅在他胸口。他跪倒在地,抬起头,还没来得及用手护住脑袋,"兰博"又一杖打来,将他掀翻,众人一阵拳打脚踢。

"实在抱歉,帮不了您。别说我没事先提醒。"迪克逊大人说。

拳脚如雨点般落下,莫拉莱斯探长又想从绑带中拔枪。这时大门开了。路灯下站着一位老太太,梳着长长的辫子,辫梢上系着蝴蝶结,裙子垂至脚面,绣花衬衫,胸口绣着特色图案。

"她就是乌苏拉嬷嬷。"迪克逊大人告诉他。

老太太眼神犀利,环视众人,闹事者惊惧不已,作鸟兽散。她迈着碎步前来,脚步坚定,跪在莫拉莱斯探长面前。探长的脸上全是血,衬衫上也有血,嘴唇被一脚踢烂,左眉骨被一杖打断。

"我的手杖。"他哀怨地说。

"这位先生的手杖!"嬷嬷命令道。

"这个老滑头想揩小姑娘的油。""兰博"自我辩护。

"您老是带头闹事!"嬷嬷呵斥道,"别废话,把手杖交出来!"

"兰博"很不情愿地将手杖递给莫拉莱斯探长。

"帮我把他扶起来,搀进去。"嬷嬷又命令道。

"为什么是我?""兰博"抗议。

"因为是我吩咐的。"嬷嬷回答。

"我也要帮忙。""魔术师约翰逊"自告奋勇。

"我不需要。"嬷嬷说。

"要知道,这个该死的藏了个大家伙,可不是闹着玩的。""巫婆"说。嬷嬷听说有武器,也没在意。

莫拉莱斯探长挨了窝心杖,肚子痛,又被人踢,肋骨痛,嘴唇发麻,最糟糕的是眉骨上也有一道伤口。"兰博"架着他的肩膀扶他起来,他把身体重量更多地压在"兰博"身上,而不是手杖上,进了神堂。

围墙后面是个沙地院子,栽了一小排椰子树,然后是栋松木板墙的平房,锌板屋顶锈迹斑斑。过道两边都是门,吊顶上挂着一盏瓦数很小的灯。左屋是急诊室,门上钉着一小张招贴画,画着一名女护士,手指竖在唇边请求安静。

"兰博"帮莫拉莱斯探长躺在木质担架车上,嬷嬷麻利地戴上乳胶手套,拉过长臂灯头,对着他满是血污的脸。灯亮了,霎时云集了一堆小蚊子。

"眉毛和嘴唇总会流许多血,"她说,"先好好清洗,再看伤口。"

嬷嬷说话时似乎担心出错,每个字都在脑子里先想好,再一个个往外说。不过,她没出错。

墙边有只小小的铝制洗手盆,她打开水龙头,浸湿毛巾,一点点擦净莫拉莱斯探长的脸,"兰博"看得十分专注。

"您可以走了,非常感谢。有关您的举止,咱们事后再谈。"嬷嬷说。

"这人我认识。""兰博"惊呼。

"能不能好歹听我一回?"嬷嬷大声呵斥。

"再说了,嬷嬷,'兰博'满嘴酒气。"迪克逊大人说。

"这人无巧不巧是我在南方阵线的班长。""兰博"说。

"我知道。"嬷嬷手没停下,镇定自若地回答,"现在,您好歹能走了吧?"

"您知道?""兰博"诧异,"他当完游击队队员,又去当缉毒警,最牛的那种。"

"蒙巴丘一案后,被迫退役。"嬷嬷说。

"这么说,您知道他的名气?""兰博"说,"还有人以他为主人公写过书。"

嬷嬷只是点头。

"别夸张。"迪克逊大人说,"截至目前也就一本书。加上这本,如果能出版的话,才两本。"

嬷嬷清洗完,打算治疗,莫拉莱斯探长抬头对"兰博"说:

"你是塞拉芬,对吗?兄弟,好久不见。"

"好一个忠心耿耿的手下,拿根手杖把您打成这样。"迪克逊大人说。

"您赶紧出去,别弄得我不耐烦。"嬷嬷骂"兰博"。

"班长,谁能想得到,有一天,我会把您当成插队的饿鬼?""兰博"出去,关门前遗憾地对他说。

嬷嬷用剪刀夹了片敷料,浸在深黄色的苯酚溶液中,给眉毛上的伤口消毒,碰了碰肿胀的嘴唇。

"嘴唇没多大问题，"她说，"眉毛那儿要缝一针，就一针。忍着？还是给您打点麻药？"

"是男子汉，就忍着。您叫多洛雷斯，本意就是'疼痛'。"迪克逊大人说。

"打针更痛，您就来吧，动手！"莫拉莱斯探长说。

嬷嬷右手穿针，在眉毛上缝了一针。莫拉莱斯探长不声不响地忍着。

"既然她认出了您，"迪克逊大人说，"赶紧抓住机会，问她马塞拉的下落。"

"血把衬衫给毁了。"她在缝针处铺了一块纱布，用胶布固定好，"服装商人给我送来品相很好的衣服，您介不介意找一件穿上？"

"我穿十五号半。"莫拉莱斯探长回答。

"我去看看有没有这个号。"嬷嬷说，"不管怎样，就算大一点，也就是临时穿一穿。"

"您真是妙手回春。"莫拉莱斯探长说。

"同志，怎么回事？"迪克逊大人说，"不问马塞拉了？"

"我什么都会一点，"嬷嬷笑了，"在亚拉巴马州高等职业学校学过护理，干得了水电工，出于需要，还学会了做饭。来我这儿的人，我得给他们做吃的。"

"一群身份尊贵、爱好和平的人。"迪克逊大人说。

"做饭、盛饭、洗盘子，所有事都您一个人做？"莫拉莱斯探长问。

"那倒不至于。"嬷嬷又笑了，"我有两个很棒的厨娘，来自圣何塞东区，她们也负责打扫卫生。布丽希达是这支小分队的头儿，她是寡妇，没有孩子。"

"办公室工作呢？"莫拉莱斯探长问。

“很少。做点账，我自己能应付。”嬷嬷回答，“我管出门筹钱、筹粮，保证神堂正常运转。”

“您问问她：接济的那帮人，吃饭前要不要祷告？您专程前来，他们把您打成这样，计划完全被打乱。”迪克逊大人说。

“他们吃饭前，是不是起码要做祷告？”莫拉莱斯探长问。

嬷嬷摘下乳胶手套，担架车底下有只垃圾桶，她踩下踏板，弹开桶盖，将手套和托盘中用过的敷料都倒了进去。

“作为条件换口饭吃？”嬷嬷问，“您不觉得过分？”

“对不起，可是，既然他们叫您嬷嬷……”莫拉莱斯探长说。

“真正受人尊重的是先夫约书亚，他是基督复临派传教士，是他创建了神堂。”嬷嬷回答，“至于我是怎么从亚拉巴马州追随他来到这里的，那是另外一个故事。”

“他把美名留给了您。”莫拉莱斯探长说。

“我受之有愧。”嬷嬷说，“先夫的想法是：给他们吃的，让他们皈依。我更希望让他们吃饱，谁爱祷告谁祷告。”

“嬷嬷，如果您需要义工，盛饭盛菜什么的，莫拉莱斯探长似乎很乐意帮忙。”迪克逊大人说。

“看得出，您在这帮人心里很有威望。”莫拉莱斯探长又说。

“我干这个，最麻烦的就是树立威望，”嬷嬷说，“不过这么多年了，他们信任我。”

“人都是固定的？”莫拉莱斯探长问。

“固定到我对每个人的过去了如指掌。”嬷嬷回答，“他们本性不坏，只是因为一无所有，不用患得患失，有些人的脾气才会难免很坏，您已经领教过了。”

“来来来，时间不早了，咱们来进入正题。”迪克逊大人一个劲地催。

“您都听见了，我被老战友揍了一顿。”莫拉莱斯探长说，“我从来没想到会在这儿遇上他,他会来这儿排队领吃的。"

嬷嬷已经转过身去,将医疗器械放入一只便携式消毒蒸锅。

"人生总是兜兜转转。"她说,"瞧瞧您自己,闹革命的游击队队员变成了阶级敌人的手下。"

"呦?"迪克逊大人说,"冷不丁来记上勾拳,还没法儿躲。"

"对不起,您这话我没听明白。"莫拉莱斯探长从担架车上坐起。

"您听得很明白。"嬷嬷看着他说,"过去,您跟他们斗争;如今,您为他们效劳。"

"我是私家侦探,谁出钱,我为谁效劳。"莫拉莱斯探长强笑着自我辩解。

"您不过是米盖尔·索托的刻耳柏洛斯①。"嬷嬷回答。

"这拳狠!"迪克逊大人说,"她不仅读过玛尔塔·哈内克②的教材,还知道咱们在干什么。"

"我不懂什么刻耳柏洛斯,但一听就不是什么好话。"莫拉莱斯探长说。

"您回头去查字典。"嬷嬷说,"我在恭候您的到来,只是没想到咱们会在这个时间以这种方式见面。"

"您别被她逼上绝路。"迪克逊大人说。

"您对一位父亲雇我去找他失踪的女儿有意见?"莫拉莱斯探长问。

"您没问过自己,他女儿为什么会失踪?"嬷嬷反问。

---

① 刻耳柏洛斯,出自于古希腊神话,指守卫冥府入口有三个头的猛犬。

② 玛尔塔·哈内克(1937—),智利作家、社会学家、政治学家、社会活动家,信奉马克思主义,有多部马克思主义著作,在拉丁美洲广为发行。皮诺切特政变后被捕,遭流放,后定居古巴,曾为古巴社会主义政府顾问,编写了大量教育文件和教材。

"也许您知道内情。"莫拉莱斯探长回答,"据我所知,她躲在您这儿。"

"您瞧,我说得没错,您倒戈了。"嬷嬷说,"革命时,您和我虽在不同的战壕,但都站在穷人这边。如今,我还在坚守阵地,您却当了逃兵。"

"您别告诉我,您和您的布道者丈夫都是国际主义战士。"莫拉莱斯探长说。

"别乱嘲讽人。"嬷嬷说,"我们不是战士,可神堂在东部街区暴乱时改成了战地医院。就因为这个,我丈夫被人带走,惨遭杀害。"

莫拉莱斯探长死死地抓着担架车,似乎房子正在剧烈晃动。

"别把主动权交到她手上,也许这些都是骗人的。赶紧回击,把她逼远点。"迪克逊大人说。

"那时候,各人完成各自的使命。"莫拉莱斯探长顿了顿回答,"现如今,您给酒鬼和败类们一口饭吃,我得尽可能挣我自己那口饭。"

"所以就帮剥削者们调查他们想知道的东西。"她说。

"您做的是慈善,我为的是生计。"莫拉莱斯探长一边下床一边说,"我要是不上心,也会去外头排队。"

"要是我向您的雇主申请经济援助,您觉得他会给吗?"嬷嬷挑衅地看着他,"您帮我跟他说说。"

眉毛上贴纱布的胶布脱落了一条,莫拉莱斯探长摸索着把它贴回去。

"要是您把他女儿平安地送回去,他一定会慷慨解囊,帮助您那些需要帮助的人。"探长又强笑着说。

嬷嬷的眼中似乎喷出昏暗的小火花,莫拉莱斯探长担心靠近了会被烧着。

"小心，圣母嬷嬷的拳击手套上有火药味。"迪克逊大人说。

"你在让我分神。"莫拉莱斯探长嘟囔道，"莫非你变成了拳击比赛解说员？"

"我没让您分神，我在给您建议。"迪克逊大人说，"嬷嬷不仅上勾拳出得好，腿上功夫也不错。她对马塞拉是否躲在这儿避而不答。"

"我永远不会要那个人的钱。"嬷嬷说。

"所有财富都是掠夺的产物，我懂，古巴干校里学过。"莫拉莱斯探长说。

"那个人无耻，干的事比掠夺更龌龊。"嬷嬷平静地回答。

"要是您跟我好好解释为什么索托这么坏，也许我就不会去打扰您收留的这位姑娘。"莫拉莱斯探长又说。

"要查您自己查，您就是干这行的，"她说，"尽管您会一分钱也赚不到。索托会因为您揭了他龌龊不堪的老底拒绝付您报酬。"

"我觉得我的工作已经完成，"莫拉莱斯探长说，"只要通知客户，他女儿躲在九月十五日街卡瓦里奥街区救世军神堂即可。"

"也就是说，索托会派打手来找他女儿，如果找不到，他们会把我交给警察，带到齐博特逼供。"嬷嬷说。

莫拉莱斯探长想起索托的鼠灰色西装加矫形鞋卫队。

"这么说，她真的不在这儿？"莫拉莱斯探长问。

"小孩子才会问这种问题！"迪克逊大人说，"就差让嬷嬷向受人尊重的约书亚传教士发誓了。"

莫拉莱斯探长注意到嬷嬷粗粗的麻花辫，系着黄绿丝带的蝴蝶结，衬衫上绣着小船、鱼儿和草鹭，像是索伦蒂纳梅群岛原始风味的图案。嬷嬷的下巴微微颤抖，要么是气的，要么是老人肌肉退化的结果。

"或许她来过这儿,您及时把她转移到别处去了?"莫拉莱斯探长执意要问。

"她是个固执的老太太,一个字都不会说,"迪克逊大人说,"您只能放弃。"

莫拉莱斯探长拿起靠在担架车旁墙上的手杖,往门口走,走到半路,停在嬷嬷面前。

"我走了。不过在此之前,您先满足一下我的好奇心。为什么您说知道我在做什么?"莫拉莱斯探长问,"塞拉芬认出我时,您完全可以装傻,什么事儿也没有。"

"等您站到正义这边,咱们再接着聊。"嬷嬷回答。

"您不给个提示就让我站到您那边去?"莫拉莱斯探长问。

"您的灵魂自然会给。"嬷嬷回答。

"恐怕会让我等一辈子。"莫拉莱斯探长说,"等我去了另一个世界,给也没用了。"

"到时候咱俩做伴,在天国的草地上游荡。"迪克逊大人说。

"这得看您。"嬷嬷微笑,笑出满脸皱纹,像只古老的瓷盘。

双方不再剑拔弩张,莫拉莱斯探长也露出微笑。

"谢谢您的治疗。"他说。

"我去拿跟您说过的衬衫。"嬷嬷回答。

她把装在塑料袋里的衬衫拿来,又从诊所抽屉取出两粒布洛芬,万一他眉毛痛可以服用。之后她不辞而别,人都没影了。

这是一件樵夫穿的红灰格子衬衫,很粗的棉布料,袖子超长,一股消毒水味。莫拉莱斯探长穿上衬衫,下摆放在裤子外头,将另一件衬衫扔进垃圾桶,扔在塑胶手套和敷料上面。

他走出房间,艰难地沿着过道往前,发现墙上挂着一张有些模糊的彩色照片,相框里的男人正看着他。那人精力充沛,头发稀疏,下巴上蓄着修剪过的大胡子,笑容让人信任,穿着红灰格子衬衫,和他身上这件一模一样。

"提醒一下,以防您没发现,墙上挂着受人尊重的约书亚的照片。"迪克逊大人说。

乌苏拉嬷嬷是把珍藏多年的先夫的衬衫送给了他,还是真的从别人捐赠的一大包衣服里拿了一件给他?万一是前者,她想传递什么讯息?

"比如说'等您准备回归到真正属于您的阵地时,再把衬衫还给我'。"迪克逊大人说。

莫拉莱斯探长听到位于神堂某处的厨房里传来忙碌声,被暴打过的身体又开始痛,每走一步,都感到肋骨刺痛,缝合过的眉毛在胶布底下一个劲地跳。

"除了樵夫穿的衬衫——你穿着不赖,咱们比来的时候更糟。"迪克逊大人说。

"你错了。"莫拉莱斯探长说,"对我而言,调查已经结束。尽管老太太装傻,小姑娘就躲在神堂。"

"也许曾经躲在神堂,如今人已经不在。"迪克逊大人说,"同志,我只是在转述您说过的话:嬷嬷也许把她转移到别处去了。"

"曾经在还是如今在,这不关我的事。"莫拉莱斯探长回答,"'贾斯汀·比伯'把她送到这儿,乌苏拉嬷嬷把她藏了起来,就让歇斯底里的老太太跟'阿涅利'理论去吧!"

"就算她会被捕,也在所不惜?"迪克逊大人问。

"那是她夸张,谁也没碰她。"莫拉莱斯探长回答,"要是老太太死在审讯室,他们知道会捅多大娄子。"

"这么说来,要是在神堂找不到逃走的姑娘,您就得说到做到,将预付款还给'阿涅利'。"迪克逊大人说。

"这点你说得没错。"莫拉莱斯探长低头回答。

"那咱俩达成了共识,"迪克逊大人说,"这案子还没结。"

"马塞拉怎么会跟嬷嬷搭上线?"莫拉莱斯探长思忖。

"发挥一下想象力,这个咱们从来不缺。"迪克逊大人说,"我指的是基于具体情况分析的理性想象,不是天马行空的胡思乱想。"

"你给我说人话!"莫拉莱斯探长说。

"逻辑想象力让我得出结论:她们也许是在皮奥神父慈善基金会认识的,乌苏拉嬷嬷去那儿给叫花子讨吃的。"迪克逊大人说。

"你的逻辑想象力完全不合逻辑,"莫拉莱斯探长说,"要真这样,那还是'阿涅利'的臭钱,嬷嬷不会要。"

"那可不一定。"迪克逊大人说,"也许,在她的混蛋名单里,不包括堂娜安赫拉。"

"你会如何安置马塞拉?"莫拉莱斯探长问,"让她在基金会办公室里干吗?"

"比方说,在仓库派发食品。"迪克逊大人说,"美国佬的做法,让养尊处优、无所事事的姑娘给母亲当义工。"

"好吧,就算如此,那又如何?"莫拉莱斯探长问。

"如果有人找到答案,又马上认为答案没用,说明他很沮丧。"迪克逊大人回答。

"话说回来,她们在哪儿认识的跟我有什么关系?"莫拉莱斯探长问。

"同志,跟您有关系。您自己提出疑问:她们是怎么搭上线的?这个疑问还能带出其他疑问:她们怎么会彼此信任?嬷嬷跟她八竿子打不着,怎么会护着她?"

"'阿涅利'交给我的任务只是找到她,仅此而已。"莫拉莱斯探长说。

"可您确实想知道她为什么逃走。"迪克逊大人回答,"探长,您什么也瞒不了我。"

"好吧,你就是我肚子里的蛔虫。"莫拉莱斯探长说。

"就像《木偶奇遇记》里匹诺曹的'良心'小蟋蟀。能担当此任,在下深以为豪。"迪克逊大人回答。

"这么说,我查到这些还不够,应该继续追查她的下落?"莫拉莱斯探长问。

"您想想,这案子咱们又开始查了。"迪克逊大人回答。

"就算拿不到报酬,也要一查到底?"莫拉莱斯探长问。

"很抱歉地回答您,是的,"迪克逊大人说,"甚至更糟。'阿涅利'不让您过问女儿失踪的原因,您不听,他一定会报复。"

"咱们要一查到底,这唱的究竟是哪一出? 甭管'阿涅利'会不会气急败坏地报复我。"莫拉莱斯探长问,"你是不是这意思?"

"探长,我的话您理解得丝毫不差。"迪克逊大人回答。

"这么说,车况良好的斯巴鲁、堂娜索菲亚的锌板屋顶,都跟咱们拜拜喽!"莫拉莱斯探长说。

"个人得失,非吾所虑,"迪克逊大人说,"乃资产阶级所求。他们故意将良心束之高阁,自我麻痹。"

"康士坦丁诺夫的历史唯物主义教程,"莫拉莱斯探长说,"这段我记得。"

"兰博"见莫拉莱斯探长出现在大门口,赶紧迎上前去。雨林靴不跟脚,每走一步都像要掉。

9. 圣婴的祖父母

"万事通"开着皮卡,行驶在博洛尼亚住宅区的主干道上,往工人之家方向驶去。他紧握方向盘,似乎正在风驰电掣地参加一级方程式赛车,其实皮卡跟平常一样,只是龟速前进,驾驶室里还挤着芳妮和堂娜索菲亚。

周五临近午夜。迪厅灯火通明,震耳欲聋的音乐声从四面八方传来。路上的车辆开始稀少,豪华越野车载着去狂欢的人群,音响开到最大,纷纷超过皮卡,留下一串串雷鬼顿音符。

车开到哥伦布街,临近乌戈·查韦斯·弗里亚斯转盘。从玻利瓦尔大道至霍龙特兰湖边的萨尔瓦多·阿连德港①,绵延着另一片金钟柏怪树林,高高的铁枝上亮着无数只 LED 灯泡,好似地狱之火,深夜不熄。

堂娜索菲亚怪芳妮不接电话,芳妮拼命挥舞双手,说手机通话时间用完了。"万事通"苦着脸摇头表示谴责:这帮不称职的家伙,有这么查案的吗?头儿忘了带手机,这个女人在"光明"工作,充值享受优惠价,居然也会让手机无法使用。

皮卡的驾驶室顶着两只高音喇叭,看上去就像另一个时代的奇怪物件。过去,这种车用来打广告,地震前贴了无数小广告,后来用不着了,一张张往下掉。当年,皮卡走街串巷地吆喝痔疮膏、洗发水、药皂,还有摸彩、宾果、慈善义卖会,甚至半夜三更还在给办丧事的人家散播死讯。

芳妮的双手舞个不停,她在讲述当晚发生的事,已经讲了两遍,如今正讲到最后,说自己没有听从莫拉莱斯探长的吩咐,让他只身陷入恶棍群中。

---

① 以上三个地方均以重要历史人物命名。西蒙·玻利瓦尔(1783—1830)是委内瑞拉民族英雄,南美解放者,将南美多国从西班牙殖民者的手中解放出来,梦想创立大哥伦比亚共和国,后失败。萨尔瓦多·阿连德(1908—1973)是智利左派政治家,1970 年当选总统,1973 年 9 月 11 日,在皮诺切特发动的军事政变中以身殉职。乌戈·查韦斯·弗里亚斯(1954—2013)是委内瑞拉左派政治家,自小崇拜玻利瓦尔,曾经两次当选国家总统,并将国名改为"委内瑞拉玻利瓦尔共和国"。

　　她另外掏钱,让"贾斯汀·比伯"先佯装驱车离开,再绕回来,停在安全距离外,结果目睹了莫拉莱斯探长被人暴揍。她想出手阻止来着,可"贾斯汀"早有防备,锁住车门,不让她下车。她还看见可怜的探长倒在地上,一个女人出来救他,把他带进神堂。尽管"贾斯汀"一个劲地反对,吓得不敢再等下去,她还是等了很久,一直等到探长鼻青脸肿地出来,眉毛上贴着胶布,换了件衬衫。

　　"等等,我还没说完。"她喘了口气。

　　"麻烦您长话短说,别制造什么悬念,又不是写小说。""万事通"教育道。

　　"别理他,芳妮,您想怎么说就怎么说。"迪克逊大人开口,"大夫只有自己说话时最开心。"

　　"那个不要命的家伙一头钻进了东方市场,你们再也想不到是谁陪他去的!"芳妮说。

　　"看来现在应该插播广告,之后谜底才会揭晓。""万事通"说。

　　"是揍他的那群人的头儿! 前脚拿手杖狠狠揍了他一顿,"芳妮说,"后脚聊几句,就跟他一起走了。"

　　"他们叫他'兰博',真名塞拉芬。"迪克逊大人说。

　　"我说大人们,""万事通"提醒她们,"在那个迷宫里找人无异于大海捞针。东方市场的面积有二百个曼萨纳①,把这一片全吞了。这个点儿,只有妓院和下三烂的酒馆还开着门。"

　　"没人说要进去找,"堂娜索菲亚说,"咱们不从那儿着手。"

　　"不找?"芳妮抗议,"那咱们来干什么?"

　　"来看乌苏拉嬷嬷,问她跟探长说了些什么,她会建议咱们接下去该怎么做。"堂娜索菲亚说。

---

　　①　曼萨纳,尼加拉瓜面积单位,相当于 6987.29 平方米。

"那个女人,出手救咱们亲爱的探长的,长什么样?""万事通"问。

"是个扎麻花辫、穿土著绣花褂子的老太太。"芳妮回答。

"她就是乌苏拉嬷嬷。""万事通"说。

"您认识她?"芳妮问。

"荣幸之至。""万事通"回答。

"她为什么从头到脚穿成那样,似乎鼓声一响,就要出场跳舞?"芳妮问。

"芳妮说得没错。"迪克逊大人说,"老太太打扮得就像特蓬纳瓦特尔民间芭蕾舞团的舞蹈演员。"

"她那么穿是想入乡随俗,把咱们国家当成自己国家。""万事通"回答,"我跟最最亲爱的堂娜索菲亚说过我跟她过去的事,不再赘述。"

"呦!都这时候了,还跟我保密!"芳妮转头看他。

"芳妮,您放心,咱们这位了不起的大夫特别爱说不幸生活中的这段插曲。"迪克逊大人说,"大夫,赶紧的,别让人求您。"

"万事通"故作谦虚地又将姑娘堕胎的故事讲了一遍,就因为这个,他和嬷嬷双双入狱。

"您说是嬷嬷本人把被强奸的姑娘带去您诊所的?"芳妮问。

"我已经尽可能表达得非常清楚了。""万事通"回答。

"也就是说,嬷嬷在这个岁数也被人强奸过。"芳妮眼睛眨都不眨地断言。

"万事通"刚把车开出哥伦布街,正打算开进震后废墟区,突然在"木匠"铁匠铺前停下,熄火。

"您怎么想得出把车停在这么偏僻的地方?"堂娜索菲亚问。

"这位夫人的话把我吓着了。""万事通"回答。

"难道我说错了?"芳妮问。

"正相反,所以才把我吓着了。""万事通"说,"一定是那块缠头布让您拥有了神机妙算的本领。"

"没准因为化疗,化疗或许能激发智力。"迪克逊大人说。

"乌苏拉嬷嬷十三岁那年,的确被亚拉巴马州社区教堂的牧师强奸过,不止一次,好几次。""万事通"告诉她们。

"圣父、圣子、圣灵,太可怕了!"芳妮画着十字。

"应该让那个家伙把牢底坐穿。"堂娜索菲亚说。

"堂娜索菲亚,现实不都像美国佬电影里演的那样,有陪审团、检控官,还有长着斯宾塞·屈塞①那张脸的法官。"迪克逊大人说。

"夫人,才不是这样。""万事通"摇头,"社区教民说牧师是正人君子,嬷嬷是造谣诽谤。"

"这狗娘养的神父是个魔鬼!"芳妮说。

"他不是基督教神父,是新教牧师。""万事通"斜睨着堂娜索菲亚,纠正芳妮。

"大夫,开车,咱们走。"堂娜索菲亚十分严肃,"别以为我会维护这个伪君子,我会亲手拨旺地狱之火,烧得他连骨头渣渣都不剩。"

"我会火上浇油,浇汽油。"芳妮说。

"让这两个女人联手,上帝都会被吓得抖一抖。"迪克逊大人说。

"现在你们知道嬷嬷是个什么样的人了吧!""万事通"重新发动皮卡,"她吃过苦,为人正直,助人为乐,从自己吃过的苦里感悟

---

① 斯宾塞·屈塞(1900—1967),美国电影演员,曾经连续两年获得奥斯卡金像奖最佳男主角奖,被誉为"演员中的演员"。他在电影《纽伦堡的审判》中饰演法官。

出生命哲学。"

"大夫,您这话就像保罗·柯艾略①书里写的。"迪克逊大人说。

"我们承认她吃过苦。"芳妮说,"可我就是不懂,她干吗要费那么大的劲,给游手好闲的极端危险分子一口饭吃。"

"您奇怪她每天发圣餐,给没衣服穿的人穿衣,给没饭吃的人吃饭,给没水喝的人喝水?""万事通"问。

"总有一天,他们会把她偷得精光。"芳妮说。

"物质财富,她不稀罕!""万事通"说,"咱们还没说到她丈夫,受人尊重的约书亚,就给人家贴上了受苦受难的标签。"

"这么说,她还有丈夫?"堂娜索菲亚问。

"她有过丈夫,创立了救世军神堂。""万事通"说,"独裁时期,神堂被暴徒袭击,丈夫遇害。"

"为什么暴徒会袭击神堂?"芳妮问。

"桑解阵小分队展开闪电行动,从施洗礼医院搬走了必要的工具和物资,搭建了一所小小的战地医院。""万事通"回答。

"他们把医院建在了神堂。"芳妮说。

"您的缠头布继续在施展它神机妙算的本领。""万事通"点点头。

坐在身边的堂娜索菲亚抓着他胳膊说:

"华金和安娜。"

"这两人是谁?""万事通"问。

"嬷嬷和她丈夫。"堂娜索菲亚回答,"华金和安娜是化名,我儿子何塞·埃内斯托起的,他在战争中化名威廉,指挥了那次施洗

---

① 保罗·柯艾略(1947—),巴西作家,代表作为寓言小说《牧羊少年奇幻之旅》,他的作品不但带有奇幻色彩,而且富有诗意和哲理。

礼医院行动。"

"您儿子怎么会给他们起圣婴祖父母的名字?"芳妮问。

"恐怕是在圣若望·鲍思高慈幼会学校念书时,圣经故事给他留下的印象,"堂娜索菲亚说,"我在改宗前,送他去那儿念书。"

"好吧,圣华金遇害,圣塔安娜捡了一条命。暴徒袭击神堂时,她正在东方市场给住院病人采购食品。""万事通"说,"受人尊重的约书亚的尸体被抛在铅山坡万人坑,和每天清晨被抛在那里的尸体堆在一起。"

"暴徒进门就开枪,打死了卧床休养的病人和看护病人的两名女护士,"堂娜索菲亚说,"用机关枪扫死了厨娘和她六岁的女儿,连院子里的狗和鸡、笼子里的小兔,都被杀得一只不剩。"

"您怎么知道得这么清楚?"芳妮问。

"因为何塞·埃内斯托就牺牲在那里。"堂娜索菲亚回答,"他去跟华金开协调会,被索摩查的人盯上,等他进门,才发动了袭击。"

"我还以为您儿子是在埃尔多拉多街垒战中牺牲的。"芳妮把手放在她膝盖上。

"多年以后,同队战友来告诉了我真相。"堂娜索菲亚回答,"当时,他拔出枪,且战且退,想从后墙逃脱,结果在那儿被乱枪打死。"

"您怎么那么肯定嬷嬷就是安娜?"芳妮问。

"我儿子的战友跟我提过华金和安娜,没告诉我真名,也没说小小战地医院的具体位置。"堂娜索菲亚回答,"可是所有线索都能对上,她一定是转入地下工作了。"

"亲爱的夫人,您说得没错。她一直东躲西藏,直到革命胜利。""万事通"说。

"堂娜索菲亚,有些事,不管过去多久,永远让人心痛。"芳妮叹了口气,"这儿都是自己人,您别不好意思,有痛就说。"

"我没什么好说的了。"堂娜索菲亚回答。

皮卡和之前"贾斯汀·比伯"走的是同一条路,驶向九月十五日街,三人一路无言。车灯每隔一段便会照亮街边的榕树,叶面灰蓬蓬的;荒芜的地基,只剩下一堵墙;小小的板条房,粉了石灰;突然冒出一栋砾石小屋,大门气派得很,装饰着灵台花环;另一栋房子的二楼阳台上立着粗壮的柱子,跟羸弱的墙相比重得要命,压得墙要裂开;笼子般的车库,居然能把车装进去,简直奇迹;开在院子里的轮胎修理店;两三家黑乎乎的杂货店,门上贴着广告;一家三班倒的药房,隔着牢房似的铁栏杆发药;人行道上空荡荡的油炸食品小摊,长条凳翻过来,架在桌上;皇家可乐的血红色覆盖了整面墙。

"这么说来,我尊敬的堂娜芳妮,您应该清楚我们说的乌苏拉嬷嬷是个什么样的人了。""万事通"说。

"她是个勇敢的女人,怎么了?"芳妮问。

"我会这么形容,就这么形容。""万事通"说,"这个女人真有种。不好意思,言语冒犯了。"

堂娜索菲亚怫然,神情依然忧伤。

"您就说真有卵好了。"芳妮笑道。

"堂娜芳妮,这么说听上去更大女子主义。"迪克逊大人说,"对不起,失陪。莫拉莱斯探长总爱惹大麻烦,没准儿需要我在场。"

"哎!世上从不缺忘恩负义之人。""万事通"说,"革命胜利时,街区里有人趁火打劫,想瓜分神堂,说嬷嬷是美国中情局派来的间谍,抓她坐牢,差点将她驱逐出境。"

"当时形势很乱,"堂娜索菲亚说,"谁也弄不清谁是谁。"

"夫人,总是有人趁火打劫,""万事通"说,"牺牲要别人上,好处要自己占,别跟我说不是。"

"回到原来的问题上,"堂娜索菲亚问,"为什么嬷嬷会藏马塞拉?"

"别问我,我不知道。""万事通"回答,"可我觉得她不在神堂,藏到别处去了,莫拉莱斯探长已经往那儿去了。"

"在那个对他拳打脚踢的壮汉的陪同下?"芳妮问。

"别担心。要是他俩结伴,一定是嬷嬷安排的。""万事通"回答,"那人做他的向导,给他带路。"

总算到了。车驶过卡瓦里奥教堂,"万事通"在神堂大门前把车停下。人行道上的人更多了,路灯下的队伍也更长了。

有些人靠近皮卡,围住车,领头的便是穿嫩绿色卡骆驰鞋的"柏皮斯"和戴着麦当劳奇异王冠的"巫婆"。

"我的淘气包都是从这儿一个个捡走的,你们这些家伙我一个个全认识。谁敢碰我的皮卡,在嬷嬷那儿可没好果子吃。""万事通"一边下车一边说,"特别是你,'柏皮斯',小心点,别碰我喇叭。"

他们都乖乖听话,恭敬地从皮卡旁走开。打头的几个主动让路,让他们来到大门前。

"嬷嬷这个点儿难道没在睡觉?"芳妮问,"叫醒她不太礼貌。"

"这是急事。""万事通"回答,"难道您不想知道莫拉莱斯探长的下落?"

"应该先打她手机,告诉她咱们要来。"芳妮说。

"您现在这么犹豫,当初干吗要陪着来?"堂娜索菲亚批评她。

"嬷嬷不用手机,不用电脑,类似的玩意儿都不用。""万事通"说着,用拳头去敲金属大门。

"明知五点才开门,敲什么敲?"里头的人怒气冲冲。

"是我,布丽希达,我有急事要见嬷嬷。""万事通"说。

大门开了，一个健硕的女人拿着一把长柄勺出现在门口。

"大夫，嬷嬷正在休息，"女人说，"她给一个受伤的人包扎完，睡的时候已经累坏了。"

"我们就要找那个受伤的人！"芳妮插嘴道。

"尊敬的夫人，要镇定。""万事通"对她说，"要是您控制不住情绪，恳请您回车上坐着等。"

"她真的不该来。"堂娜索菲亚说。

"哎哟，人家连话都不能说了。"芳妮抱怨。

"说话是一回事，说蠢话是另一回事。""万事通"断言。

厨娘奇怪地看他们吵来吵去。

"请您去通报主人，威廉妈妈有事拜访。"堂娜索菲亚说。

"什么威廉不威廉的，吵着嬷嬷，她会发飙，老天爷都不敢惹，"厨娘说，"大夫十足领教过她的臭脾气。"

"布丽希达，我还不知道在您眼里，我是个会发飙的、如此可怕的女人。"乌苏拉嬷嬷温和的声音在她身后响起。

厨娘不敢面对，逃回了厨房。

"晚上好，嬷嬷，""万事通"脱下帽子，"很抱歉这么晚打扰。"

"威廉妈妈是哪位？"嬷嬷问。

"这位。""万事通"拿着帽子，指着堂娜索菲亚。

嬷嬷走到堂娜索菲亚身边，跟她紧紧拥抱了好一会儿。

"您的眼睛和您儿子的一模一样。"拥抱后，嬷嬷冲她笑，"我从来没想过把您和他联系在一起，世上的事儿就是这么奇怪！不过，我知道您，我当然知道，您是位了不起的女英雄，都写进小说了。"

"这将是一场女英雄之间的对话。""万事通"说。

"我算什么女英雄？"嬷嬷说，"请进。"

她将众人引进饭厅。那儿有张长桌，两边摆着长条凳，桌首摆着吧台凳。嬷嬷坐吧台凳,他们坐长条凳。桌凳刚擦过,干净清爽。厨房和饭厅只隔一堵薄墙,灶上炖着菜豆,有烟飘过来。

"我们在找莫拉莱斯探长。"芳妮抢着说,"他从这儿离开,跟叛敌在一起。"

"镇定,夫人,镇定。""万事通"目光严厉。

"我回来了,带来一大堆消息。"迪克逊大人说,"抱歉,我跑得上气不接下气,总算赶上了这场会面。"

"他不是敌人,"嬷嬷笑言,"是我这儿的一位食客。我承认,他是所有人里最不听话、最爱找碴的一个,他们叫他'兰博'。"

"他差点把探长打死,怎么会又跟他一起走?"芳妮问。

"闹了半天,他们是游击队战友。"嬷嬷回答,"您放心,探长只是轻微挫伤,眉毛那儿有个小伤口,只要缝一针就好。"

"圣贝尼托·德帕勒莫保佑我渡过难关。"芳妮说,"我答应过周一圣日那天去莱昂为他清扫教堂,保证说到做到。"

"把灵魂交给偶像崇拜的人真是没救!"堂娜索菲亚嘀咕。

"可那个'兰博'带他进东方市场了,我怕他会出事。"芳妮说。

"我刚见他们进了'黑美洲鸳王'的大本营。"迪克逊大人说。

"他没出什么事,咱们不用担心,"嬷嬷说,"我用手机实时掌握情况。"

"您不是不用手机吗……""万事通"惊讶地问。

"别那么武断。"嬷嬷和蔼地责备道,给他看 iPhone 6,"马塞拉送的,刚用。"

"深更半夜的,他去那儿干吗?"芳妮问。

"'兰博'带他去见马塞拉。"嬷嬷说。

"我就说,""万事通"胜利地环顾众人,"嬷嬷让那人做向导,带他去见马塞拉了。"

"也不尽然,"嬷嬷说,"是'兰博'自己的主意。都到这份上了,谁还会去阻止?"

"这么说,莫拉莱斯探长在这儿时,您没有告诉他马塞拉的下落?"堂娜索菲亚问。

"没机会。"嬷嬷回答,"我跟他话不投机。"

"怎么个不投机?"堂娜索菲亚奇怪地问。

"我说他身为老革命,居然去为索托这种混蛋效力。"嬷嬷回答。

"一语中的!""万事通"说,"索托四处坑蒙拐骗,非法获取财富,做些不明不白的生意,我几乎可以肯定,他在国外洗钱。"

"还有更严重的。"嬷嬷说。

"居然还有?""万事通"问。

"强暴继女。"嬷嬷回答。

"事到如今,谁都会说,早就料到了。"迪克逊大人叹了口气。

堂娜索菲亚猛地站起来惊呼:

"所以小姑娘才会逃!我心里一直这么嘀咕!"

"我也是。"芳妮接着说,"尤其是大夫告诉我们,既然您出手相助,那是因为……"

"那是因为我也被强暴过?天哪大夫,真不能再信任您……"嬷嬷嘲讽地感叹道。

"嬷嬷,真对不起。""万事通"吞吞吐吐,恨不得一头钻到桌子底下,"夫人们刨根问底……"

"大夫,您嘴那么快,不问您也会说。"迪克逊大人说。

"马塞拉被强暴是最近的事?"堂娜索菲亚又坐下问。

"不是。她第一次被强暴时还是个少女。"嬷嬷回答,"之后,索托一直逼她做情妇。"

"小伙子弗兰克就想告诉莫拉莱斯探长这个,可他不愿意告诉我。"堂娜索菲亚说。

"嬷嬷,那个小伙子跑了,""万事通"说,"索托的打手没捉住他,我亲眼看见的。"

"马塞拉打电话告诉了我弗兰克的遭遇。"嬷嬷说,"别担心,他现在很安全。"

"他在废弃的墨西哥影院放映室,舒舒服服地享用'黑美洲鹫王'提供的一切便利。"迪克逊大人说。

"马塞拉的母亲呢?"堂娜索菲亚问,"她会对此不闻不问?"

"她知道。可她是个懦弱的女人,什么也不说,"嬷嬷回答,"像鸵鸟那样把头埋起来,埋进宗教里。"

"还不如说,埋进皮奥·德彼特雷尔西纳神父的袍子底下。""万事通"插嘴。

"这么说,莫拉莱斯探长和马塞拉很快就会见面?"堂娜索菲亚问。

"应该如此,她会谨慎从事。"嬷嬷回答,"我相信,莫拉莱斯探长听了她的话之后,会仔细考虑站到她那边,不要索托付给他的臭钱。"

芳妮难掩失望之情。

"忘了不义之财,想想崇高的事业。""万事通"对她说。

"就凭您也配来给我上课,告诉我什么叫正直?"芳妮怒了。

"如果冒犯了您,请接受我最诚挚的歉意。""万事通"抬起帽子又放下。

"堂娜索菲亚,您只能向街区党委书记申请安居计划的钱,去整修屋顶。"迪克逊大人说。

"咱们都应该休息一会儿,接下来有场硬仗要打,"嬷嬷站起身来,"这才刚刚开始。"

"我们这就走。"堂娜索菲亚说,"不过,我好奇问一句,马塞拉和您是怎么认识的?"

"通过皮奥神父慈善基金会。"嬷嬷回答,"她在仓库负责捐赠申请,我去的时候是她接待的,聊着聊着,就熟了。"

"我的逻辑想象力真棒,有时候把自己都吓着了。"迪克逊大人说。

"她很快就在仓库跟您吐露实情了?"堂娜索菲亚又问。

"没有。一天,她在弗兰克的陪同下突然来到这里,"嬷嬷回答,"之后又来过几回,最后才把秘密告诉我。我把她交到中美洲大学心理学家卡夫雷拉学士手里,她是性侵创伤方面的专家。"

"为什么您建议她逃跑?"芳妮问。

"我没有建议她逃跑,我们的策略从来都不是逃。"嬷嬷说,"我们在跟尼加拉瓜人权中心的律师团队准备一场公诉,在此期间,她应该忍。"

"你们居然要控告索托!""万事通"低低地吹了声口哨,"嬷嬷,您真是个敢打硬仗的女人!"

"连老虎屁股都敢摸!"迪克逊大人说。

"这当然是个敏感问题,"嬷嬷说,"可总不能袖手旁观吧?人权中心主席努涅斯博士态度坚决,立马决定支持我们。"

"那她逃跑是怎么回事?"堂娜索菲亚问。

"形势急转直下,索托从强暴发展到逼她维持关系。"嬷嬷回答。

"我就这么点脑子,一晚上这么多信息。""万事通"脱下帽子去揉太阳穴。

"赶紧到街上看看!'柏皮斯'和'巫婆'领了帮人,要把您车顶的喇叭拆了。"迪克逊大人说。

10. "黑美洲鹫王"

莫拉莱斯探长走出神堂,站在路灯下,迷糊了一会儿。轻微的眩晕让他晃悠,他握紧手杖,肋骨的刺痛如电流般传递到受伤的眉间。

等着吃早餐的队伍已经排到街面,似乎无人留意到他。黑暗中,右手边是通往东方市场的小巷,那里传来马达声,卡车过来卸货。

黑暗中"兰博"走出,向他走来。

"塞拉芬,你差点要了我的小命。"莫拉莱斯探长等他走到面前,对他说。

"头儿,您应该庆幸那一杖是我敲的,""兰博"回答,"换了别人,真的会敲破您的脑袋。"

"你真是对我手下留情。"莫拉莱斯探长说。

"敲手杖这种小事儿就甭提了。""兰博"说,"您只要知道,您想去的地方,只有我能带路。"

"你觉得我想去哪儿?"莫拉莱斯探长问。

"您没必要跟我装傻,""兰博"回答,"嬷嬷把那个离家出走的瘦姑娘藏哪儿了,我这就带您去。"

"做这么大的好事,你要多少钱?"莫拉莱斯探长问。

"头儿,您别寒碜我。""兰博"回答,"您瞧我现在,确实没饭吃,可我没忘,我这条命是您在战场上捡回来的。那场战役,您自己也丢了一条腿。"

"他在敌军的炮火下匍匐前进,去救撤退时落单的你,跟战争片里演的一模一样。你倒好,毫不留情地打伤了他的眉毛。"迪克逊大人说。

"你怎么会知道她在哪儿?"莫拉莱斯探长问。

"嬷嬷心情好的时候,会让我在神堂帮忙干点活儿,""兰博"回答,"有时候洗盘子,有时候打扫卫生。一次,我在拖过道时,听见她在跟那个瘦姑娘说话,办公室门没关好。"

"你记得这是什么时候的事?"莫拉莱斯探长问。

"上个礼拜六。""兰博"回答,"瘦姑娘是中午前来的,陪她来的那个同性恋身子骨也弱得很。"

"我跟那小伙子倒熟。"莫拉莱斯探长说。

"瘦姑娘的继父连拉屎拉的都是绿票子美金,是真的吗,头儿?""兰博"问。

"就算是吧,他屁股会施魔法。"莫拉莱斯探长回答。

"最漂亮、最傲气的女人都乖乖供他享用?""兰博"问。

"塞拉芬,有钱能使鬼推磨,大奶子、大屁股,批量供应。"莫拉莱斯探长点点头。

"那我就不明白了,他还看上瘦姑娘干吗? 既没大奶子,又没大屁股。""兰博"说。

莫拉莱斯探长看着他,似乎他在开玩笑。

"等等,塞拉芬,"他问,"你这是在编派什么?"

"头儿,我干吗要编派?""兰博"回答,"继父跟她做的事,男人跟女人都做过,和世上所有的动物一样。"

"这都是瘦姑娘告诉嬷嬷的?"莫拉莱斯探长问。

"听上去,估计嬷嬷早就知道,那个同性恋也知道。""兰博"回答,"瘦姑娘说她当天就要离家出走,实在受不了,她要自杀。"

"他们还说了些什么?"莫拉莱斯探长追着问。

"说堂娜比尔马的人权中心、律师和不知道谁要提起公诉。""兰博"回答,"不过我觉得,瘦姑娘是个傻瓜。"

"为什么说她傻?"莫拉莱斯探长问。

"被继父上了就上了呗,搞这么多事干吗?""兰博"说,"谁上都是上,找富不找贫。"

莫拉莱斯探长突然很气,气自己没从一开始就想到这是什么阴谋。"阿涅利"雇他,是想让他去找逃出笼子的金丝雀。他把一腔怒火全都发泄在"兰博"身上。

"这么说,你同意她被那个大混蛋强暴?"他问。

"强暴?头儿,随您怎么说,反正就那么回事。""兰博"回答,"下层社会分分钟都在发生,上层社会也一样,跟贫富无关,跟性欲有关。那玩意儿膨胀起来,没道理可讲。"

"塞拉芬,没想到你的性观念这么邪恶。"莫拉莱斯探长说。

"您以为那个瘦姑娘是什么好鸟?""兰博"说,"头儿,都是女人成心招惹男人的:不戴乳罩、乳头印在衣服上,穿超短裙、半个屁股露在外头,就这么去听弥撒,连圣洁的神父都会把持不住。"

"照你这么说,她被强暴,反倒是她的错?"莫拉莱斯探长问。

"头儿,欲火上身那会儿,没有谁对谁错。""兰博"说,"然后在床上有点不愉快,女人一不高兴,就到处乱说,说自己被强暴了,搞得像她们没有主动脱下内裤似的。"

"照你这么说,应该给索托竖一尊雕像。"莫拉莱斯探长说。

"就在信仰广场,教皇约翰·保罗二世做弥撒的地方。"迪克逊大人说。

"继父一定把瘦姑娘宠成公主,让她坐黄金椅,洗香水浴,可她还是怨声载道。""兰博"说。

"咱们不说这个。"莫拉莱斯探长问,"也就是说,嬷嬷没把她藏在神堂?"

"没有,头儿,她只待了一小会儿,等某人来接。""兰博"说。

"某人?"莫拉莱斯探长问。

"就是这儿,东方市场里的人。""兰博"回答。

"你觉得我会相信你,这个点儿跟你进东方市场,去找一个素不相识的人?"莫拉莱斯探长责备道。

"谁会不认识他?""兰博"说,"他就是'黑美洲鹭王'。"

"听名字,能信得过。"迪克逊大人说。

"我能知道这个'黑美洲鸳王'是谁吗?"莫拉莱斯探长问,"别告诉我东方市场里的毒品买卖都攥在他手里。要真是,咱就中大奖了。"

"他一不吸毒,二不贩毒,""兰博"说,"管收这个地区的垃圾,那可是笔大买卖。"

"光靠收垃圾就能发财?"莫拉莱斯探长问。

"您以为他来接瘦姑娘,是走来的?""兰博"回答,"他开的奔驰!"

"你逗我了吧?"莫拉莱斯探长问,"一个收垃圾的能开奔驰?"

"您别瞧不起垃圾,里头全是宝贝。""兰博"说,"所有含铁、铝、铜的东西都能卖点小钱,旧报纸、纸箱、塑料容器,也都能卖钱。"

"探长,您得信,"迪克逊大人说,"东方市场每天要运出一百吨垃圾。"

"这个买卖好,比我到处管人闲事好。"莫拉莱斯探长说。

"头儿,您要是做了这个买卖,保管也能像他那样,镶一口金牙。""兰博"说,"他牙没烂,全凭高兴镶了金牙,犬齿、臼齿、门齿,全都镶上了。"

"我在想,既然是王,手底下应该有一支真正的'黑美洲鸳'军团。"莫拉莱斯探长说。

"甭管老幼妇孺,所有在大大小小垃圾箱里捡来的物品,凡是值钱的,必须卖给他。""兰博"说。

"必须? 凭什么?"莫拉莱斯探长问。

"他是头儿,就得听他的。""兰博"回答,"不管怎么说,上头都同意。"

"什么叫不管怎么说?"莫拉莱斯探长问。

"他是东方市场的党委书记,连警察都归他管。""兰博"回答,

"要组织游行,就把人装满公共汽车和卡车运到广场。没人敢不听话,他管分配。"

"分配什么?"莫拉莱斯探长问。

"探长,您提的这些傻问题说明您跟国内现实已经渐行渐远。"迪克逊大人说。

"上头派给穷苦老百姓的东西。""兰博"回答,"安居计划里的锌板、钉子、顶梁、混凝土板、水泥、扶贫食品、开学时发的书包、圣诞节发的玩具和沙丁鱼罐头。"

"他手底下肯定有突击队。"莫拉莱斯探长说。

"没错,头儿,东方市场的人民阵线归他管。""兰博"说,"反对派上街游行,抗议修建大运河,他会派摩托队过去镇压,一个开摩托,一个在后座上甩链条打,全部蒙面。"

"塞拉芬,你对运河的事怎么看?"莫拉莱斯探长问。

"我会坐在自家露台,喝冰啤酒,看轮船通过。"塞拉芬说。

"难道你会在运河边有房?"莫拉莱斯探长问。

"我会买栋带门廊的乡间别墅,从那儿欣赏轮船上赤身裸体、晒日光浴的美国女人。"塞拉芬回答。

"你也会出去打人,别跟我说不是,"莫拉莱斯探长说,"你会坐在摩托车后座,甩链条打人。"

"您又不会出现在游行队伍中。""兰博"说,"要是闹得凶,我们就去揩点女人的油。那些上街游行的女人吓得一蹦三丈高。"

"那我就更不能理解了,你的'黑美洲鹭王'怎么会跟嬷嬷走那么近?"莫拉莱斯探长问。

"他跟我一样,做过嬷嬷的食客,""兰博"回答,"在神堂吃饭、洗澡。他敬重嬷嬷,当她是自己妈,听她的话。特别是嬷嬷让他戒了坏毛病。"

"什么坏毛病?"莫拉莱斯探长问。

"酗酒。""兰博"回答,"他当年流落街头,在酒馆喝到天亮,睡在野地里,后来遇到一件糟心事,发誓再也不喝了,改邪归正,过正经日子。"

"你从一个谜说到另一个谜,让人问个没完。"莫拉莱斯探长说,"遇到了什么糟心事?"

"有一次喝醉,被人从后面上了。""兰博"回答,"头儿,您知道的,醉了,只会任人摆布。"

"你不是说亏了嬷嬷,他才戒酒的吗?"莫拉莱斯探长问。

"嬷嬷当然对他好言相劝,可他也因为被人从后面上了,拉不下这张脸。""兰博"回答。

"谁能保证卡莫纳大夫酗酒那会儿没遇到过这档子事儿。"迪克逊大人说。

"'黑美洲鸳王'干的那些坏事,嬷嬷看了不生气?"莫拉莱斯探长问。

"当妈的永远是当妈的。""兰博"回答。

"这么说,咱们没别的辙儿,只能去'黑美洲鸳巢'。"莫拉莱斯探长问,"往哪儿走?"

"去墨西哥影院,在那儿能找着他。""兰博"回答。

"那栋楼被震惨了,哪天再晃一晃,会塌,把'黑美洲鸳王'和随从全都埋在底下。"迪克逊大人说。

他们拐进东方市场的一条小巷,沿着棚屋间的窄道往前走。有些商贩就睡在桌子底下,开始睡眼惺忪地往外钻,还有些打着手电,开始动弹,似乎在黑暗中迷失了方向,正在寻找出口。

地产母鸡被关在藤条编的笼子里,不知所措地乱扑腾。鬣蜥和黑皮蜥也是卖活的,在旁边笼子里用爪子一个劲地挠。一个头发蓬得像乱鸡窝、裹着虎纹披肩、正在抽烟的女人哑着嗓子跟"兰博"打招呼。

"真幸运,又见到你。亲爱的,回见。"她说,"我会继续等你的。"

"兰博"一言不发,加快脚步。

"塞拉芬,那个母老虎是你女人?"莫拉莱斯探长问。

"她叫'米隆加',她怎么可能爱上别人?这是在向我讨债呢!""兰博"回答,"她开了家小饭馆,始终忘不了五年前我喝了她一盘牛肉汤没付账。"

"胡说八道!"迪克逊大人说,"他欠的是霹雳可卡因,跟她赊的账。"

"你不是在神堂吃早餐和午餐吗?"莫拉莱斯探长问。

"我当时爱喝一口,成天醉醺醺的,""兰博"回答,"在那种状态下不敢去神堂,嬷嬷老远就能闻出酒味。"

"塞拉芬,哪天你也会跟'黑美洲鸷王'一样倒霉。"莫拉莱斯探长说。

"不可能!""兰博"摇头,"我屁股有传感器,警报响了,会惊动整个东方市场的人。"

"为什么不付账?付了,下次还能赊。"莫拉莱斯探长问。

"拿什么付?头儿,我穷得叮当响。""兰博"回答,"不像您,有一大笔钱就要落入您的腰包。我想,您办这个差事,钱一定不少。"

黑暗中,狂风吹过锌皮屋顶、陶瓦屋顶、大街小巷、小摊、棚屋、棚子、购物长廊、酒窖、台球室、酒馆、饭馆、妓院和舞厅,突然在墨西哥影院周围停下。正门入口处的大遮阳棚破破烂烂,只剩下零星的字母,有些还倒挂着。

大遮阳棚底下的玻璃橱窗如今换成了木板和包装用纸板,门厅前停着一辆黑色的奔驰。车子旧归旧,但保养得挺好,一半车身停上了人行道。

"这就是'黑美洲鸷王'的奔驰?"莫拉莱斯探长问。

"他的心头肉，""兰博"回答，"车都自己擦。"

"黑美洲鸳色的车身。"莫拉莱斯探长说。

"别当面提这个难听的绰号，""兰博"提醒道，"他最恼火了。"

"那他真名叫什么？"莫拉莱斯探长问。

"埃莫赫内斯，""兰博"回答，"埃莫赫内斯同志才对。"

"埃莫赫内斯同志钻到这影院里头，"莫拉莱斯探长说，"哪天晃一晃就被埋了。"

"探长，您就这点不好，老爱重复我说过的话。"迪克逊大人说。

"老说要在影院全塌前把它推了，就是没兑现。""兰博"说，"谁也不敢把他从里头劝出来。"

门口站着一名皮肤黝黑的重量级男子，小胡子硬邦邦的，穿着薄布裰子，下摆拖到膝盖，身上的大块头看得一清二楚。

"是乌苏拉嬷嬷叫我们来的。""兰博"说得镇定自若。

男子瞟了他们一眼，闪到一边放行。他们穿过门厅，似乎地震以来，门厅里的碎玻璃和碎瓦砾就没收拾过。墙上挂着许多金属框海报，唯一带玻璃的那个是《午后天使》电影海报，画着克劳迪娅·伊斯拉斯①。角落里扔着生锈了的爆米花机。

"是乌苏拉嬷嬷叫我们来的，这个谎撒得很有风险。"莫拉莱斯探长悄声说。

"那有什么办法才能让那人放我们进？""兰博"说，"除非咱俩会隐身。"

"'兰博'说得没错，"迪克逊大人说，"探长，您好像胆儿变

---

① 克劳迪娅·伊斯拉斯(1946—)，墨西哥影星，出演过多部电影和电视剧。她的作品《午后天使》上映于1972年。

小了。"

"见到埃莫赫内斯同志怎么说?"莫拉莱斯探长又悄声问。

"跟刚才一样,""兰博"回答,"是乌苏拉嬷嬷叫我们来的。嬷嬷讨厌手机,验不了真假。"

"然后呢?"莫拉莱斯探长问,"然后怎么办?"

"难道我是了不起的卡里曼①,能掐又会算?""兰博"很不耐烦,"我只知道嬷嬷要是发现我假传圣旨,会跟我急,不给我饭吃。"

从池座入口能看见里头椅子都拆了,点着一排蜡烛,一大群操作工赤裸着上身,卖力地在给垃圾里淘出的宝贝分类:金属物品放进大箱子,纸板和纸捆扎起来。舞台上有个气势汹汹的女人正在监工。

门厅中间的楼梯上铺着残缺的花纹地毯,通向包厢、放映室和墨西哥电影公司的老办公室。公司是墨西哥电影经销商,影院开张时,是公司名下的产业。他们刚上楼梯,就发现有人在最高一级台阶上等着。

"就是他,'黑美洲鹫王'。""兰博"有些犯怵,躲在莫拉莱斯探长身后。

莫拉莱斯探长艰难地一手拄着手杖,一手托着装了义肢的腿上台阶,"黑美洲鹫王"高高在上,轻蔑地笑着。

他五十多岁,大胡子,披肩发,看上去像苦行僧,可惜肉乎乎的黝黑嘴唇间镶着一口大金牙,还是个斜眼。他穿着尖头靴、薄牛仔裤和蛋白石色丝绸衬衫,下半边敞着。

"探长,把枪给我,咱们还是和和气气的好。"莫拉莱斯探长刚

---

① 卡里曼,二十世纪六十年代中期起流行于墨西哥和其他一些拉美国家的传奇人物,出现在漫画、广播剧和电影中。

踏上最高一级台阶，埃莫赫内斯便说，"我就不叫门口那小子了，那人有时候欠教养。"

"一天被缴两回枪，真是没谁了。"迪克逊大人说。

莫拉莱斯探长弯下腰，从绑带里取出左轮手枪，递给他。

"久闻大名，可惜只是耳闻，因为我不看小说，"埃莫赫内斯又笑，笑容金灿灿的，"诗歌倒还喜欢。"

"写得也好。""兰博"在身后说，"他的诗上过《信使报》，是咱们东方市场的地方报。"

"真让人大跌眼镜。"迪克逊大人说，"'黑美洲鹫王'是位诗人，应该张罗张罗，邀请他去参加格拉纳达诗歌节。"

"你，塞拉芬，"埃莫赫内斯说，"嬷嬷命你速去报到，如果你不想一个月没饭吃的话。"

"兰博"知错就改，一溜烟地下楼，没了踪影。

"你知道我会来？"莫拉莱斯探长问。

"我喜欢你对我以'你'相称，这样咱们能一下子彼此信任。"埃莫赫内斯回答，"我当然知道，嬷嬷通知我，塞拉芬一定会带你来这儿。"

"用信鸽通知的？"莫拉莱斯探长问。

"不是，用手机。有人刚送她一个，特棒的那种，嬷嬷玩得可开心了。"埃莫赫内斯说。

楼梯旁是他的办公室，也是过去墨西哥电影公司的经理办公室。他一声不响地往里走，认为莫拉莱斯探长自然跟在身后。墙上挂着一台大屏等离子电视，像一面深色的镜子；另一面墙上挂着他在大会堂礼堂领取证书的大幅照片。空调出风口呜呜地叫，像在商店展示的那样，吹起彩色的小纸条。

金属写字桌上铺着软玻璃桌布，"黑美洲鹫王"卸下莫拉莱斯探长手枪弹匣里的子弹，把枪扔在桌上。桌子对面摆着一套沙

发——一张双人沙发,两张单人沙发,珍珠白长毛绒沙发套;墙边
立着两只金属文件柜。他在写字桌后的老板椅上坐下,给莫拉莱
斯探长指了指沙发。

莫拉莱斯探长刚坐下,就觉得边上有什么东西在动。角落里
走出一只黑美洲鹫,往写字桌去,一拍翅膀,跳上去,吓了他一跳。

"我从小调教的。"埃莫赫内斯说着,打开写字桌抽屉,从报纸
里拿出半只番木瓜,"它不爱吃腐肉,爱吃水果,也爱吃蘸了牛奶
的面包。"

"既然养了一头黑美洲鹫作宠物,就不该对绰号反感。"迪克
逊大人悄悄说。

黑美洲鹫用翅膀护住番木瓜,开始努力地啄食,仔细地吞咽,
每吃一口,就在写字桌上踱一小会儿步。

"看来,你可以去申报吉尼斯纪录了,"莫拉莱斯探长说,"养
了一头素食的黑美洲鹫。"

埃莫赫内斯扬扬自得,一只眼狡黠地望着莫拉莱斯探长,另一
只眼苦恼地盯着天花板。

"靠山吃山,靠水吃水。"他掂着左轮手枪里的子弹说,"我靠
垃圾为生,是垃圾王国的主人。这只小动物是我的臣民。"

"'黑美洲鹫王'。"莫拉莱斯探长说。

"就是在下。"埃莫赫内斯的一只眼继续盯着天花板,"我能为
你做点什么?"

黑美洲鹫转身去看莫拉莱斯探长,探长正在揉连着义肢的断
腿。上了段楼梯,蹭得痛。

"我想见她。"莫拉莱斯探长回答。

埃莫赫内斯嘴里的大金牙一闪,问:

"谁告诉你她在我这儿的?"

"我告诉我自己的。"莫拉莱斯探长回答,"走到最后,这条残

腿告诉我的。"

"叫你的腿别放松,恐怕还有很长的一段路要走。"埃莫赫内斯说。

"你知道她跟继父的事吗?"莫拉莱斯探长问。

"我只知道嬷嬷愿意告诉我的事,"埃莫赫内斯将子弹倒在软玻璃桌布上,"不该我问的,我从不多问。"

"当然,嬷嬷不许你让我见她。"莫拉莱斯探长说。

"她明确告诉我'兰博'会带你来这儿,只是让我提醒你,站在你该站的那边。"埃莫赫内斯回答,"这话什么意思,我不懂。"

"请你告诉嬷嬷,我知道了,我已经站在她希望我站的那边。"莫拉莱斯探长说。

黑美洲鹫跳下写字桌,自来熟地向他走来,仔细地嗅来嗅去。

"你的残腿会告诉你到了想到的地方,我这位臣民会告诉我某人说的话是真是假。"埃莫赫内斯说。

"我通过你的测谎仪测试了吗?"黑美洲鹫似乎已经嗅完,莫拉莱斯探长问。

埃莫赫内斯的双眼如今往两边看,一只在看大遮阳棚顶上的窗户,另一只在看依然敞开的门。

"切佩似乎觉得你不够真诚。"他说。

"果不其然,黑美洲鹫是有名字的。"迪克逊大人说。

"你的黑美洲鹫鼻子真灵,"莫拉莱斯探长回答,"我确实存疑,只有她能答疑。"

"嬷嬷要是听到,该会有多失望啊!"埃莫赫内斯说。他的双眼有一刻在同一条线上,嘴里的大金牙又闪个不停,"也就是说,你不是真的想改变立场。"

"我说探长,咱们讲好的不是这样的。"迪克逊大人说,"不能再犹豫了,特别是从'兰博'口中听到消息后。"

"我想彻底弄明白这件事,已经离真相很近了。"莫拉莱斯探长说,"所以,我很需要听一听马塞拉怎么说。"

"切佩认为,你的疑问在其他方面。"埃莫赫内斯说,"你的疑问是:要继父的钱,还是听嬷嬷的话?嬷嬷一分钱都不会给你。"

"探长,别告诉我他的话是真的。"迪克逊大人说,"您又被臭钱给诱惑了,我真是羞愧得抬不起头来。"

"别找碴,我知道我在做什么。"莫拉莱斯探长小声说。

"我不知道嬷嬷口中那个出钱让你调查的继父是谁,"埃莫赫内斯说,"我只知道他是资本家,资本家总是让我倒胃口。"

"倒胃口的'黑美洲鸳王'倒是值得一看。"迪克逊大人说。

莫拉莱斯探长忍不住调侃地看着埃莫赫内斯,问:

"你自认为一贫如洗?"

"那当然不是,"埃莫赫内斯回答,"可我不是资本家。"

这时,黑美洲鸳又一跳,跳到沙发扶手上,用干巴巴的羽毛去蹭莫拉莱斯探长。

"区别何在?"莫拉莱斯探长问。

"我们在革命中致富,是为了让别人尊重我们、尊重党。"埃莫赫内斯回答,"要是我们一贫如洗,资本家都不会拿正眼瞧我们。"

"结论是:拥有无产阶级灵魂的资产阶级。"迪克逊大人说。

"那资本家呢?"莫拉莱斯探长问,"与此同时,你觉得他们都在呼呼大睡?"

"你问资本家?与此同时,他们存在,"埃莫赫内斯说,"可到时候就会显得多余。"

"列宁著名的新经济政策改良版。"迪克逊大人说。

"她继父出生底层,"莫拉莱斯探长说,"跟你一样,是'黑美洲鸳王',只不过坐着直升机在天上飞。"

"咱们不争这个。"埃莫赫内斯说,"在党内名单上,他这种人是战术盟友。对我而言，这是规定，必须遵守。"

"好了，让我跟你战术盟友的继女谈一谈。"莫拉莱斯探长说。

"这由不得我，是嬷嬷说了算。"埃莫赫内斯说，"你真是死脑筋。"

"那你找本《圣经》来，我手按《圣经》起誓，不会把她交给她继父。"莫拉莱斯探长说。

"探长，但愿您是说正经的，"迪克逊大人说，"这可关乎咱们的荣誉。"

黑美洲鹫打起了盹，在莫拉莱斯探长的肩膀上点豆子。

"切佩，别跟客人自来熟。"埃莫赫内斯拍拍写字桌，让黑美洲鹫回到他身边去。黑美洲鹫浑身一激灵，醒了，听命而行。

这时，蛋白石色丝绸衬衫口袋里的手机屏幕亮了。他赶紧掏出来接：

"他在我这儿，嬷嬷。"

"告诉嬷嬷，我打算手按《圣经》起誓。"莫拉莱斯探长说。

"他说他打算手按《圣经》起誓。"埃莫赫内斯转告嬷嬷。

他点点头，挂断了电话。

埃莫赫内斯看着莫拉莱斯探长，咧嘴笑，满嘴金光闪闪，双眼神奇地再次摆正位置。

"你这儿有《圣经》吗？"莫拉莱斯探长双手握着手杖头问。

"嬷嬷说不用发誓，有你这句话就行。"埃莫赫内斯说。

"这么说，我能见她了？"莫拉莱斯探长撑着手杖，想站起身来。

"明早九点，地点嬷嬷会通知你。"埃莫赫内斯说。

"那不行。"莫拉莱斯探长又坐回到沙发上，"现在就见，否则免谈。"

"我又没答应你什么，"埃莫赫内斯说，"都是嬷嬷吩咐的。"

黑美洲鹫厌烦地低头,想打哈欠。

"不用等到明早,咱们现在就谈。"门口传来声音。

马塞拉穿着男式夹克出现在门口,双手抱肩,很冷的样子,旁边站着弗兰克。

第二部分:8 月 28 日,星期六

地狱开了门，
所有的魔鬼都出来了！

威廉·莎士比亚
《暴风雨》第一幕第二场

11．"肥肥"不会跳舞

与不知情的人想象的不同,国家警察情报局局长得了"肥肥"这个绰号,只是因为有一绺白发,他不会跳舞。

他不跳舞,却有条不紊地坚持做健美操,该爱好让他在圣胡安住宅新区开了家名叫"超级身体"的健身房,堪称马那瓜地段最好的健身房。他还在卡莫阿帕一处三千曼萨纳大的庄园里饲养牲口,名下的车队在中美洲全境运送货物。这些都记在一个游手好闲的妹夫名下,妹夫和妹妹离婚多年,却对他死心塌地,忠心耿耿。

"肥肥"真心不抽烟,不喝酒,没有固定的伴侣,不参加聚会,有不善交流的名声。这本是职业素养之一,干情报这行,口风一定要紧。他最大的烦恼是鼻子和脸颊上源源不断地爆出痘痘,各种专利祛痘产品都用过,统统无效,绝望之余,只好给它们涂上牙膏。

他只是名义上隶属于警察局高层,却从不俯首帖耳。警察系统里谁都怕他,谁都远远地恭维他。他自主独立,一手遮天,多年前就该退休,却始终退而不休。更何况,手下有支特别行动队,可以向任何领导要人要钱。谁不给,谁撤职!

他恭敬而骄傲地宣称,自己和"最上头"直接联系,用老办法——报告装信封里封火漆呈上,走电子渠道加密不保险。领命时,他往往被"最上头"深夜召见。只有在万不得已的情况下,他才会打电话请示,他用的电话是克格勃继任——俄罗斯联邦安全局驻当地的技术人员负责加密的。

"肥肥"也不信任电脑,认为电脑里的文件会被任何一个好奇心旺盛的青少年黑客窃取,哪怕俄罗斯联邦安全局承诺替他装一个安全系统。他用雷明顿手提式古董打字机——父亲当年在莱昂的药店里用它打过药品清单,如今想找配套色带简直比登天还难。

在前厅等候时,为了不浪费时间,他会打开公文夹,乙烯基仿皮面那种,握着红蓝铅笔工作。铅笔总是别在耳后,要用时取下;要刨笔,就用摩登原始人弗雷德①卡通造型的刨笔刀现场刨,刨完后小心翼翼地将刨花碎屑包进手绢。

周六凌晨,他就这样独自在米盖尔·索托办公室的前厅等候接见。全球联合公司智能化塔楼的顶层归索托一人使用,他在此运筹帷幄各领域的生意。

这栋楼共六层,块状酒瓶绿色玻璃幕墙,用铆钉铆在一起,建在市郊路旁,往南方公路方向。楼后是贫民窟,一侧是露天车辆拆卸厂和焊接作坊,另一侧是帕丽连锁超市和一家不入流的赌场,黄铜穹顶,意图打造出东方宫殿的效果。贫民、赌徒、超市顾客和作坊工人三五成群地抬头看索托的直升机在天台上起飞、降落。

贫民窟后方的杂草丛中,有一些二楼露出钢筋的烂尾楼和一个垃圾场。竖着的霓虹灯招牌表明此处有家汽车旅馆,锌板外墙锈迹斑斑,名字很怪,叫圣雷梅迪奥②。堂娜索菲亚时常躲进杂草丛中,举着尼康相机,拍下通奸铁证。

"肥肥"身着便装,干净清爽:咖啡色岩羚羊皮夹克、无领白衬

---

① 摩登原始人弗雷德,二十世纪六十年代在美国风靡一时的动画片《摩登原始人》中的人物。

② 雷梅迪奥在西班牙语里意为"补救措施"。

衫、卡其裤、中筒靴。他在看当日报告,有关企业间行会、工会、市民团体、教会和幸存的小反对党,主要信息来源为卧底、电子邮件和电话交谈。

酒瓶绿色玻璃幕墙将接待室变成了一只光线暗淡的鱼缸,家具摆设倒像豪华酒店的门厅:面对面放置的老板椅,两张光亮的勃艮第红真皮长沙发。"肥肥"坐在其中一张上,腿上摆着公文夹。

这行做起来一板一眼,看报告却着实有趣,报告里什么都有。有人老搞小动作,全力凸显自己,拆对手的台,这是党派动辄分裂的主要原因;有人貌似凶悍,实则施点小恩小惠就能收买,从馈赠机票、免费住院,到免税、法庭上法官通融;还有谁跟谁通奸,谁是同性恋,这些他都会用蓝色铅笔画出来,正好归入蓝色档案。手下的小伙子深挖后,配上视频,报告便可用来不战而屈人之兵,让对方闭嘴或直接拉拢过来,特别是神父和新教牧师;对那些没反应的,直接把证据捅到媒体和社交网站,活该他们倒霉。

"肥肥"在保加利亚人民共和国受过特训:革命刚胜利那会儿,他被意外任命,负责个人安全部门。保加利亚驻内政部使团团长安赫洛夫中校发现了他灵敏的嗅觉,推荐他去普罗夫迪夫国家安全学校学习一年。毕业时,他荣获特优生称号。

索托的女秘书戴着蝶翅状眼镜,穿得像淑女学校校长,灰色褶裙,长袖衬衫,领口处有块宝石。她的办公桌在一只更小、同样是绿色的鱼缸里。每当目光对视或殷勤地送上咖啡时,她总是笑脸相迎。女秘书永远驻守在那儿,谁都会说,她就住在楼里的某个地方。

"肥肥"等了一个多小时,女秘书突然探进头来,给了他一个大大的微笑,说索托已经在办公室了。他没听见天台直升机螺旋桨的嗡嗡声,这么说,索托应该是跟车队从地下室进来的,再乘私人电梯上楼。

　　"肥肥"熟门熟路,可女秘书无论如何,硬要礼数周到地陪他穿过铺着地毯的走廊,来到巨大的栎木旋转门前。迈过门槛,他再次面对那只古铜色的眼睛——惊恐地睁大,在细木镶嵌工艺办公桌后的墙上看着他。索托坐在办公桌前,看脸色,一宿没睡。

　　墙边有张勃艮第红沙发,和接待室里的一模一样,沙发上靠着小曼努埃尔。他双手枕着后脖颈,望着天花板,一只鞋扔在地毯上。

　　"肥肥"一言不发,坐在索托对面,公文夹放在膝上,像个尽职尽责的保险推销商。最近一次爆痘痘留下的疤痕如同横亘在脸上奇怪的玫瑰色星座。

　　"很抱歉,农艺师,今晚没能如期交货。""肥肥"开口。

　　"弗兰克逃了,是因为巡逻队队长不听我的,不给他戴手铐。"小曼努埃尔靠在沙发上说,"否则,我未婚妻现在就找着了,他知道她藏在哪儿。"

　　"肥肥"向索托投去询问的目光。

　　"我侄子说的是马塞拉,我继女,"索托说,"她已经一周没消息了。"

　　"您跟我说的是,小伙子偷了公司里的什么敏感文件。""肥肥"说,"小曼努埃尔的未婚妻是怎么回事?"

　　"叔叔,您好好跟他解释解释。"小曼努埃尔说,"我未婚妻在电影院失踪后,谁也没再见过她。"

　　"肥肥"微微咧嘴一笑。索托性侵继女的事早已进了蓝色档案,可下属对继女失踪一事毫不知情,这不由得让他不安。过后,他要找相关人员算账。

　　"农艺师,我真的很奇怪,"他很严肃地说,"您跟我是彼此信任的朋友,这桩烦心事,为什么不找我?"

　　"这么说,您知道我们在找马塞拉?"索托问。

"农艺师,我可不是吃闲饭的。""肥肥"回答。

"您也知道我把案子交给了一名私家侦探?"索托又问。

"您如此欠考虑,也让我痛心。""肥肥"比谁都会套话,"明明有我,偏要去找陌生人。"

"是我夫人明确表示,希望由莫拉莱斯探长去找女儿。"索托说。

天啊,莫拉莱斯探长! 索托是从哪个犄角旮旯里把他找出来的? 现如今,他只管捉奸,助手是个疯疯癫癫的老女人,自以为是《迈阿密风云》里的搭档二人组①。

"农艺师,这人选得不合适。""肥肥"说,"他因违纪被逐出警队,还酗酒。要是您给了预付款,他去马那瓜各大酒馆挥霍殆尽,一点也不奇怪。"

"这些前科,我并不知情。"索托说,"不管怎样,我没指望他能查出点什么。"

"为什么?""肥肥"问,"您没给他太多线索?"

"正是。"索托回答,"我想用自己人找到马塞拉,同时稳住我夫人。"

"可我突然有点担心。""肥肥"说,"万一莫拉莱斯探长没去酒馆,相反,已经掌握了能找到您继女的线索呢?"

"为什么您会这么想?"索托问,他很满意迅速转入他所期望的话题。

"干我这行的,各种变数都要考虑到。""肥肥"回答,"找到最符合逻辑的那个,着手去查,往往可能性最大。"

---

① 《迈阿密风云》是一部由环球影业公司出品的动作片,2006 年在中国上映,讲述了警察粉碎拉美毒品走私集团的故事。影片中的硬汉里卡多和网络专家特鲁迪·约普琳组成了一对情侣搭档。

"那咱们来想想他掌握线索这个变数，"索托问，"您看，会是什么线索？"

"您刻意向他隐瞒的线索。""肥肥"回答，"他酗酒，违纪，等等等等，可他不蠢。"

"没错。一眨眼的工夫，他就找到了弗兰克，跟他见面，不知聊了些什么。弗兰克去购物中心找他，出来时，我们想抓住这个同性恋，可让他跑了。"小曼努埃尔一口气说完。

"肥肥"慢慢把头转向小曼努埃尔，他仍旧四仰八叉地倒在沙发上，另一只鞋也脱在地毯上——面朝下、底朝上。

"哎哟，这个凌晨对我来说有太多意外了。""肥肥"笑了，"为什么你说抓那个小伙子的时候，他正在找莫拉莱斯探长？"

"因为瘸子的办公室就在购物中心，叫象耳豆树购物中心。我们见他进去，才通知了巡逻队。"小曼努埃尔回答。

"哦，是怪物史莱克和菲奥娜公主的洞窟。""肥肥"再次面对索托，"农艺师，事实是明摆着的：小伙子和探长见面时，没有提供信息，现在又决定去找他。他主动上门，没别的原因。"

"也许，他没找到探长。"索托说。

"他在里头待了挺长时间。"小曼努埃尔插嘴。

"也就是说，如果他没找到探长，会跟那个清洁工——莫拉莱斯探长的明星助手聊过。""肥肥"说。

"他把资料交给助手了。"小曼努埃尔说。

"肥肥"思索片刻，断然得出结论：

"莫拉莱斯探长已经知道您继女在什么地方了，无论是否出于小伙子之口。"

"那监视他不就行了？"索托说。

"我派人去盯着。要是他带我们找到您继女，我们把她带回来，交给您。""肥肥"问，"我说得对吗？"

"没错。"索托回答,"到时候,一切就会在我的掌控之中。您能快点吗?"

"肥肥"看了看表,是块笨重的沃斯托克表,琥珀色表盘,是他在保加利亚参加毕业典礼的赠品。

"派人跟踪、窃听电话,不是打打响指就能搞定的事。""肥肥"回答。

"最简单的办法是逮住他,逼他招供。"小曼努埃尔说。

"您侄子有干这行的天分,农艺师,哪天让他来我这儿。""肥肥"说。

"肥肥"是一只爪子磨利的猫,正面对一只惊恐万分的老鼠。老鼠想保住秘密,又没什么手段,想找人帮忙,只为让继女回到他身边,不能扯坏一丁点儿遮羞布。"肥肥"乐在其中。

"总之,我想心里头踏实。"索托说。

"警长,您至少得再把弗兰克抓回来。"小曼努埃尔说。

"肥肥"转向沙发,说道:

"我派人去找他,一小时后把他带来,也不是那么容易的事。他被抓过,逃了,一定不会老老实实地待在家里睡觉,等我们上门。"

"警长,我不想闹得沸沸扬扬,也不想动用武力。"索托说,"要是能悄无声息地把事儿给办了,我会非常感激。"

猫咪打算继续去抓那只惊恐万分的老鼠。他会把继女还给他,让他们继续通奸。不过,悄无声息地去处理麻烦事,这个忙不能白帮。这笔无期限的人情债会被记入蓝色档案。

"还有一种变数。""肥肥"说。

"另一种假设。"小曼努埃尔一边穿鞋,一边自作聪明地解释。

"什么变数?"索托问。

"您雇用的私家侦探已经找到您继女了。""肥肥"回答。

"要是这样，为什么他不联系我？"索托说，"我给他的指示是：找到她，通知我。"

"农艺师，如果他跟她聊过，就因为聊过，所以才不交给您呢？""肥肥"问。

他察言观色，料到索托会面容苍白，果真如此。

"我没听明白。"索托两手往桌上一摊，回答道。

"她编个故事给他听，让他站在她那边。""肥肥"说，"莫拉莱斯探长本性如此：要是有人受了不公正的对待，他的想法会很浪漫。"

"这个假设扯太远了。"索托很不自在，"她会跟探长说些什么？"

"我没打算去琢磨这个。""肥肥"回答，"我只是考虑到继女通常很难对付，才这么说。"

"没错，叔叔，她确实很难对付。"小曼努埃尔穿上鞋，走几步，似乎它是新鞋，"您别担心，我会好好调教的。"

"农艺师，照我的经验，风险最大的可能总得想办法排除。""肥肥"接着说，"继女不听话，说句不好听的，有时候让人蛋疼。"

"该治赶紧治。"小曼努埃尔又在地毯上走了几步，"等我跟她走出教堂，她会见识到我的手段。"

"回到我最初的建议，""肥肥"接着说，"得找莫拉莱斯探长谈谈，好歹都得谈。"

"我可不想这么掉价，"索托说，"谈过一次，已经足够。"

"农艺师，您恐怕没听懂我的意思，""肥肥"说，"我去找他谈，不是约在酒吧，问'你好吗？''最近过得好吗？''最近将几个红杏出墙的妻子捉奸在床？'这种。"

"叔叔，这样才对，得给他点颜色看看。"小曼努埃尔志得意满地向他们走来。

"审他，让他招供？"索托问。他在看手，似乎刚做过手部护理。

"肥肥"又看了看他的苏联表。这表能潜水一百六十多米，但他从来没试过。

"把他关进司法机关临时看守所的牢房，跟外界隔绝，我来找他单独谈。""肥肥"说。

"要是他真把我的钱拿去买酒了，什么都没查出来呢？"索托犹豫地问。

"您得先让我去核实。""肥肥"回答，"要是他什么都不知道，那就什么都不知道好了，您尽可放宽心。"

"我还是担心会闹得沸沸扬扬。"索托说。

"肥肥"很想放声大笑，拼命忍住，心里却乐开了花。

"农艺师，怎么个沸沸扬扬？"他问。

"我后来才发现，这个私家侦探鼎鼎大名。"索托回答。

"对谁而言？""肥肥"问，"对读者而言？这年头还有多少人看书啊？"

"我婶婶安赫拉看书，"小曼努埃尔说，"有关皮奥神父奇迹疤痕的书和侦探小说，她都爱看。"

"更何况，只是走走程序。""肥肥"说，"他前脚告诉我小曼努埃尔的未婚妻藏在哪儿，我后脚放人。你说怎么样，小曼努埃尔？"

"那敢情好。"小曼努埃尔回答。

"万一事后，他去找媒体发表声明，把我牵扯进去呢？"索托问。

"农艺师，您指什么媒体？不在咱们手里的媒体只有一家电台和一家电视台。""肥肥"说，"要是还有窟窿没填上，只要提醒那个不听话的，想想您公司可以贡献的广告收入就成。"

"还有网络。"索托说。

"网上的消息都像流星,短命得很,""肥肥"说,"闪一眼,就没了。"

"叔叔,网上就是几个无事佬写点狗屁文章,自娱自乐。"小曼努埃尔说。

"肥肥"重新在椅子上坐好,灯光换了个角度打在脸上,索托感觉他又爆了层痘痘,疤痕也比刚才看到的要多。

"农艺师,您真正担心的是什么?""肥肥"问。他歪了歪脖子,抖掉岩羚羊皮夹克肩头上本不存在的灰尘。

"就是,叔叔,您大风大浪都见过,还怕这种小沟小渠?"小曼努埃尔绕过写字桌,把手放在索托肩上,被索托一把推开,吓得他后退。

"别忘了,我帮您排忧解难,不需要上头特别指示。""肥肥"说,"您位高权重,全国上下享受这种待遇的人没几个,您不用白不用。"

"小曼努埃尔,你可以走了,这儿暂时不需要你。"索托抬高声调命令道,"找个司机送你回去,明天我给你打电话。"

"可是叔叔,"小曼努埃尔抱怨道,"我未婚妻的事怎么解决,我该第一个知道。"

索托冲他笑笑,说:

"这事儿交给我。戒指收好,别丢了。"

"好了,小曼努埃尔,相信你叔叔,也相信我。""肥肥"说,"结婚别忘了请我。"

小曼努埃尔没说再见,气呼呼地离开。只听见旋转门的铰链响了一声,门关上,两人相顾无言。活动迪厅的大喇叭吵得不行,噪音如同来自一口深井。

"夜夜笙歌,直到天明。"索托无奈地指指窗外,抱怨道,"贫民窟的幸福生活。酒馆、妓院,有时还能听见一串枪声。"

"农艺师,这个问题怎么会解决不了?""肥肥"问,"巴雷拉大法官向我保证过,已经责成贫民全部迁出了。"

"防暴警察来过,连催泪瓦斯都使上了,他们直接扔石头,还砸伤了人。"索托回答,"烧了几只棚子,没了。贫民窟生活继续。"

"怎么会这样?""肥肥"说,"您有合法文件,党和政府都会优先保护私有财产。"

"您瞧,"索托回答,"我想在这片地皮上盖一座购物天堂,第一世界那种购物中心,巴拿马就有。可先得把这帮人请走,还不能引发暴动。"

"我跟上头提。""肥肥"说。

"您去问问我的左右邻愿不愿意卖地,"索托说,"开的都是天价。附近这片区域,我全都想改造成公园。"

他突然青春洋溢地起身,往酒柜走。里头有两瓶酒,玻璃酒瓶闪闪发光,玻璃酒杯也是。

"该喝一杯了,"他说,"威士忌还是伏特加?十八年的麦卡伦威士忌和灰雁伏特加。如今,法国人酿伏特加比俄罗斯人酿得好。"

"对不起,我不喝酒。""肥肥"礼貌地推辞。

"那您损失大了。"索托给自己倒了杯威士忌,"麦卡伦要直接喝,外行才加冰。十八年以上的威士忌不会更醇,说越陈越好纯粹是商业噱头。"

"肥肥"感觉索托已经不大冷静了。先拼命找借口掩盖秘密,再抱怨邻居,说甩都甩不掉,现在又突然扯出各种酒的品牌和质量。不过,他把侄子支开,总是有原因的。索托想在两人之间制造出说私房话的气氛。说私房话,这也是自己要打的一张牌。

索托又坐下,双手握杯,缓缓举起,喝第一口前,先把杯子凑到鼻子边闻了闻。

"农艺师,我酒已经喝得太多,""肥肥"说,"从保加利亚培训回来,醉酒已经成为习惯。匿名戒酒会拯救了我。我不做慈善,只给匿名戒酒会捐钱。"

"我不止。"索托说,"我要供一个社会救助基金会,夫人负责打理,整个一无底洞。"

"您提到伏特加,""肥肥"说,"当年我喝的就是它。教员们从早餐时间起就狂喝伏特加,他们喝多少,我喝多少,觉得当着他们的面这样做才对。"

"我很小心,不喝多。"索托笑着看了看杯子,又喝一口,"您想想,我要是成天喝酒,生意怎么办?"

"我现在多少都不喝,""肥肥"说,"否则,早得肝硬化死了,或者在神堂门前排队。"

"什么神堂?"索托问。

"是一个叫乌苏拉嬷嬷的美国女人在东方市场开设的救助站,救助流浪汉和酒鬼。""肥肥"解释。

"别让我夫人知道,否则她也会开一个。"索托笑了。

"不知道该怪教官,""肥肥"接着说,"还是该怪我不自信,当年才堕落成酒鬼。"

"警长,您会不自信?"索托乐了。

"肥肥"想了想该怎么回答,似乎难以启齿。

"农艺师,女人们老是因为这张脸拒绝我。"他终于决定说出口。

索托笑了,假装很不相信。

"男人就跟狗熊似的……"他话说半截,突然不知道对方听了会不会不高兴。

"……越丑越有魅力。""肥肥"替他把话说完,"尽瞎说。我就算健身,也还是不行。"

"警长,可您有权有势,有权的人也有魅力。"索托不知道换个法儿安慰,对方听了会不会还是不高兴。

"肥肥"就像个一流演员,突然全身心地投入角色中去,自怨自艾、顾影自怜起来。

"这也是瞎说。"他说,"为什么我跟神父一样没结婚?您以为呢!连妓女都躲着我。"

"神父也不都是守身如玉的。"索托开玩笑地说。

"最糟的是寂寞。""肥肥"感叹道,"您想啊,工作原本独来独往,晚上到家,还只能跟墙说话。"

索托站起来,又喝了一口酒。

"我有老婆,但从某种意义上说,我也是一个人。"他说。

"您还有个女儿,我们会把她找回来的。""肥肥"说。

"那是我夫人的女儿。"索托说。

"那倒是,区别大了去了。""肥肥"说。

索托已经拔出麦卡伦威士忌的木塞,瓶口靠着杯口,没往里倒。

"您信任我,跟我说些私房话,我很感激。"他说。

"朋友之间本该如此。""肥肥"点点头。

"特别是出自您之口,您的工作就是保守秘密。"索托说。他开始倒威士忌,倒了三分之一杯。

"自己的秘密可以说,别人的秘密绝对不说,您大可放心。""肥肥"回答,将一直放在膝上的公文夹抱在胸前。

"也许,该轮到我来跟您说点小事了。"索托说。

"农艺师,我洗耳恭听。""肥肥"说。

索托就像那些会腹语的人,从肚子里发声。

"那姑娘,马塞拉……"他说,"其实不是我女儿……"

"是您继女,跟您生活在一起。""肥肥"说,没有扭头去看索托。索托依然站在酒柜前。

"您都知道?"索托迟疑地问。

"说话前并不知道。""肥肥"镇定地回答,"只是您每次提起她,总是如鲠在喉。"

"我很清楚,这样不对,"索托说,"但我不能自已。"

"农艺师,我是来保护您的,不是来评判您的。""肥肥"盯着索托的空椅子说。

"我只知道,我可以不要这条命,换她回来。我很绝望。"索托站在原地喝酒,一饮而尽。

色迷心窍。"肥肥"的手指一边有节奏地敲打公文夹,一边对自己说。对妻子的女儿色迷心窍,对嫂子弟妹色迷心窍,对合伙人的妻子色迷心窍,蓝色档案里记的全是这些。

"别担心,她会回到您身边的。""肥肥"说,"但我需要您百分之百授权。"

"您估计要花多长时间?"索托问。

"只要抓住私家侦探,逼他招供。""肥肥"回答,"您别担心,不会闹得沸沸扬扬。"

索托回到座位上,手上没了酒杯,不像之前那么潇洒。

"谢谢,您想象不出,我卸下了千斤重担。"他说。

"不过,您别再告诉任何人,""肥肥"说,"更别告诉神父。"

"神父归我夫人,"索托索然无味地笑了笑,"她对这个在行。"

"肥肥"拎着公文夹站起来,敲脚跟,告辞。

"我回办公室安排行动。"他说,"要是莫拉莱斯探长正躺在床上做他的春秋大梦,他会被惊醒的,直接掉进冰窟窿。"

"按您的推测,要是他已经找到马塞拉了呢?"索托也站起来,"要真这样,他这时候应该跟她在一起,在一个我们不知道的地方。"

"第一步先去他家找,""肥肥"说,"然后走一步看一步。谁也没逃出过我的手掌心,他也不会例外。"

"等您退休,我这儿的大门会为您敞开。"索托送他到门口。

"农艺师,对我来说,不存在退休不退休。""肥肥"回答。

"可总有一天,您需要休息,您好像从来不睡觉。"索托说。

"您瞧,快大选了,咱们要争取继续连任,""肥肥"回答,"我还怎么能休息?"

两人笑了,索托揽着"肥肥"的肩,和他拥抱:

"'肥肥',我的朋友,真不知道没有您我该怎么办?"

"肥肥"和他拥抱完,说:

"农艺师,我不喜欢绰号。咱们应该保持距离。"

12. 死亡电话

马塞拉始终抱着胳膊,走到沙发旁,站在莫拉莱斯探长面前。探长极力想站起身,驯养的黑美洲鹫切佩在一旁好奇地看。探长总算慌慌张张地站了起来,不敢正视姑娘挑衅的目光,尽管她看上去孤独无依。

莫拉莱斯探长忙了半天,找寻姑娘的下落。如今人就在面前,几步之遥,他却像个少年似的羞红了脸,说不出话来。

"黑美洲鹫王"走来,不可一世地用靴子的皮包头着地,似乎踩着满地的玻璃碴,站在他俩中间,说:

"嗯,嬷嬷吩咐明早九点见。这位小姐独断专行,富家小姐都这样,决定现在就见。"

"我请示过嬷嬷,她同意了。"马塞拉从外套口袋里掏出手机,似乎摆出这个证据已经足够。

埃莫赫内斯思忖片刻,斜眼缓缓转动,努力聚焦。

"既然如此,该谈什么,你们谈。不过,别当着我的面。"他说,"别人的秘密,我不想知道。好奇害死猫。"

"能在这儿谈吗?"马塞拉问。

自从决定找到马塞拉,莫拉莱斯探长一直在想:她说话什么声音?如今终于听到,在最古怪的环境里,深更半夜在一家废弃的影院。马塞拉的声音有点哑,像患了很长时间的感冒,刚好。尽管声音里似乎还有点别的,像是呜咽。

"你们去放映室,"埃莫赫内斯回答,"我在底下有事要处理,办公室绝对不能不锁门。给你们半小时,一分不多,一分不少。"

"足够了。"马塞拉点点头。

"谈完后,你从哪儿来,回哪儿去。"埃莫赫内斯转身面对莫拉莱斯探长,"但愿我不会再见到你。"

"我也是,不过人生兜兜转转,谁知道呢?"莫拉莱斯探长回答。他感觉开口说的这句话不管怎样,都让他从少年般的无措中缓过神来。

"弗兰克必须在场。"马塞拉说。

"大小姐,这不关我的事。"埃莫赫内斯一只眼看着弗兰克说。弗兰克站在门口,动都没动,"既然嬷嬷吩咐,让他在你身边过夜,我想你是信任他的。"

"我的家伙。"莫拉莱斯探长伸出手。

"出门再还。"埃莫赫内斯回答。他把左轮手枪系在腰上,归拢子弹,放进裤子前兜。

他先让他们出去,将一把厚重的锁在门环上锁好,往楼梯走。切佩跟着,不信任地转头看。

放映室在走廊的另一端。生锈的铁门上方有一条旧标识,红字,刷在墙上——"闲人免入"。室内没有几十年前地震破坏和震后劫掠的痕迹,两台古老的美洲无线电公司设备对准放映口,好似下一场电影即将开映。放映口中传来埃莫赫内斯的声音,他在冲舞台上的监工咆哮,垃圾工们磨磨蹭蹭,还没把货准备好,外头卡车已经等了好半天。

配电板下方铺着两只海绵橡胶床垫,是马塞拉和弗兰克的地铺。旁边靠墙依然是胶片桌,墙上还挂着二十世纪五十年代索摩查时期在马那瓜郊区拍摄的黑帮片《死亡电话》的海报。血红色的背景上,墨西哥电影中的大反派卡洛斯·洛佩斯·莫克特苏马①一边打电话,一边握着一把带消音器的手枪。

胶片桌上反扣着两只小板凳,放映无故障时供放映员休息用。弗兰克去拿,一只递给马塞拉,犹豫了一会儿,觉得让莫拉莱斯探长站着不合适,将另一只递给他,自己坐在桌子上。

"这么小的板凳,我坐下去恐怕站不起来。"莫拉莱斯探长想逗逗大家,可谁也没反应。

他决定用装义肢的腿踩着小板凳,双手撑着膝盖,手杖夹在腋下。这个姿势既滑稽,又很不舒服。

马塞拉已经坐在他对面,继续抱着胳膊。尽管放映室里很闷,她还是怕冷。

"我的回答:'是'。"她突然开口。

莫拉莱斯探长愣了,去看弗兰克,似乎听漏了问题,而她正在回答。可弗兰克把脑袋倚在血红色的海报上,消音器正顶着他的太阳穴。

"小姐,'是'什么?"莫拉莱斯探长发问。

---

① 卡洛斯·洛佩斯·莫克特苏马(1909—1980),墨西哥演员,与米盖尔·英克兰(1900—1956)和阿图罗·马丁内斯(1919—1992)并称为"墨西哥电影三大著名反派演员"。

"他强暴我,"她回答,每个字都无精打采,需要从地板上捡起来,"从我十四岁起。"

"小姐,我已经知道了。"莫拉莱斯探长一头雾水地说。

"'小姐'这个称呼我总觉得太蠢,不过随您的便。"迪克逊大人说。

"看来,马塞拉没告诉您什么新鲜事。"弗兰克倚着海报说。

"我来这儿的路上刚听说的。"莫拉莱斯探长挪了挪小板凳上的那条腿。

"哎哟,看来强暴的事已经路人皆知了。"弗兰克说,"能知道谁告诉您的吗?"

"谁告诉我的不重要。"莫拉莱斯探长回答。

"即便如此,您明知发生了什么事,依然收强暴者的钱,继续追捕马塞拉。"弗兰克说。

"我没有追捕她。"莫拉莱斯探长回答。他对自己不满意,居然如此慌乱。

"我冒险去侦探社找您,想告诉您全部真相,可是您不在。看来,找到了也没用。"弗兰克从桌子上跳下来说。

"弗兰克出门,被人绑架,"马塞拉说,"有警察,还有他的人。"

"我还是不太肯定,设下那个圈套,您是不是同谋?"弗兰克说。

"我听不懂你在说什么。不过,我不喜欢同谋这个说法,也不喜欢你跟我说话的这种口气。"莫拉莱斯探长说。

"您从我嘴里套不出马塞拉的下落,于是去找索托,让他派人绑架我,逼我招供。"弗兰克说。

"你说有人绑架你,谁能证明这事儿是真的?"莫拉莱斯探长问,"你已经对我撒了很多谎。"

"您不信他,得信我。"马塞拉说,"他侥幸逃脱,见到我,还吓得瑟瑟发抖。"

"如果他抖得像疾风中娇嫩的树叶,那就不用争了。"迪克逊大人说,"好了,我闭嘴,我不想被人说成恐同。"

"你怎么会在这儿?"莫拉莱斯探长问弗兰克。

"他去神堂避难,"马塞拉说,"这位埃莫赫内斯先生派车把他接来跟我会合。"

"我就躲在诊疗室隔壁房间,嬷嬷为您疗伤时规劝您的话,我都听见了。"弗兰克说。

"别说了,弗兰克。"马塞拉又去看莫拉莱斯探长:"您信我,还是不信?"

"我信,有您的话就行。"莫拉莱斯探长把脚从小板凳上拿下来,回答。

"这也太不给我面子了。"弗兰克走过来说。

"你要是一开始就跟我坦诚相见,我们可以少走好多弯路。"莫拉莱斯探长仍然看着马塞拉回答。

"谁会跟雇佣兵坦诚相见?"弗兰克问。

"弗兰克,拜托……"马塞拉求他。

"你要是这么想,还去侦探社找我干吗?"莫拉莱斯探长慢慢把头转向弗兰克,反问道。

"我有预感,没准您会帮我们。"弗兰克说,"不过,预感往往是骗人的。"

"让我蒙在鼓里,就是解决问题的办法?"莫拉莱斯探长提出抗议,"嬷嬷只会一个劲地责怪我,这么做,对她有什么好处?"

"嬷嬷说了,她很失望,"马塞拉回答,"想慢慢来,给您一个机会,所以才安排我们明天见面。"

"那她为什么又改主意了?"莫拉莱斯探长问。

"我不知道她有没有改主意,"马塞拉回答,"是我决定提前跟您见面,对埃莫赫内斯先生撒了谎。"

"非常感谢您的信任。"莫拉莱斯探长无精打采地笑了笑。

"别在灰蒙蒙的下午哭丧着脸……一点也不好看。"迪克逊大人说。

"这么说吧,只是暂时信任。"马塞拉说。

"暂时信任总比不信任好。"迪克逊大人说。

"我说过,我信您,那不是客气话。"莫拉莱斯探长回答。

"您的意思是,不会告诉那个付钱给您的人,已经找到我了?"马塞拉问。

"那当然!"莫拉莱斯探长用手杖在水泥地上画个圈,"我会把钱退给他。"

"探长,我得提醒您,机灵的马塞拉正在把您这头温顺、哀伤的小羊乖乖地往羊圈里赶。"迪克逊大人说。

"咱们不是之前说好了,你怎么回事?"莫拉莱斯探长悄悄问。

"我不记得之前说过乖乖听话。"迪克逊大人回答。

迪克逊大人言之有理。莫拉莱斯探长觉得拘束,像被困在铠甲中,束手束脚。动作迟缓是乖乖听话的显著表现。他应该正视问题,该怎样,就怎样。他应该说:等等,马塞拉,的确有您的话就行。不过,要帮您,我需要了解具体情况。我知道这是敏感话题,可是没办法,咱们必须谈。

真的要问索托从什么时候起开始骚扰她?第一次强暴她,在哪儿,在什么情况下?怎么威胁她的,不让她说出去?母亲对发生的事知道多少?

不管怎样,马塞拉愿意回答吗?也许,她让弗兰克在场,就是不想听到这些问题。要是真信她的话,还要了解具体情况干吗?他这样做很有风险,她会当他有病。

"我不仅相信您,"莫拉莱斯探长又用手杖在地上画十字,"而且，自从知道了这件事，在您本人向我确认之前，我已经站在您那边了。"

"我严重怀疑困在铠甲中、束手束脚的骑士迷上了备受凌辱的夫人。"迪克逊大人叹了口气。

马塞拉将手放在他肩上，微微一笑：

"您这么说，不仅站在我这边，而且就站在我身旁。"

这时，切佩出现在门口，坚定地往人群中走了几步。

"大小姐，半小时已经过了。"走廊上传来埃莫赫内斯的声音，"我不喜欢有人拖拖拉拉，也不喜欢有人说瞎话。我跟嬷嬷核实过，她没同意现在就见面。"

"我不想待在这儿，"马塞拉抓住莫拉莱斯探长的手低语，"这人会把我交出去。"

"我的耳朵可尖了，石头说话都能听见。"埃莫赫内斯说，"我也不想让你待在这儿，这是为你好。我刚跟嬷嬷解释过，我当嬷嬷是亲妈，可真要选，党的纪律高于一切。"

"党跟我有什么关系？"马塞拉说。

"你父亲，或你继父，随你怎么叫，在上层很有影响力。要是他们查到你的下落，指示我把你交出去，不用等他们说完，我就会执行命令。"埃莫赫内斯说。

"他说得再清楚不过。"迪克逊大人说。

"这么说，我可以走了？"马塞拉问。

"嬷嬷吩咐，你现在跟探长走，"埃莫赫内斯回答，"把你的古怪朋友带走。"

"这么古怪的人，还说别人古怪。"弗兰克嘟哝。

"这么古怪的人可以往你屁眼里打一枪，把你塞进垃圾袋，去湖底跟鲷鱼聊天。"埃莫赫内斯说。

"你确定嬷嬷让他俩跟我走？"莫拉莱斯探长问。

"莫非影院里还有别的探长?"埃莫赫内斯反问,"嬷嬷让我转告你:她投了你信任票。"

"咱们去哪儿?"马塞拉问,"去神堂?"

"嬷嬷没跟我说,我也不想知道。"埃莫赫内斯回答,"她现在自然不想让我知道你今后的去处。你离开这里,给她打电话,问问她。"

"谁送我们走?"弗兰克斗胆问道。

"小疯子,你又想坐我的奔驰?"埃莫赫内斯回答,"嬷嬷也不希望我送,还是那句话,神圣的分工协作、互不打听。这个点儿,市场里出租车多的是。"

他们鱼贯走出放映室,被驯化的黑美洲鹫在前面开路,走到楼梯上方,停在埃莫赫内斯身旁。众人默默下楼,门厅口,黝黑皮肤的守卫把枪还给莫拉莱斯探长,只是卸掉了子弹。

市场在黑暗中苏醒,探长站在影院前的人行道上,感到前所未有的茫然。他意外地接到任务,将马塞拉带离此地,可他一头雾水。马塞拉就在身旁,想跟嬷嬷联系,可是电话全都转到了语音信箱。

突然,"兰博"出现在他面前,对他说:

"嬷嬷希望您把马塞拉带到堂娜索菲亚家。"

"堂娜索菲亚?"莫拉莱斯探长打了个激灵,"她跟这事儿有什么关系?"

"她去神堂拜见过嬷嬷,"马塞拉说,"情况她都了解。"

"她怎么会去那儿?"莫拉莱斯探长越来越诧异,"为什么不事先跟我联系?"

"头儿,听堂娜索菲亚说,您把手机忘在办公室了。""兰博"说,"她疯了似的寻找您的下落,好容易才找到。"

莫拉莱斯探长摸了摸裤子口袋,想找手机,似乎被人偷了。

"这人是谁?"弗兰克打量"兰博",问。

"帅气的金发小子,我看见你进了神堂。""兰博"说,"你一溜烟地跑来,活像后面追了一大群鬼。"

"我替他回答,他叫塞拉芬。"莫拉莱斯探长说。

"为什么嬷嬷不把指示直接传达给马塞拉?"弗兰克总是不放心。

"因为这时候,嬷嬷已经睡了,她不想让你们再烦她。""兰博"回答。

"堂娜索菲亚知道我们去她家吗?"莫拉莱斯探长问。

"我不清楚,不过,嬷嬷对她印象非常好。""兰博"说,"开口堂娜索菲亚,闭口堂娜索菲亚,喜欢得不行。"

"您再忘带手机,恐怕只会沦落到给堂娜索菲亚跑腿了。"迪克逊大人说。

"探长,嬷嬷还说,让这个帅气的金发小子到您家睡去。""兰博"说,"保险起见,就睡在您房间。"

莫拉莱斯探长迷惑地不知该如何回答。

"我房间只有一张床。"他终于开口。

"头儿,我开玩笑的。""兰博"笑得弯下了腰。

"探长,您忍忍,别扭断他脖子。"迪克逊大人说。

"好了,跟我走。""兰博"说,"堂纳西索开出租车送你们,他给堂安塞尔莫当过二十年的司机,直到他去世。"

"哪个堂安塞尔莫?"弗兰克问。

"莫非还有第二个? 就是格拉纳达的大资本家,""兰博"回答,"把百事可乐引进尼加拉瓜的堂安塞尔莫。第一瓶百事可乐接受过莱斯卡诺主教的祝福,由老索摩查亲自开瓶。照片上的他,西服领子上总会别一只百事可乐瓶盖,似乎那是一枚神奇的勋章。"

"你对他这么了解,就像跟他是好朋友似的。"莫拉莱斯探长说。

"头儿,您不看报纸吗?""兰博"说,"他是百事可乐之王,也是啤酒之王。不过,他很抠门,想让他拿一毛钱出来比登天还难。"

"一个瓶盖王,一个垃圾王,"迪克逊大人说,"咱们真不错。"

"这个堂纳西索是嬷嬷放心的人吗?"弗兰克问。

"多年前,他也是神堂的食客,现在会帮嬷嬷跑跑腿。""兰博"点头,"堂安塞尔莫的家人把车送给他,让他当出租车司机。这玩意儿年头太久,堂安塞尔莫死死地攥着钱不放,好多年才会换辆新车。"

他们走进一条窄巷(窄到两边破屋的锌板屋檐互相交叠),穿过一条铺着石棉屋顶的人工岩洞(做生意的女人把半旧的西装挂在里头,原本捆西装的包裹扔在地上,一排排衣服散发出刺鼻的消毒水味,经过时,脑袋要时时避让裙摆和裤腿,从一大堆玻璃纤维制成的女模特中间杀出一条路来;另一个做生意的女人给模特们穿上了火红色和主教紫色的胸罩和短裤),绕过一排公共厕所(用鸡舍似的栅栏围着,收费员坐在轮椅上,守在栅门旁,准备一份份卫生纸),总算来到"一号"加油站空地旁的出租车停靠站,空地被照得如白昼一般。

司机们坐在早点摊前的水泥凳上大声争论,似乎要辩个你死我活,不一会儿,又哈哈大笑。十四岁左右的女孩子系着鲜艳夺目的荷叶边围裙,看上去像个大人,给司机们倒咖啡,咖啡壶还没放下,便开始训斥年岁相仿、送面包来的男孩子。男孩子蹬着脚踏车,顶着面包篮,像在耍杂技。

伴着咖啡的香味,飘来的还有正在碳烤的肉干味和刚炒的菜肉米饭里的洋葱味,系围裙的女孩子隔一会儿翻翻锅,馋得莫拉莱斯探长的肚子咕咕叫,提醒他好久没吃过东西了。

"兰博"往那群人走去,跟堂纳西索耳语两句。堂纳西索坐在其中一张凳子上,底下垫着展开的手帕。他一头银发,抹了发胶,往后梳,鹰钩鼻重得要从脸上掉下。他一身白,包括鞋袜,一尘不染,这身穿着可以让他从格拉纳达街上的老牌贵族中脱颖而出,他还从逝去的主人身上继承了傲慢的神情。

堂纳西索不跟其他司机欢笑闲聊,而是手拿一本《GEO 视界》①杂志。在为堂安塞尔莫效劳的日子里,等候时间他都用来全神贯注地看杂志。堂安塞尔莫会微闭双眼,靠在后座,饶有兴致地仔细聆听,听他讲遥远国度里的奇闻逸事。堂安塞尔莫向来讨厌铺张浪费,过去从不出门旅行,将来也再不会出门旅行了。

如今,他那辆好几十岁的绿褐色林肯大陆在一堆寒酸的雅力士和起亚中间气势如虹。挽着裤腿的仆人刚用水管替他洗过车,两只脚站在水洼里,水洼被空地上方的卤素灯照得光亮。

堂纳西索听"兰博"说完,缓缓回头,风度翩翩地走过去,不紧不慢地为他们打开林肯轿车后车厢的门,车里喷过花香空气清新剂,座位没有看上去那么宽敞,长毛绒坐垫磨损得厉害。莫拉莱斯探长被夹在中间,手杖支在两腿间,胳膊无处安放,左轮手枪还没放回到脚踝处的绑带上,硌着他屁股。

堂纳西索坐进驾驶室,彬彬有礼地转过头来,对乘客们说:

"咱们要等塞拉芬喝完咖啡。"

塞拉芬确实正坐在早点摊前的一张凳子上,一边喝咖啡、啃面包,一边讨好系着花边围裙的女孩子。

莫拉莱斯探长用手杖急急敲了几下堂纳西索的座椅靠背,吩咐道:

---

① 《GEO 视界》,类似于著名的《国家地理》杂志,1976 年创刊于德国,后陆续在全球二十多个国家发行。

“咱们没必要等任何人,开车吧!”

“塞拉芬说:嬷嬷希望他跟你们一起走。”堂纳西索回答。

“您怎么知道他说的是实话?”弗兰克问。

“您怎么知道他说的不是实话?”堂纳西索反问。

“谁付钱,听谁的。这儿我付钱。”莫拉莱斯探长说。

“嬷嬷希望怎样,我从不违抗。”堂纳西索回答,“她的话就是命令,尽管她只说希望如何。”

“兰博”终于打开前车厢的门,先探进脑袋,检查一切是否安好,之后才放心地坐下。

“慢点儿,开稳点儿,堂纳西索,别开进坑里,这么漂亮的车,别把车轴颠坏了。”他满意地舒了口气。

“朋友,去圣多明戈大型购物中心,一百科多巴,行吗?”堂纳西索再次回头,问莫拉莱斯探长,“你们是嬷嬷介绍的,我给特价。”

“谁说我们要去购物中心的?”莫拉莱斯探长问。

“头儿,是嬷嬷希望的。”“兰博”回答,“您那边另一位女士,堂娜芳妮,跟嬷嬷说您的拉达还停在大型购物中心。到了那儿,您自己开车走。”

听到芳妮的名字,莫拉莱斯探长不说话,气氛很尴尬。他都不想问堂娜索菲亚去神堂是不是芳妮陪着。

“鉴于目前的情况,这名字不便提起,”迪克逊大人问,“不是吗,探长?”

林肯轿车驶向基督王转盘,往圣多明戈大型购物中心驶去。堂纳西索拿捏到位,缓缓通过地面的坑坑洼洼。车上开着广播,是Ya新电台,警报声不停地响起,激动的声音不停地重复:“最新消息……”主持人开始读各大医院急诊室的伤者名单,中间不时地加入锣声,就像拳击赛各回合之间的锣声。

马塞拉的脑袋已经耷拉在莫拉莱斯探长的肩上，有时猛地惊醒，似乎害怕会睡过去。坐得那么挤，莫拉莱斯探长尽量避免胳膊蹭着她温热的小乳房——打瞌睡时挨得更近。他告诉自己：我对她的感情就像父亲对女儿，照顾她、保护她。她像一只被人恶意用开水浇过的流浪猫，留下的烫伤需要耐心治疗。

"很好，同志，父女之情，"他听见迪克逊大人在笑，"净说瞎话。"

莫拉莱斯探长并不在意迪克逊大人是否认为自己爱上了她。她已经蔫了，像逃到了另一个世界。他一开始就在照片上发现，她穿的外套大了好几码，旧网球鞋的鞋带散了，牛仔裤是真的破，不是时髦的乞丐装，头发已经没有苹果香波的味道，似乎上一回洗头还是几周前。抹点口红或腮红只会像戴了面具，高跟鞋、超短裙、耳环只是伪装。生活在黑暗中的人是无须伪装的。

主持人又开始通报送到法医停尸房中的尸体特征，就像在唱彩票：桑地诺城的一名女学生在家门口被歹徒抢走手机后射杀身亡；何塞·贝尼托·埃斯科瓦尔区的一位教民在小索拉伊达酒馆发生的醉汉斗殴中被人用刀刺死；一位老太太在北方公路自由贸易区附近横穿马路，被装载纺织品的货车轧死；一对夫妇骑摩托车在奥万多阁下公路东段被一辆深色玻璃面包车撞飞身亡，肇事司机正在逃逸中；一名定居得克萨斯州的尼加拉瓜人假期回国探亲，在马约莱奥市场附近的米罗的维纳斯汽车旅馆突发心梗身亡，不久前，他刚带两名夜总会小姐进房间，打算好好乐一乐，两位小姐见他身亡，将他赤裸裸地扔在床上，自行离开。主持人将与"尸体"有关的词的每个音节都拉得很长。

收音机里突然响起由蒂华纳的大嘴鸟乐队演唱的魔鬼毒品歌谣，堂纳西索砰的一声使劲拍下关机按钮，他与毒品势不两立。

"我去开你的卡布里奥到朋友家睡，"弗兰克悄悄对马塞拉说,"明天一早联系。"

"卡布里奥还在停车场?"莫拉莱斯探长也悄悄问。

"我每天都去看,还在那儿。"弗兰克说。

"应该被人盯上了,"莫拉莱斯探长提醒他,"干吗要去冒这个险?"

"行动需要。"弗兰克回答,"我们只有您的拉达,需要一辆车备用。"

"你的丰田雅力士呢?"莫拉莱斯探长问。

"买车的钱是呼叫中心借我的,他们把车收回去了。"弗兰克回答。

"他以前说天蓝色雅力士是妈妈送的。别揭穿他,没必要。"迪克逊大人说。

露天停车场上只有拉达,很远处停着一辆塔孔坦托餐馆送货用的轻型货车。堂纳西索下车,彬彬有礼地为乘客打开车门,同样彬彬有礼地收下莫拉莱斯探长递给他的十美金钞票,金额是说好的三倍。正当开支,原本花得大手大脚,现在没必要缩手缩脚。

弗兰克从马塞拉手里接过卡布里奥的电子钥匙,压低棒球帽,往室内停车场走去。

拉达驶往伊甸园街区,一路无言。马塞拉坐在副驾驶座,始终在打盹,"兰博"退居后排。还差一个街口时,莫拉莱斯探长已经远远地看见堂娜索菲亚站在家门前往街上张望。拉达停下,她来人行道迎接。

"我一直在等你们,"堂娜索菲亚欢天喜地,"嬷嬷打电话通知我的。"

"您现在为嬷嬷效劳了?"莫拉莱斯探长第一个下车,低声问。

堂娜索菲亚当没听见,张开双臂去迎接正在向她走来的马塞拉。

"跟照片上一模一样。"她摇着头,似乎不敢相信,"你现在应该好好休息,床铺已经准备好了。"

"我是塞拉芬。""兰博"也走上前来。

"大名鼎鼎的塞拉芬。"堂娜索菲亚说,"嬷嬷希望你去探长家睡觉,在那里等候下一步指示。"

"兰博"向莫拉莱斯探长招招手,示意一旁说话,似乎有天大的事要告诉他。

"怎么了?"莫拉莱斯探长问。

"头儿,我没弗兰克那么暖心,不过,总得有点表示。"说着,他亲热地伸出胳膊,和探长拥抱。

13. 峰 会

伊甸园街区家家户户的院子里绿树成荫,黑乎乎一大片,顶上脏兮兮的微光勉强照亮活水教堂的屋顶,类似钟楼的木质塔楼依然深陷于黑暗中。早起的人们裹着卫衣,往约翰·保罗二世公路走。这时候车少,可以直接在公路上走。有些住户穿着短裤,趿着拖鞋,家里还亮着灯,出门用水管懒洋洋地浇地,污水流向路边的排水沟。

莫拉莱斯探长刚想上车,堂娜索菲亚又从家里出来叫他,递上充好电的手机,温柔地责备他粗心大意,把手机忘在办公室了。"兰博"坐上副驾驶座,车开了,往家的反方向驶去,过三个路口,拐弯,停在"真朋友"殡仪馆门前。远远地看见殡仪馆主人正在给堆在一起的绒面棺材掸灰,他早就把街门拆了,广而告之,殡仪馆永不打烊。

"头儿,别告诉我您住在这儿。""兰博"说。

"塞拉芬,难道我长得像吸血鬼德古拉?"莫拉莱斯探长问。

"我以为入殓师把里头某个房间租给了您。""兰博"回答。

"他们很快会来找我,最好别看见拉达停在我家门口。"莫拉莱斯探长边下车边说。

"他们刚走,您就杀回来了。""兰博"也下了车。

走到戴安娜王妃酸牛奶酒吧——莫拉莱斯探长有时会来这儿吃早餐——门前,他们被迫停下脚步。服务生正在洗地,用扫帚扫肥皂水,污水沿着台阶哗哗哗地往下流。没办法,他们只好去街道中央继续往前。

"头儿,您平时睡得好吗?""兰博"问。

"就像吞过四粒安眠药。"莫拉莱斯探长回答。

"那您会蛋疼,因为您睡不成了。""兰博"说,"嬷嬷的亲笔指示,我现在就交给您,免得您以为我胡编乱造。"

全是大写字母,写在四百毫克布洛芬盒子的背面。嬷嬷曾从那只盒子里取出过两粒胶囊,给莫拉莱斯探长治病:

> 请您早上六点到达巴尔迪维索的普世基督教中心,从后门进,找卡夫雷拉学士。

"我睡觉,雷打不醒。"莫拉莱斯探长回答。他把纸条撕了,用手杖包头将碎片塞进排水沟的格栅,继续往前。

"告诉您,堂娜索菲亚也会去参加这次会议。""兰博"说。

"堂娜索菲亚?"莫拉莱斯探长问,"可她和姑娘都该睡觉了。"

"过一会儿,那个做流产的大夫会开那辆破车去接她们。"兰博"说。

"哦,连'万事通'也加入了嬷嬷的明星团。"莫拉莱斯探长说。

"头儿,还有给您的口头指示。""兰博"说。

"说来听听,就当听着玩儿。"莫拉莱斯探长说。

"现在,请您坐 118 路公交车,到蓝十字医院门口下,只要走一个路口，就能到巴尔迪维索。""兰博"说。

"我才不去坐什么狗屎公交车，"莫拉莱斯探长说，"我这条老腿早没了，走不动。"

"头儿，坐公交车保险。看起来，这次行动越来越危险。""兰博"说。

"我去上床睡觉，你的嬷嬷想干吗随她的便。"莫拉莱斯探长说。

"头儿，躺在床上，张着嘴巴打呼噜，案子是查不出来的。""兰博"说。

"塞拉芬，难道是我在查案?"莫拉莱斯探长问，"那帮女人凑一块儿，我只有端茶送水的份儿。"

装义肢的断腿又开始痛。大清早最糟糕，就像一针针扎进骨头里，眉毛缝的那针也痛。他掏出两粒布洛芬，嚼了嚼。

"最坏的情形还在后头，""兰博"说，"您不能让瘦姑娘听天由命。"

"她有那么多女人护着，不需要我。"莫拉莱斯探长说，他穿过到家前的最后一个街口，"你看堂娜索菲亚胆子大的，做什么都不跟我商量。"

"头儿，别装了，您的鼻子一直在嗅瘦姑娘的屁股。""兰博"说。

"你跟迪克逊大人一样，净瞎说。"莫拉莱斯探长说着，走上家门口的小台阶。

"我不认识什么迪克逊大人。""兰博"说。

"不认识好。"莫拉莱斯探长从口袋里掏出钥匙。停拉达的棕榈叶车棚顶干枯得断成一绺一绺，房子的外墙多年没有粉刷，街头艺术家们的喷漆涂鸦已经模糊得难以辨认。

"您不能穿这么厚的衬衫去开会，会热死的。"探长开门，""兰博"跟进去说。

莫拉莱斯探长脱下衬衫，开心地笑，往卧室走。

"塞拉芬，你真是鬼精鬼精的。"他说，"我换个衣服，咱们这就走。"

"头儿，您得一个人去，""兰博"跟进卧室，"我要留在您家里，等候嬷嬷的指示。她也给了我一部手机，特便宜的那种，不知道从哪儿找来的。"

"真听话！当年在南方阵线游击纵队时，你可没这么守纪律。"莫拉莱斯探长打开衣柜，"这样，要么睡我床上，要么铺床垫、打地铺，你自己选。"

"对于常年睡在地上的人来说，有床，当然睡床。""兰博"回答。

"塞拉芬，别再说什么我爱上了瘦姑娘之类的胡话，小心我要了你的命。"莫拉莱斯探长套上淡粉色的衬衫，正在系扣子。

"头儿，现在我倒坐实了。""兰博"说，"要是没人问，自己就否认爱上了某个姑娘，反倒证明真的迷上了她。"

"塞拉芬，哪个厌倦生活的老人还会爱上别人？"莫拉莱斯探长问，他从衣柜上方取出一盒子弹，装进左轮手枪。

"一个穿胭红色漂亮衬衫的老人。""兰博"回答。

莫拉莱斯探长又笑了，进卫生间，洒点水在脸上和头发上，小心不打湿眉毛上的胶布。等他笑着走出卧室，发现"兰博"正弯腰在看打开的冰箱，里头有一只聚乙烯盘，放着吃了一半的烤鸡，一瓶水，还有六听装的托尼亚啤酒。

"头儿，我能喝一罐吗？""兰博"问。

"给我也来一罐，"莫拉莱斯探长回答，"我想，嬷嬷同意我出门前喝罐啤酒。"

"最好带着路上喝，免得迟到。""兰博"递给他一罐，"您知道的,嬷嬷很严格。"

"我在家喝一罐,路上再喝一罐,"莫拉莱斯探长说,"欠觉比醉酒更难受。"

他在足疗诊所对面的公交站台上了 118 路,这时候,车上已经满满当当。118 路穿过花园城——地震前是个住宅小区,现在也被东方市场吞并,到处都是巴勒斯坦人开的商店,外观就像小清真寺。

他排队候车时,将喝空的啤酒罐扔进路边的排水沟。上了车,才发现没带公交卡,因为残疾,有个好心人借给他一张,他才过了闸门。后来,另一个好心人给他让座,座位在最后一排,只能搭半边屁股。邻座女人刚洗完澡,散发着儿童花露水的味道,双乳间还有点滑石粉,块头有两人大,双腿叉得很开。

这是一辆几年前俄罗斯库尔干公交车制造厂出品、提供给尼加拉瓜交通运输合作社的车,车窗有裂纹,座位和底座分离,椅面被刀划过。出厂时带了轮椅升降机,就是从来没用过,残疾人坐升降机上下车太耽误时间。司机要在不被罚款的前提下,一路飞车,直到终点。

公交车正驶过"万事通"赌桌上的手下败将——穆斯塔法·艾哈迈德的花园城婚庆花园。他在大幅橱窗里展示制作新娘装、新郎装、伴娘装、伴郎装,此外还有制作高顶帽、冠状头饰、露指手套等东西的各种精美的布料。这时,莫拉莱斯探长感觉迪克逊大人在用胳膊肘敲他肋骨。

"同志,您该去挑件上好的开司米毛衣配婚礼服。"他说,"橱窗里的这些正在打广告,按月分期付款。"

"人家没吃饭,没睡觉,你还像虱子似的,咬住人不放。"莫拉莱斯探长说。

"没睡觉,我承认。可您早饭不是喝了啤酒?您别不承认。"

迪克逊大人说,"您呼出的口气,闻着都醉了。"

"也就喝了两罐托尼亚啤酒,免得犯困。"莫拉莱斯探长若有所思地回答。

公交车停在"一号"加油站门前,就是"兰博"大清早带他们来的地方,远远地看见堂纳西索站在加油站空地,倚着林肯大陆,抱着双臂,轻蔑地瞧着其他司机。两个司机在一辆出租车前盖上掰手腕,一大堆人围着,大呼小叫。公交车排出柴油燃烧后的黑烟,再启动时,堂纳西索看了看表,坐进驾驶室。

"风度翩翩的绅士堂纳西索出发了,开着越洋舰似的豪车,去接嬷嬷到巴尔迪维索开会。"迪克逊大人说。

"嬷嬷快烦死我了,"莫拉莱斯探长说,"从头到脚使唤我,堂娜索菲亚还跟她一条心。"

"不乐意的话,谁也使唤不了。"迪克逊大人断言,"我早就告诫过你:因为有爱,所以有痛。"

"随便你说,反正我心情好。"莫拉莱斯探长说。

"还有,同志,看起来,这段爱情没有实现的可能。"迪克逊大人说,"巴尔加斯·略萨在小说里怎么写来着?无望的爱。"

"不是巴尔加斯·略萨写的,是加博①写的。"莫拉莱斯探长说,"莫非你开了家情感诊所?"

"您是我唯一的病人,"迪克逊大人说,"为您提供二十四小时服务,不收费。"

"能跟我解释一下巴尔迪维索是个什么地方吗?"公交车停靠在蓝十字医院公交站台时,莫拉莱斯探长问。

---

① 巴尔加斯·略萨(1936—),秘鲁-西班牙作家,结构现实主义的杰出代表,2010 年获诺贝尔文学奖。加博是哥伦比亚作家、魔幻现实主义的杰出代表加西亚·马尔克斯(1927—2014)的昵称,他于 1982 年获诺贝尔文学奖。

"您怎么会不记得?"迪克逊大人回答,"二十世纪八十年代,那里是神学解放的大本营;后来变成女性主义的大本营,开课、开作坊,让女性不再被男性奴役;如今废弃,所以才被嬷嬷相中,免得让人怀疑。"

"搞得神神秘秘的,我也傻,居然来了。"莫拉莱斯探长已经站在人行道上。

"惊喜还在后头呢!"迪克逊大人说,"里头等您的全是女人。"

"我已经有思想准备了。"莫拉莱斯探长问,"可是这么重要的时刻,要开全会,怎么能少了堂娜索菲亚顾问团的人?"

"一向大嘴巴的卡莫纳大夫这回只当车夫,"迪克逊大人说,"至于奥威迪奥,连影子都没见着。"

巴尔迪维索普世基督教中心就在眼前,是个铺着锌皮屋顶的大平房,藏在一堵石板墙后,墙头上泼洒出厚密的九重葛。围墙一侧还能看见壁画,画上是一群长脖子、绿头发的女人,中间一个手握铅笔,似乎刚写完口号——"女性团结起来,建设另一个可以实现的世界"。

根据嬷嬷的指示,莫拉莱斯探长顺着围墙找后门,那是一扇金属大门。他刚靠近,门就缓缓开了,发出旧马口铁互相敲击的声音。里头除了两辆小轿车,还停着堂纳西索的林肯大陆和"万事通"的皮卡。

两名司机坐在驾驶室里各干各的,堂纳西索在看《GEO 视界》杂志,"万事通"在看当天的《日报》。两人只是漫不经心地瞟了他一眼,似乎不想知道他来了。策划阴谋活动时,嬷嬷的规矩总在不折不扣地执行中。

卡夫雷拉学士在库房门前的铁栅栏旁等他。她一头卷发,穿着印有"女性反对暴力网"标志——紫红色的心中开出一朵雏菊——的 T 恤。她曾在巴尔迪维索给性侵受害者提供免费咨询,中心关闭后,她在中美洲大学任全职教师。

她合上铁栅栏,关上门,带他穿过堆着残破课桌、废弃电脑、打印机的库房,来到通往黑灯瞎火的教室和办公室的过道,一直走到院子那头——典礼礼堂的两扇大门前。院子里种了好几棵香蕉树,叶子干枯,裂成小块。

卡夫雷拉学士微微推开其中一扇门,让莫拉莱斯探长先进。金属椅子被摞起来靠着墙,只有几张围成圈,放在水泥舞台的下方。舞台深处的墙上画着另一幅壁画:女人们或头顶水果篮,或手持锄头种地,黑乎乎的太阳带着炽热的晕轮,像在经历日全食。

那圈椅子中唯一坐着的是马塞拉,其余人殷切地围在左右,有嬷嬷、堂娜索菲亚,还有一位精力充沛、眼镜上带金属环的胖女人——他不认识。如今发生什么,莫拉莱斯探长都不觉得奇怪,芳妮在场也不奇怪。她戴着缠头巾,十分显眼,快速地舞动手指,远远地跟他打个招呼。

没有电,只从半开的百叶窗里漏进一点光。黑暗中,堂娜索菲亚小心翼翼地走来,对他耳语,介绍那位陌生女人:努涅斯博士,尼加拉瓜人权中心主席,不懈的人权斗士。

嬷嬷走来,问他缝针的地方恢复得如何,她又带了些布洛芬以防万一。众人落座,嬷嬷让他坐在自己的右手边。

马塞拉坐在他对面,堂娜索菲亚和芳妮中间。她微微抬头,看看他,头又低下,始终双手抱肩。他觉得她显得个子更小、更瘦、更弱不禁风,似乎越活越小。

"我知道你是坐公交车来的。"芳妮开心地对他说,"我是按照堂娜索菲亚的指示,先坐出租车,在提斯卡帕湖前的何塞·马蒂半身像处下车,然后走过来的。"

"探长,感谢您毅然支持马塞拉。"嬷嬷没搭理芳妮,开口说道,"你们俩昨晚在墨西哥影院的交谈,她都告诉我了,我很满意。"

"我敢替他担保,"芳妮跳了出来,"他答应的事,一定会做到底,爬也会爬到底。"

"您得先问问这么多女人搞出来的事,您在里头能起什么作用?"迪克逊大人提醒他。

"嬷嬷,麻烦您告诉我,我能做点什么?"莫拉莱斯探长问,"我不喜欢闭着眼睛乱撞。"

"您能做点什么?"嬷嬷很惊讶,"您是牵头的,我们这儿所有人都支持您。"

"这个女人真要命,她在装傻。"迪克逊大人说。

"只是沟通上出了点问题。"堂娜索菲亚解释。

"堂娜索菲亚,对不起,我不想听您解释。"莫拉莱斯探长盯着嬷嬷不放,"我想弄明白什么叫我是牵头的?这角色我自己怎么都没发现?"

"哦,亲爱的,别这么敏感。"芳妮说。莫拉莱斯探长对她怒目而视。

"我们女人也许错就错在太小心。"嬷嬷说,"既然我负责马塞拉的安全,就想尽可能地保护她。现在,我把她交到您手里。"

马塞拉抬头看看他,头又低下。

"就像昨晚,我得护送她?"莫拉莱斯探长问。

"昨晚是紧急情况。"嬷嬷回答,"您要是愿意听听我们的建议,那就太好了。不过,我们都是您下属,都听您的。"

"探长,她在对您甜言蜜语。"迪克逊大人说。

"既然如此,咱们要避免两条线上的人发号施令,还有人不守纪律。"莫拉莱斯探长盯着堂娜索菲亚说。

"那当然。努涅斯博士和卡夫雷拉学士出于好意,过来帮忙。"嬷嬷介绍。

"那好,如果不麻烦的话,我想现在就知道这个会的内容。"莫拉莱斯探长接着问。

"亲爱的,在说这点前,堂娜索菲亚有很重要的事要告诉你。"芳妮说。

马塞拉迅速地扫了芳妮一眼,又回到原来的姿势,只是改为双手抱胸。

"堂娜索菲亚,您的秘密我总是最后一个知道,"莫拉莱斯探长说,"手机还我也没用。"

"卡莫纳大夫来接我们之前有人上门,"听了责备,堂娜索菲亚很伤心,"是奥威迪奥。他和另一个理发师——堂兄阿波罗尼奥不知为何去了马利塔诺家,在那儿听到了她和索托的谈话。"

"细枝末节的事稍后再说。"莫拉莱斯探长说。

"探长,索托马上会让'肥肥'监视您,跟踪您的去向,监听您的电话。"堂娜索菲亚说,"他们认为弗兰克跟您交代了马塞拉的行踪,只要跟踪您,就能找到她。"

"他们给您派了个十恶不赦的家伙,"芳妮说,"这王八蛋是一大公害,造成的死伤无数。"

"他应该已经布置好了,要除掉您。"嬷嬷说。

"跟踪我是一回事,除掉我是另一回事。"莫拉莱斯探长高调宣称。

"像他那种人,跟踪您和除掉您基本没区别。"嬷嬷说。

"说得太对了。"堂娜索菲亚说,"他们还在谈话中提到,调查结果不能让您到处乱说。"

"同志,这么说来,'除掉'这个词用得再正确不过。"迪克逊大人说。

"要小心,但小心也没用。再说,布置行动也要好一会儿。"莫拉莱斯探长不屑一顾,"所以,咱们还是回到会议上来。"

"先请努涅斯博士给我们讲两句。"嬷嬷说。

截至目前,努涅斯博士和卡夫雷拉学士只是旁观,听得专注,但没说话。

"我的计划是,将那个假扮父亲的人在舆论面前打回原形。"努涅斯博士用手指推了推眼镜横梁,整了整眼镜。

嬷嬷先看莫拉莱斯探长,想听听他的想法。

"这个由马塞拉决定。"探长说,"这么做会产生各种各样的后果,主要落在马塞拉身上。"

"昨晚我问您,是不是我做什么,您都支持? 就是因为我已经打定主意,迈出这一步。"马塞拉对他说。

"既然如此,我的意见是事不宜迟,今天动手。"努涅斯博士赶紧接上,"我建议,下午三点召开记者招待会,地点就在尼加拉瓜人权中心办公室。"

"去法院告他呢?"芳妮问。

"法官总是听上头的。"努涅斯博士回答,"他们会神不知鬼不觉地随便动动手脚,停止审理索托案,或让卷宗不翼而飞。不过,不管怎样,告还是要告的。"

"没有法官敢去控告索托,同样,记者招待会上马塞拉发表的声明,也没有记者敢去刊登一个字。"莫拉莱斯探长说。

"孩子,你太悲观了。"芳妮说。

努涅斯博士会不自主地皱鼻子,她先环视众人,再盯着莫拉莱斯探长问:

"您有更好的主意?"

他哑巴了。

"下面,请卡夫雷拉学士介绍一下她的任务。"嬷嬷说。

"瞧瞧,还说您牵头。"迪克逊大人说。

卡夫雷拉学士看了看笔记本,听她说话一开始很费劲,说着说着,她才能渐渐放开。

"马塞拉需要心理释放,将心事公之于众。"她说,"束缚我们的家庭观念是一种沉默文化,到处都是忌讳。因此,憋在心里的事一定要当着他人的面说出来,不管是什么事,哪怕很让人难为情。"

"这孩子这么做真挺勇敢的。"芳妮说,"换了我,一定说不出口。"

"受害人如果自小对某位有权有势的人十分信任,认为他会保护自己,反复被他强暴后,会极度消沉。"卡夫雷拉学士接着说。

"去告他,这孩子就能不受折磨了?"堂娜索菲亚问。

"告他只是其中一步。"卡夫雷拉学士说,"治疗是个漫长的过程,这才刚刚开始,到最后,她会将它永远埋葬。"

"什么意思?"芳妮问,"您指她会埋葬性侵这件事,永远将它忘记,宽恕强暴她的人?"

"您这是把风马牛不相及的事混在一块儿,"堂娜索菲亚说,"卡夫雷拉学士没说要宽恕谁。"

"您这是什么毛病?处处针对我。"芳妮愤愤不平。

"被强暴是种伤痛。"卡夫雷拉学士说,"受害人必须走出这段伤痛,才能面对自己的人生。身体上的反应是生病,有伤痛,憋着不说就会生病。总之,受害人应该自我疗伤。"

"她是需要疗伤。"嬷嬷将一只手放在马塞拉的手上。

"然而,如何处置强暴者是另一回事。"卡夫雷拉学士看着芳妮说,"我们从来没说过要任他逍遥法外。相反,不管他多么有权有势,我们会仔细地将他的行为公之于众,至少希望他会遭到社会的道德制裁。"

"一旦被控告,犯罪链就断了,坏人被曝光,无法再作恶。"努涅斯博士说。

"我很想负责这个病例，直到病人痊愈，"卡夫雷拉学士说，"可惜不可能。"

"我今天下午就离开，去美国。"马塞拉说。

"从记者招待会直接去机场，"嬷嬷说，"她有充分的理由不留在尼加拉瓜。"

"探长，跟白日梦说拜拜吧！"迪克逊大人说，"这个爱情故事短暂到一条推特就能说完。"

"重要的是将马塞拉的声明挂到社交网站上。"努涅斯博士说，"仔细想想，莫拉莱斯探长说得有理，媒体肯定会封杀消息。"

"弗兰克想负责摄像，"马塞拉说，"可他已经启程去哥斯达黎加了。"

"这孩子情绪波动太大，"迪克逊大人说，"留在这儿会昏过去，不省人事。"

"我们不想让他冒险，特别是堂娜索菲亚接到有关'肥肥'出马的消息后。"嬷嬷说，"给他借宿的朋友今天会帮他从一段无人看守的边境出境。"

"回到记者招待会这个话题上，堂娜索菲亚可以负责摄像，用侦探社的尼康。"莫拉莱斯探长说。

"然后上传到 YouTube，这个简单。"堂娜索菲亚说。

"我们来负责，"努涅斯博士说，"我们有专业摄影师。"

"我倒乐意您把任务交给我，"堂娜索菲亚说，"我会很有成就感。"

"习惯上，我们会一边开记者招待会，一边发推特，"努涅斯博士说，"有个姑娘专门受过训练。"

"很好。"堂娜索菲亚说。

"消息会口口相传，如同星星之火，可以燎原。"芳妮兴致勃勃地说。

"孩子，我知道这会让你非常痛苦，"嬷嬷又把手放到马塞拉的手上，"不过，你能痛下决心，我很欣慰。"

"探长，提点什么建议，让她们听听。"迪克逊大人说。

"最重要的一点是：从现在起，确保马塞拉的人身安全。"莫拉莱斯探长说。

"她会跟我去尼加拉瓜人权中心，待到记者招待会开始，"努涅斯博士说，"然后，我亲自送她去机场。"

"我有什么任务？"所有人站起来，芳妮问。

"我们三点在尼加拉瓜人权中心见。"堂娜索菲亚回答，"这期间，越少惹麻烦越好。您定定心心去上班，到点儿再来。"

"探长，卡夫雷拉学士会送您回家，"嬷嬷说，"免得您再坐公交车。"

"她也会把我送到'光明'公司。"芳妮甜甜蜜蜜地挽着他胳膊，把他拉到一旁，"我都看见了，你瞧那个瘦丫头的眼神简直滚烫，你给我小心点。"

莫拉莱斯探长没好气地挣脱，往门口走。堂娜索菲亚刚才在接电话。她追上了他。

"活水教堂的华莱士牧师通知我，街区里有场行动，从您家里带走了一个人，"她说，"一定是'兰博'。"

嬷嬷就在旁边，听到了这个消息，其他人也都围了过来。

"'肥肥'一点儿也没耽误，直接去找我了。"莫拉莱斯探长说。

"'兰博'是个大滑头，"嬷嬷笑言，"最好的审讯官也会被他绕晕。"

"能坚持到脑袋被按进齐博特的水池里动水刑。"莫拉莱斯探长说。

"那些套路，老造反派心里都清楚，"嬷嬷始终气定神闲，"他知道自己能扛到什么时候。"

"探长,您得找地方躲躲。"堂娜索菲亚说。

"跟我去神堂吧!"嬷嬷建议。

"好马不吃回头草。"莫拉莱斯探长回答。

"我在中美洲大学的办公室应该安全。"卡夫雷拉学士说,"我有张沙发,您可以休息几个小时。"

"我留下来陪你,免得你孤单。"芳妮说。

"没人跟踪您。"堂娜索菲亚努力地使自己听上去客气点,"我都说了,咱们别惹麻烦,您去上您的班。"

"您也有危险。"嬷嬷对堂娜索菲亚说。

"让他们来抓我好了,反正从我嘴里撬不出半个字,莫非他们会给一位烈士的母亲用刑?"堂娜索菲亚回答,"我休息一小会儿,洗个澡,去侦探社取摄像机。"

"堂娜索菲亚,要是我,我不会掉以轻心。"迪克逊大人说,"这年头,烈士算老几?"

"一石二鸟。"芳妮说,"甭管有什么危险,您总要去跟顾问团的人会合。"

"不该您管的事儿别管。"堂娜索菲亚刚骂完就后悔了,想起她化疗那么遭罪。

"不管怎样,让奥威迪奥躲在暗处。"莫拉莱斯探长低声嘱咐,"'肥肥'从革命时期起就认识他,美发廊在我们隔壁,要找他问话,一点也不奇怪。"

"都怪我,什么都复杂了,"马塞拉说,"让那么多人身处险境。"

"最糟糕的事莫过于此,受害人有负罪感。"堂娜索菲亚说。

"您多保重,我可不希望您出事。"马塞拉细心地用手背抚摸莫拉莱斯探长的面颊。

芳妮气得发疯,蹬着高跟鞋,咚咚咚走出了礼堂。

14. 拴着链子的疯狗

上午九点，象耳豆树购物中心刚开门，一个身穿暗灰色粗布长袍，腰系一串粗大念珠，脚蹬白色护士鞋，胳膊底下夹着一只特大号漆皮手袋的女人，拳头捏紧，像要找碴，摇晃着经过 RD 美发廊门前，在多洛雷斯·莫拉莱斯及其合伙人侦探社的橱窗前停下，不信任地看着迪克·崔西的肖像，擦了擦嘴唇上方渗出的汗。

她不紧不慢地敲门，敲了好几次，见没人应声，不耐烦地在橱窗前走来走去。昨晚，堂娜索菲亚忘记挂上"暂时歇业"的牌子了。

"万事通"正在拱廊，刚刚将小分队派出去战斗，注意到有个女人正在徒劳地敲侦探社的门。他认出来了，来人是教堂司事。在巴尔迪维索开完会，他送堂娜索菲亚回家，她说想休息一会儿，晚点再来侦探社。

于是，他叫来帮他跑腿的助手鲍勃·艾斯庞哈，让他去传个话，告诉她侦探社的人要晚些才来，有什么东西可以交给他。他这么做，也是为了抢先一步，免得被奥威迪奥横插一脚。奥威迪奥很快就会出拱廊，抽上午第一支烟。

来人感觉丰满坚实的臀部附近有只手在拉她的衣服。她气势汹汹地转身，想看谁这么大胆，要用手袋狠狠地砸他脑袋，只见鲍勃·艾斯庞哈穿着日常出门捣乱的淘气包服。

鲍勃十三岁，很明显个子不会再长。他是唯一骑脚踏车的淘气包，帮"万事通"办些重要的差事，就住在莱斯卡诺阁下区"万事通"家里，那里曾经开过诊所。他有家门钥匙，干各种各样的家务活，唯一的麻烦是刚开口就结巴，痛苦得很，之后越说越顺。

鲍勃·艾斯庞哈指指"万事通"，他正盯着她看。她也认出了他，也盯着他看，犹豫了好半天，打开漆皮手袋，交给鲍勃一只信封。鲍勃抓了就跑，她见"万事通"拿过信封，转身迈着拳击手胜利的步伐离开。"万事通"则举起帽子，礼貌地跟她道别。

她真名叫拉斯特尼娅·罗夫莱托，琼塔莱斯省库阿帕市人，原本是个富裕的牧民，去诊所看过一次病。革命那些年，圣母玛利亚出现在关亡师贝尔纳多面前，告诉他所有包含无神论、共产主义和色情内容的邪书都应该一把火烧掉。家乡决定在圣母显灵处建一座神殿，于是她卖掉牧场，捐资修殿，流落街头。

看病那回，她极不情愿地穿上检查服，短了，后面扣不上。大夫费了一大堆口舌，她才答应在检查床上躺下，脚踝靠在脚蹬上，两腿分开，屁股露在外头。

"万事通"拉过长臂灯头，照在病人阴部，随后戴上乳胶手套，双手举高，似乎想把她掐死。

"您放松，小姐，我要开始了。"他说，"想些美好的东西分分神，比如清晨小牛犊在叫。"

她觉得有人在摸自己，想一下子坐起来，可是脚踝被捆，只好再躺下去。

"叫您小姐，对吗？"他狡黠地问。

她摇头，眼睛闭紧，像要挤出点什么，眼泪哗哗地往外流，枕头一下子湿了。

"我已经发现了，"他手上继续检查，"莫非您例假停了？"
她点头，这回嘴巴闭紧，能听见咬牙切齿的声音。
"从什么时候开始的？"他一边问，一边用鸭嘴器撑开阴道。
"五个月了。"她答得奄奄一息。
他又做了些其他检查，用皮纳德胎心听筒听了听，检查结束。
"没有怀孕的迹象。"他一边脱手套一边说，"已经这么多个月，要是怀孕的话，婴儿早已成形。您例假停了是因为疑惧，就是犯下罪过,担惊受怕。"

于是,她开始啜泣,像从地下传出的呜咽。

"您的秘密永远不会传出这间诊所,"他关上灯,对她说,"就当咱们在忏悔室,我是神父。"

提到神父,低声呜咽变成了放声大哭。

他不会问她神父是谁。办公桌上有默沙东药厂的礼品,希波克拉底①的半身石膏像,谨言慎行乃戒律之一。

然而,他从她手中接过三百科多巴的现金诊疗费时,尽管有《希波克拉底誓言》,还是忍不住开口:

"愉悦身体不是罪过,哪怕一辈子只有一回。"

她一溜烟地跑了,永远不想再见到他,直到今天。为什么她愿意借鲍勃·艾斯庞哈之手把信封交给他?一定是因为他们有过共同的秘密,就像曾经一起犯过错。

经琼塔莱斯主教介绍,她如今被堂娜安赫拉收留,对库阿帕圣母的虔诚之心已经退居次位。她是天主慈悲教堂的司事,可以养活自己;此外,因为保护人堂娜安赫拉的缘故,她还是皮奥神父教友会的教长。她负责管理圣坛、组织庆典、收取并管理施舍款和捐赠款。

信封上的字是用石墨铅笔写的,字体娟秀,修女学校教的那种,收信人是堂娜索菲亚。教友会的地址电话旁印着一张小小的圣徒像,不是那种白胡子老爷爷经典照,是个酷似电影《玉面情魔》中泰隆·鲍华②的年轻人,下面有慈悲语录中的一句话:"魔鬼

---

① 希波克拉底(公元前460—前370),古希腊医师,被认为是西方医学的奠基人。《希波克拉底誓言》是他警诫人类的职业道德圣典,也是他向医学界发出的行业道德倡仪书。

② 泰隆·鲍华(1914—1958),美国演员,在1947年上映的黑色电影《玉面情魔》中饰演一个英俊的职业骗子。

是拴着链子的疯狗，你要离它远远的，太靠近，你会被它抓住。"

司事来给堂娜索菲亚送信，自然是堂娜安赫拉吩咐的，她要以这种方式从幕后走到台前。"万事通"将信封凑在耳边摇了摇，似乎它能发出某种声响，或传出某种回声。

这只暂时握在他手中的信封能否再次改变事件进程？从周五半夜到周六凌晨，此事已经有了很大的变化。在巴尔迪维索开的那个会中，他被降格为普通车夫，会议内容、结果均不得而知。他知道他们在酝酿大事，什么性质？不清楚。至少对他而言，线索太多，动脑筋理了理，还是理不出头绪。

他要等堂娜索菲亚，把这个棘手的信封交给她。这么说，上午的行动最好取消。他让鲍勃·艾斯庞哈去传令，全体解散。

不管怎样，他很快就可以不干这些滑稽事，不用成天去对付那些欠债不还的家伙了。讨债的过程不像看上去那样总是充满喜感，有些人没那么容易搞定。这些家伙就像拉雷纳加区的焰火制造商，不负责任不说，还胆大妄为。三天前，有人往守在家门口的小分队扔了一排五磅重的炸弹。他家就在焰火工厂，轰的一声，炸得淘气包们作鸟兽散。

为了结束经济不稳定的局面，他手头有桩买卖，昨晚差点告诉堂娜索菲亚。他自己悄悄在家打理，免得有人窥探。家里的电脑是阴极射线管屏幕，要等好半天才亮。不过，古董电脑能收到从遥远的非洲传来的信息。受人尊敬的菲斯·阿库夫人因胰腺癌晚期住在科特迪瓦阿比让的一家医院，快死了，没准已经死了。

菲斯·阿库夫人的信因为天意发到他的邮箱 duendeficaz@hotmail.com，内容如下：

尊敬的信奉基督的兄弟：

以主的名义向你问好。我是来自科威特共和国的菲斯·阿库夫人，与财政部官员阿里森·阿库先生结婚。阿库先生被政敌陷害,诬告他贪污公款,我们只好一起逃到科特迪瓦。

我与先生膝下无子。阿库先生被查出患有胰腺癌,两个月后去世,留给我二百五十万欧元积蓄,存在西非科特迪瓦阿比让的大西洋银行。如今,我主耶稣让我患上了与阿库先生同样的疾病,住在圣桑-亨利埃特医院的肿瘤病房。我是受洗基督徒,既然没有子嗣,希望能把钱用于慈善事业,此乃当务之急。医生已经发出通知,我不久便会去见上帝。

我希望你能成立一个组织,将这笔钱用于援助孤儿寡母、建学校、建教堂、传播上帝福音。《圣经》让我们懂得:"赠人玫瑰,手留余香"。

我不希望这笔钱落在魔鬼手里,用在不正当的地方。如果是这样,我会在坟墓中诅咒你。我不惧怕死亡,因为死后,我会躺在耶稣的怀抱中。收到你的回复后,我会立即安排我的律师M.乔治斯·特拉奥雷先生和你联系。特拉奥雷先生慈悲心肠,我对他百分之百信任,他会负责办理有关西非科特迪瓦阿比让大西洋银行的一切手续。一旦我去世,他会把钱转到你所指定的银行。

呈上所有的祝福。

菲斯·阿库夫人

他认认真真地给菲斯·阿库夫人回信,答应会按照她的愿望处理捐赠款,随即收到M.乔治斯·特拉奥雷律师的来信,告诉他菲斯·阿库夫人已经奄奄一息,他会负责办理捐赠。可是,人一天没去世,银行里的钱就一天动不了,因此,他需要一千五百美金依法办理各种手续,"万事通"将款子打到指定的银行账户。没多久,他又收到律师写来的第二封信,请他再转第二笔款子——两千美金的财务费用,他也转了。这两笔款子已经让他的存款见了底,可是,跟他即将拥有的财富相比,这只是九牛一毛,不值一提。

律师在昨天最后一封信中告诉他：医生认为，阿库夫人不会活过今天早上。"万事通"稀里糊涂地算了算阿比让和马那瓜的时差，想确认律师所说的今天早上到底是过了还是没过，有没有启动将美金转到他在购物中心制造银行分行的账户，他提供的就是这个账户。

菲斯·阿库夫人必须在另一个世界宽恕他。他绝不会跟堂娜安赫拉竞争，以皮奥神父的名义把钱分给穷人，他既没这份心，又不喜欢这么做；他也不会跟嬷嬷竞争，给酒鬼和瘾君子一口饭吃。他知道如何将金主的诅咒化解开去，打算到迪里奥莫巫师村解个咒，即便化解不开，那些诅咒也要跨越整个半球才能到达马那瓜。等到了，威力一定小了许多。

正想着，堂娜索菲亚来了。她迈着轻快的步伐沿着拱廊往前走，那么久没睡，看上去缓过来了，他自己却依然累得浑身散架。奥威迪奥肯定一直在盯着，箭一般地蹿出美发廊，追上她，手舞足蹈地说话，烦得她连钥匙都对不进锁眼。

"万事通"保持风度，假装无所谓的样子，不紧不慢地走了过去。奥威迪奥压低嗓门说的那些话，还是被他听去了一些。奥威迪奥一个劲地想知道莫拉莱斯探长是否采取了必要的防范，因为他昨晚在莫妮卡·马利塔诺家厨房听到了一段神秘的谈话。他去那儿干吗？也让人猜不透。

"昨晚您已经告诉我了，没必要重复，"堂娜索菲亚突然开口，"难道您认为我记性不好？"

奥威迪奥发现"万事通"在一旁，赶紧闭嘴，带着些敌意看着他。堂娜索菲亚终于把门打开，门始终有点涩，她用肩膀推开，顾问团的两名成员也尾随而入。

"奥威迪奥，线索在一点点收集，一点点都对上了。"堂娜索菲亚坐在办公桌前自己的位子上，态度和缓了许多，似乎宣布天国就在不远处。

"还有要对上、必须要对上的线索。有人给您送来这封信,我斗胆以您的名义收下了。""万事通"把信封递给她,坐下。

里面是一张双面印刷的邀请函,诚邀参加 9 月 23 日——根据教历,那天是皮奥神父的圣日——的各项盛会:黎明颂、斋戒、讲道、庄严弥撒和宗教游行。堂娜索菲亚将邀请函反过来看、正过去看,终于发现正面边上用铅笔写了条信息,笔迹和信封上的一模一样,没有签名:

堂娜索菲亚,请于今天下午一点前往天主慈悲教堂圣器室。

她把邀请函递给"万事通",奥威迪奥还站着,阴沉着脸。

"都这时候了,还抱怨什么?"堂娜索菲亚对他说,"坐下吧!"

"看来,我冒着生命危险收集的情报,屁用不管。"他说得愤愤不平,不过还是乖乖听话,在另一张椅子上坐下。

"您大清早赶到我家,告诉我情况,我都记下来了,非常感谢。"堂娜索菲亚说,"可是,形势发展得太快,您的新闻很快变成了旧闻。"

"可您提醒莫拉莱斯探长,'肥肥'在跟踪他了吗?"奥威迪奥执意要问。

堂娜索菲亚想起莫拉莱斯探长的嘱咐:"肥肥"很早就认识奥威迪奥,随时有可能来找他,最好不要冒险。

"他知道了。"堂娜索菲亚回答,"他回家睡两个小时,再看下面该怎么办。"

"他们会直接把他从床上抓走的。"奥威迪奥扼腕叹息。

"万事通"发现堂娜索菲亚正在误导奥威迪奥,没有透露莫拉莱斯探长的真正下落。他自己原本也退居二线,全靠那张邀请函才转回一线参加行动。他知足地将邀请函还给堂娜索菲亚。

"毫无疑问，信息是堂娜安赫拉亲笔写的，"他说，"没有签名，可既然送信的是教堂司事，来源自然分明。"

奥威迪奥不知道谁是教堂司事，堂娜索菲亚又将邀请函放进信封，没递过来给他看一眼，更让他恼火。

"既然如此，为什么她要约我见面，不约莫拉莱斯探长？"她问"万事通"。

"我斗胆认为，因为这件事只能女人跟女人说。""万事通"断言。

"您认为她知道女儿所受的折磨？"堂娜索菲亚问。

"看起来她想见您，告诉您一个秘密，那她就很可能知道。""万事通"回答。

"堂娜索菲亚，根据我昨晚听到的谈话，她丈夫睡了她亲生女儿。"奥威迪奥不想沦为局外人，急着插嘴。

"我不认为这是你情我愿，"堂娜索菲亚严肃地回答，"这是无耻的强暴。"

"您今天气不顺，"奥威迪奥作势起身，"我还是回去招呼客人好了。"

"小伙子，说得没错。""万事通"说，"本职工作应该放在第一位。"

"是您来找我的，您别惹我，"堂娜索菲亚说，"就坐那儿。从现在起到我跟那位夫人见面，我们还有一大堆的头绪要理。"

奥威迪奥乖乖地坐在椅子上，"万事通"宽厚地看着他。风扇在两人背后闹出很大动静，可吹过来的全是热风。

"夫人，您是了解我的。您知道，我不是出于好奇才会在您身边，我想为您效劳。""万事通"打了个哈欠，故意摆出无所谓的样子，"不过，请允许我问一句：咱们这个案子是不是快到头了？"

"这不关您的事！"堂娜索菲亚反驳他，"您别在意。"

奥威迪奥幸灾乐祸地看着他，"万事通"佯装无事，换个话题。

"等见面这会儿，想不想听我讲讲假侯爵孔特雷拉斯的故事？"他问。

"这故事跟马塞拉的案子有关？"堂娜索菲亚问。

"那当然，咱们哪儿有时间闲扯？""万事通"回答。

"莫非贵族也有假？"奥威迪奥问。

"朋友，您的职业是理发师。当您把手放在客人脑袋上时，那人自称有过贵族头衔吗？""万事通"反问。

"可是在尼加拉瓜没人有贵族血统。"奥威迪奥说。

"那堂娜安赫拉是怎么回事？""万事通"问，"您没好好看过《你好！》杂志？杂志上说，她是侯爵的女儿。"

"她不是我的客人，我没这个荣幸。"奥威迪奥回答。

"您放宽心，""万事通"说，"她是个假贵族。"

"假的？咱们不是知道西班牙国王曾经授予她某个祖先侯爵爵位吗？"堂娜索菲亚问，"可她出于谦卑，拒绝使用。"

"这是《你好！》杂志上的说法。""万事通"回答，"其实，这个爵位是堂娜安赫拉的父亲叫人伪造的，那人字写得好，在马那瓜专门帮人伪造大学文凭。"

"大夫，《你好！》杂志上的说法跟您的不一样。"奥威迪奥说。

"朋友，别傻了，""万事通"问，"您信那本发廊宝典，不信我？"

"您在取笑发廊前，先把借走的那些《你好！》杂志还回来。"奥威迪奥回答。

"那是最好的厕纸，""万事通"说，"至少屁股上能沾点贵族气。"

谁都没想到，堂娜索菲亚一边笑一边摇头，似乎这情形已经不可救药。

"这么说,《你好!》杂志上印出来的家族纹章,带石头城堡和星星那个,也是假的?"她问。

"跟中国人王鹰要建尼加拉瓜大运河一样假。""万事通"回答。

"好久没睡觉,我睡着了。不过一路上,我倒一直在听。堂娜索菲亚,大夫说得有道理。"迪克逊大人说,"我干地下工作时认识那个写字好的人,他是用中国墨汁帮侯爵做的贵族纹章。那时候,他虽说上了年纪,可手腕特别稳。他跟我们合作,替那些去古巴受训的同志伪造出生证明,好去申请护照。"

"我很好奇这个假冒侯爵的故事,应该很精彩。"奥威迪奥说。

"那咱们就来讲讲这个故事。""万事通"说,"他有个兄弟,是甘蔗种植园园主,住在南边的圣拉斐尔,靠近太平洋。一天,他兄弟带他去看甘蔗园里一条防火道旁的水洼,里面有种黑色黏稠物质。"

"石油?"堂娜索菲亚不敢相信地问。

"有人叫它魔鬼拉的屎。""万事通"回答。

"堂娜索菲亚,您这个爱说恶心话的顾问又来劲了。"迪克逊大人说,"别笑!您笑了,他会更得意。"

"侯爵当年只是 A. F. 佩利亚斯商行的一名会计,他想出一个计划,""万事通"接着说,"那是 1955 年。"

"会计?"奥威迪奥问,"也敢自称侯爵?"

"很显然,他发财之后才敢自称侯爵。""万事通"答得很不耐烦。

"不管怎样,他家确实有钱。"堂娜索菲亚说。

"没钱自然没名。""万事通"说。

"现在,我赌他想强占石油,夺走了兄弟的种植园。"奥威迪奥说。

"这个小无赖听故事,总爱从结尾听起。""万事通"说。

"真气人,我听不懂'无赖'这个词是什么意思。"奥威迪奥作势要啐一口。

"大夫,后来石油怎么样了?"堂娜索菲亚问。

"未来的侯爵谎称母亲病了,向佩利亚斯商行预支了一笔钱,打了一只金镯子,上面有若干只油桶模样的小坠子,发电报,请求面见堂娜萨尔瓦多拉·德索摩查。""万事通"说。

"她是第一夫人,掌实权,"奥威迪奥说,"搞垄断,只有她能将猪肉粽子卖给战神营地的部队当早餐。"

"不只这些,她还是个放高利贷的行家。"迪克逊大人说,"普通士兵都半价把下个月的军饷抵押给她。"

"第一夫人接见了他,高高兴兴地收下镯子,""万事通"说,"听到他的建议时,更是两眼放光。他建议两人合伙开公司,一人一半,共同开发甘蔗园里蕴藏的石油。"

"他兄弟被关进牢里去了。"奥威迪奥说。

"没关牢里,""万事通"说,"半夜三更穿着睡衣从家里被带走,送到哥斯达黎加边境,让他赤脚走过边境。"

"铁腕第一夫人。"奥威迪奥说。

"侯爵将种植园据为己有,管家跟他说了实话:水洼里那桶油是他兄弟买来倒进去的,想让种植园卖个天价。""万事通"说。

"既然没有石油,那侯爵是怎么发财的?"奥威迪奥问。

"只要有美国佬想来开发,他就在水洼里倒满石油。""万事通"说。

"第一夫人知道这把戏吗?"奥威迪奥问。

"万事通"慈祥地将手放在他头上,回答:

"那当然,朋友,那当然。上帝让您长脑袋,干什么使的?"

"咱们来瞧瞧，"堂娜索菲亚问，"这生意怎么能做起来？"

"送样本到得克萨斯州，检验合格，美国佬付钱给第一夫人，购得石油开发许可，开开心心地回国，等过来钻井探油，才发现竹篮打水一场空。""万事通"回答，"风头一过，侯爵再去找下一个冤大头。"

"就冲这些行贿受贿的勾当，当年就该发动一场革命。"堂娜索菲亚义愤填膺。

"看来还得再发动一场。"迪克逊大人说。

"与此同时，侯爵在伦敦、巴黎、纽约过起了商界大亨的日子——定制服装、夜总会、高级交际花。""万事通"说。

"'交际花'这个词我懂，就是婊子。"奥威迪奥说。

"帮帮忙，管住您的嘴。"堂娜索菲亚批评他。

"跟'万事通'为伍，近墨者黑。"迪克逊大人说。

"侯爵回国时租了辆卡车，将行李拉到丽都皇宫酒店。""万事通"接着说。

"他住酒店？"奥威迪奥奇怪地问，"自己没房子吗？"

"他觉得在丽都皇宫酒店有间包房，不管住不住，都是件很尊贵的事。""万事通"回答，"可他从不付账，每次酒店要撵他走，第一夫人都会出面阻止。"

"赚这么多钱，干吗不付房费？"奥威迪奥问。

"因为不付账可以显得他更尊贵，""万事通"回答，"他在马那瓜的餐馆和商店也是如此。在国外他不敢，没人罩着。"

"于是，铺张浪费导致他破产了。"堂娜索菲亚说。

"他是破产了，不过不是因为铺张浪费，""万事通"说，"而是因为第一夫人那个大滑头一脚把他给踹了，将那笔生意独吞。"

"我就知道会发生这种事。"奥威迪奥说。

"可他还想从无中生有的贵族头衔上捞些好处，""万事通"

说，"格拉纳达的一位寡妇做梦都想当女侯爵，接受了他的求婚。他以为寡妇富得流油，其实连棺材本都没有。"

"两人的如意算盘都落了空。"奥威迪奥说。

"然而已经没有回头路了，寡妇有了身孕，他们回美国居住。""万事通"说。

"就这样，堂娜安赫拉降临人间，她是个假的女侯爵。"奥威迪奥说。

"回美国居住？"堂娜索菲亚奇怪地问，"他什么时候去过美国？"

"他年轻时想演电影，去好莱坞闯荡过。""万事通"回答。

"想当电影小生？"奥威迪奥皱了皱眉头，"怎么会这样？"

"您讲故事应该严格按照时间顺序，别像某些现代派作家似的跳来跳去。"堂娜索菲亚说。

"本书作者有足够的理由感到脸红。"迪克逊大人说。

"当年，他觉得自己形象好，够优秀。""万事通"说，"可他在电影之都获得的唯一成就是给查尔斯·博耶①做替身，他俩惊人地相像。这是尼加拉瓜人在好莱坞取得的最高成就。"

"才不是，咱们国家了不起的电影明星是莉莉安·莫列里②，"奥威迪奥抗议，"出演过《泰山和豹女》，就在约翰尼·韦斯默勒③身边，是被崇拜美洲豹的非洲食人部落绑架的四名女教师之一。"

---

① 查尔斯·博耶（1899—1978），好莱坞影星，曾多次获奥斯卡金像奖最佳男主角奖提名，代表作为《偷龙转凤》。

② 莉莉安·莫列里（1925—1980），尼加拉瓜电影和电视明星，1944年至1957年间在好莱坞发展。

③ 约翰尼·韦斯默勒（1904—1984），美国游泳运动员，曾经在两届奥运会上夺得100米自由泳个人金牌和4×200米接力金牌，共创造了二十八项世界纪录，是历史上最伟大的游泳运动员之一。退役后，他去好莱坞发展，在十二部影片中出演人猿泰山。

"莉莉安·莫列里在伟大的梦工厂度过的职业生涯确实非常令人尊敬。""万事通"回答,"可您想想,她在那个场景里没有一句台词,只是个普通的群众演员。"

"好吧。"奥威迪奥说,"您那位侯爵是替身,也没有台词。拍替身,镜头总是拉得很远。"

"在这点上,咱俩观点一致。""万事通"说,"正因为如此,他才不愿意说职业生涯为何戛然而止。"

"镜头前的职业生涯?"奥威迪奥问。

"查尔斯·博耶饰演唐璜,有一幕是这样的:著名的花花公子和有夫之妇通奸,被丈夫捉奸在床。丈夫追他,他仓皇逃跑,从墙头一跃而下。""万事通"说。

"这一跃而下自然是侯爵该干的活儿。"堂娜索菲亚说。

"堂娜索菲亚,他们在闲扯,把您也绕进去了。"迪克逊大人说。

"那当然,既然是替身,就得轮到他跳。"奥威迪奥说,"后来呢?"

"他在墙头朗诵了一大段自编的台词,痛斥自由放荡的爱情,似乎唐璜幡然醒悟,对往事后悔不迭。""万事通"说。

"太扯了!好比莉莉安·莫列里突然大叫:'哦,身经百战的泰山,谢谢您从这些想要玷污我清白的魔鬼手中救了我。'"奥威迪奥模仿女声说道。

"那场戏被他毁了,导演把麦克风凑到嘴边,对他吼,说他被开除了。""万事通"说,"就这样,他回到了尼加拉瓜。"

"在佩利亚斯商行做起了会计。"奥威迪奥说。

"之前,他在'永远向前'商业学校学了一期会计课程。""万事通"说。

"群众演员和替身的话题就此打住。"堂娜索菲亚站了起来。

"好啦,堂娜索菲亚,您其实很感兴趣,这些趣闻逸事您都爱看。"迪克逊大人说。

"必须对客户做全方位的了解,才能做出正确的判断。""万事通"说。

"这位侯爵既不是侯爵,又不是我的客户。"堂娜索菲亚抗议道。

"也做不成您的客户。""万事通"说,"他死于地震,在圣佩德罗·克拉夫养老院,墙倒了,把他压死了。"

"女儿不管他?"奥威迪奥问。

"他在养老院住单间,就是女儿付的钱。""万事通"回答。

"不得不说,从这个故事里,我们学到了关于国家历史的许多东西。"奥威迪奥说。

"你们俩散了散了,我要赶紧去打车,这个点儿堵得厉害,我快迟到了。"堂娜索菲亚说。

"我很乐意开车送您。""万事通"自愿帮忙。

"那您等我一下,我去找个东西。"堂娜索菲亚去吊顶取尼康相机。

"我陪你们去,我只要脱件罩衣。"奥威迪奥说。

堂娜索菲亚正想跟他说"谢谢,不用",阿波罗尼奥就挂着一张脸进来了。

"你以为我有四只手啊?"他对奥威迪奥说,"一大堆客人等着,有一个已经不高兴地走了。"

15. 谁都有倒霉的一天

皮卡装了满满一车厢穿着防弹背心、握着 AK 步枪、胸前挎着帆布子弹带的警察。车悄悄驶来,停在伊甸园街区莫拉莱斯探长家门口。两辆巡逻警车锁住街口两端,摩托车将便衣警察送往街区各处。

邻居们很快出现在人行道上,期待地看着警察跳下车厢,握着武器,贴着墙,有些跪在地上,将房子包围。敲门后无人应声,队长带锁匠过去。锁匠提着工具箱,一分钟不到便将门锁整个拆了下来,木门上留下一个圆溜溜的洞。

随后,警察们你推我搡地进门,邻居们在人行道上听见里面一阵吆喝命令,之后归于沉寂,只听见摩托车来来往往。

莫拉莱斯探长的卧室门被人干净利落地一脚踹开,穿着内裤睡觉的"兰博"这时候才醒,发现有人拿枪指着他。他从床上坐起来,本能地将双手放在脖子后。

接下来,无线电里传出断断续续、慷慨激昂、忽高忽低、乱七八糟的对话声,差不多一刻钟后,开来一辆带出租车标志、肉红色的丰田卡罗拉,横在街口的巡逻警车给它让路。

"肥肥"亲自开着这辆假出租车,不慌不忙地从车上跳下,似乎要进自家家门。跟索托见面后,他没换衣服,只是在肩上搭了件羚羊皮外套。同时,出租车里还下来三个保镖。

"警长,我跟您无线电汇报过,肯定不是他。"负责行动的队长——法哈多中尉站在门口,递给他从"兰博"裤子口袋合成革钱包里搜出的老兵证。

"肥肥"走进卧室,见"兰博"靠着墙,坐在床上,由两名警察看守。"肥肥"让他们出去,让队长也出去。

"塞拉芬·曼萨纳雷斯·蒂诺科,本杰明·塞莱东①南方阵线加斯帕尔·加西亚·拉维亚纳纵队战士。""肥肥"盯着边缘发毛

---

① 本杰明·塞莱东(1879—1912),尼加拉瓜律师、政治家、军人,死后被追封为"尼加拉瓜民族英雄"。

的老兵证念道。老兵证上的"兰博"年轻许多,对着闪光灯吓坏了,长发及肩。

"愿意为您效劳。""兰博"将两个指头放到太阳穴旁,"中尉把我和另一个家伙弄混了,我让他去找裤子口袋里的钱包,看了就没疑问了。"

"他把你跟谁弄混了?""肥肥"说。

"跟住在这个房子里的人。""兰博"回答。

"那人你肯定不认识。""肥肥"说。

"莫拉莱斯探长?我跟他大概认识。""兰博"回答。

"大概认识,就能睡他床上?""肥肥"问。

"是我自作主张睡他床上,""兰博"回答,"他让我铺个床垫,在外头打地铺。"

"你大概怎么认识他的?""肥肥"在床边坐下,问。

"他是我在南方阵线参加解放战争时期的长官。""兰博"回答,"我没有家,隔三岔五来住,有时候能找到他,有时候找不到,像今天他就不在。"

"你有家门钥匙。""肥肥"说。

"我没有,撬门进来的,不过他知道。""兰博"露齿笑。

"我这辈子就没听过有人连续撒这么多谎。不过,咱们接着聊,""肥肥"也笑,"你干什么的?"

"有什么干什么。""兰博"说,"在东方市场扛大包,帮做买卖的女人送点货,有时候没活儿可干。"

"有机会就偷人东西。""肥肥"说。

"我的确穷得连棺材板都买不起,可是我为人本分,""兰博"很气愤,"没人说过我是小偷。"

"你品行端正,一定有人作证。""肥肥"说。

"您要是不信,就去墨西哥影院问堂埃莫赫内斯。""兰博"

回答。

"你说的是'黑美洲鹫王'?""肥肥"问。

"他不喜欢别人这么叫,不过说的就是他。""兰博"回答,"我是人民阵线摩托队的链子手。"

"游行示威时甩链子打人的?""肥肥"问,"证件呢?你要是人民阵线的,应该有党员证,是张磁卡,不是这种远古时期狗屎不如的老兵证。"

"正在办理中。""兰博"回答,他又露齿笑。

"老兄,你说这件事咱们怎么解决?""肥肥"仔细将外套在肩上搭好,"办法有两个。"

"不麻烦的话,说来听听。""兰博"说。

"其一,从现在起,你给我说实话。""肥肥"说,"这么做,你还有可能因为坦白从宽拿到奖金,我向来出手大方。"

"您现在就可以考虑起来能给我多少奖金了。""兰博"说。

"等等,我再跟你说其二,""肥肥"继续,"让我几个朋友给你点颜色看看,完事儿后,保管连莫拉莱斯探长都不认得你。"

"人与人之间,只有交流,才能理解。""兰博"说,"您问,我答。"

"这样我喜欢,将一名老游击队员拴着卵子吊在上头,想想我都恶心。""肥肥"问,"你的莫拉莱斯探长干什么去了?"

"他七点左右走的,去找一个什么瘦姑娘,那姑娘离家出走了。她爹是个百万富翁,给了他一大笔钱,让他去找,他已经找到她躲在哪儿了。""兰博"回答。

"躲在哪儿?""肥肥"问。

"埃莫赫内斯那儿,""兰博"回答,"埃莫赫内斯把她藏起来了。"

"'黑美洲鹫王'?你又跟我提他?""肥肥"问。

"是您这么叫的,我可不敢。我都跟您说了,他听了真会急。""兰博"回答。

"你的长官兼朋友是怎么发现失踪的姑娘藏在'黑美洲鹫王'那儿的?""肥肥"问。

"是我告诉他的。""兰博"回答,"昨晚,我去墨西哥影院领钱。右派在选举委员会跟前造反,要求自由选举,我们去处理了一下。我去领钱时,见一个瘦姑娘钻进放映室,埃莫赫内斯就把她藏在那儿。当时,我灵机一动,发现这人跟莫拉莱斯探长照片上的人一模一样。"

"好吧,这么说来,""肥肥"小声说,"'黑美洲鹫王'也管上闲事了。"

"您别到埃莫赫内斯那儿把我给卖了,他会不让我当链子手,害我没钱领。""兰博"说。

"肥肥"伸个懒腰,又停下。

"你知道我叫什么名字吗?我叫阿纳斯塔西奥。"他说,"你知道为什么给我起这个名字吗?因为我爸觉得有必要拍索摩查家族的马屁。既然我叫阿纳斯塔西奥,怎么可能不火眼金睛,看破有混蛋在跟我撒谎,有必要把他的脸撕烂?"

"幸好我跟您说了实话。""兰博"说。

"这可说不好,""肥肥"回答,"还真说不好。不过,我这就去查。"

"您能在东方市场找到我,""兰博"说,"您去那儿问,谁都认识我。"

"肥肥"开怀大笑,笑着叫来法哈多中尉。

"把这个滑稽可笑的人铐上,给我带到齐博特,找个能看见提斯卡帕湖的湖景房,让他住下。"他命令道。

他又下令留两个警察守在房子里,留两个便衣守在外头,外加一辆摩托车两个人,让锁匠把锁复位,防止雀鹰回巢。其他人,从法哈多中尉起,全都跟他走:去突访东方市场里的墨西哥影院。

"肥肥"坐进驾驶室,让保镖守在车门旁,在外头等。他从手提包里取出由俄罗斯技术人员加密、专门用来跟"最上头"联系的手机。

他拨了唯一的联系人电话,名称为"赛巴巴"。没有助手转接,随打随接,客套话全免。当他听到全国人民通过国家广播电台和国家电视台耳熟能详的声音时,跟往常一样,忍不住一哆嗦。

他想尽可能解释明白,为什么要申请去搜查"黑美洲鹫王"的大本营,将他押往司法机关临时看守所。同志①,虽然他是重要干部,可他涉入了一桩敏感案件,企业家米盖尔·索托继女失踪案,索托是咱们的一级战术盟友。

"不管怎样,这位同志辜负了我们。"决策果断,嗓音甜美,"审他时,拜托替我问他几个问题。具体什么问题,之后再告诉您,现在我要挂了。"

因为某个"肥肥"不知道的原因——每回个人雷达探测不到信号时,他都会不开心——"黑美洲鹫王"已经触了霉头,半条命没了。他只轮到再去索他剩下的半条命。

保镖们在丰田车上坐好,"肥肥"开车,前面摩托车开道,后面跟着两辆巡逻警车和一辆车厢载满警察的皮卡。邻居们都回去忙自己的事儿了,空空的人行道上没有人。离开街区前,他们遇到了司法机关临时看守所派来将"兰博"押往齐博特的囚车。

对"肥肥"来说,那天眼看就要一事无成,气得他鼻子都歪了。"黑美洲鹫王"不在墨西哥影院!"肥肥"命人撬开他的办公室,亲

---

① 此处西班牙语用阴性形式,即对方是位女同志,暗合了民众猜测——目前尼加拉瓜的第一夫人兼副总统才是真正执掌国家实权的人。

自搜查办公桌，桌上、抽屉里，没有任何物品与索托女儿有关。他没有命人打开文件柜，既然"最上头"有指示，那就最好带走，让金融专家们去查。

放映室配电板下方铺着两只床垫，说明姑娘确实打算跟谁在那儿过夜，因为某个原因，计划改变。

"肥肥"将办公室设为行动中心，坐在老板椅上，审第一时间被缴械的保安和监工。他弄清楚姑娘半夜被"黑美洲鸳王"本人用奔驰车接到影院，之后，来了个娘娘腔的小伙子陪她，最后，来了个挂拐杖的瘸老头，天亮前将两人带走。

挂拐杖的瘸子今天大清早回来找过"黑美洲鸳王"吗？谁也没来过。埃莫赫内斯同志凌晨开着奔驰车带切佩走了，也没回来过。切佩是谁？是他娇生惯养的宠物，一只黑美洲鸳，爱吃蘸了牛奶的面包，困得要死的监工回答。她晚上十二点接班，早上八点交班，这时候应该在金塔尼娜街区的房子里，躺在床上呼呼大睡。

存在两种可能。其一，那个塞拉芬，除了懒，还笨，脑筋被毒品烧坏了，他提供的情况，需要耐心甄别；其二，那个塞拉芬在耍他，跟他说过去的事，拖延时间，好让莫拉莱斯探长脱身。第二种可能更像回事儿，接下来，他要让他把苦胆都吐出来。

与此同时，依然找不到"黑美洲鸳王"的下落。他在布鲁斯乡间的房子已经被搜过，没有踪影。警长，那栋房子从外面看平淡无奇，里头有带吧台的游泳池、冲浪按摩池、健身房、台球室，卧室里还有豪华饭店里的那种圆形水床，花园里有喷泉，中间是撒尿儿童的雕塑，还有贴着瓷砖的小房子，专门给切佩住。您知道切佩是谁了？

"肥肥"不会在那儿等一辈子，等"黑美洲鸳王"御驾归来。恐怕到了这个地步，"黑美洲鸳王"已经知道大事不妙，脚底抹油溜了。不是因为藏了索托女儿，而是因为另一桩更大、更严重的事。

既然如此,还等什么?他让法哈多中尉带人留守,以防万一,自己去齐博特对付塞拉芬。那个塞拉芬还以为自己命大,他太不了解"肥肥"了。

偏偏这个时候,切佩站在门口,歪着脑袋,好奇地看着他。"肥肥"即刻猜到,主人随后便至。果不其然,"黑美洲鹫王"被法哈多中尉亲自押来。他刚进门厅就被捕了,双手在前,戴着手铐,脑袋耷拉着,乱蓬蓬的头发全被汗湿,牛仔裤的裤裆明显湿了一块,他吓尿了。

"肥肥"记得"黑美洲鹫王"是个斜眼,可是他不抬头,便无法证实。

切佩习惯性地跳到桌上。

"把这个畜生给我弄下去!黑美洲鹫让我恶心,这个世界对它恶心的人绝对不止我一个。""肥肥"坐在老板椅上轻轻地摇。

不等主人下令,切佩又一跳,温顺地逃往沙发一旁的角落。

埃莫赫内斯终于抬头看他,两只眼睛完全在一条线上。

"肥肥"心想:是被吓的。

"你刚才去哪儿了?"他开口问。

"在肉铺开基层委员会。"埃莫赫内斯回答得异常艰难,"您派人找我,我就赶紧过来了。"

"你又没说去哪儿。""肥肥"说,"在这么多人里头打听你的下落,知道有多不可能吗?"

"他们都认识我。"埃莫赫内斯嘀咕。

"下回我不会忘,你是东方市场里的大名人。""肥肥"说。

"我去谈进口洪都拉斯鸡蛋的事……"埃莫赫内斯说,"为鸡蛋援助计划做准备,鸡蛋折价卖。"

原来如此,"肥肥"心想:这家伙不经许可,大搞走私。洪都拉斯鸡蛋,谁知道还有什么?做垃圾生意赚的还嫌不够。等他从

"最上头"拿到问题,再去好好审。

"上回从洪都拉斯拉过来几车鸡蛋?"他纯属问了开心。

"五车。不过,不是我一个人干的。"埃莫赫内斯回答。

"那当然,海关、边防警察、市场管理人员都跟你穿一条裤子。不过,这份名单你晚一点再慢慢给我。""肥肥"说,"现在我想知道马塞拉的事,快点说,等你耽误了好长时间。"

"百万富翁那个离家出走的女儿?"埃莫赫内斯问。

"就是她,我想知道她去哪儿了?""肥肥"问。

"您瞧,我没在意。"埃莫赫内斯回答。

"肥肥"猛地站住,从腰里拔出手枪,用枪柄砸他的脑袋。埃莫赫内斯努力举起被铐住的双手,想去止血。

"再说一句瞎话,我立马让人去找塑料袋,把你装进去,直接送停尸房。""肥肥"说。

"她被转移了,去哪儿我不知道,嬷嬷要求分工协作、互不打听。"埃莫赫内斯满脸是血,回答道。

"就是那个救助流浪汉的老太太?""肥肥"问。

"是她让我带姑娘来这儿的,半夜又派人把她接走了。"埃莫赫内斯回答。

"分工协作、互不打听这话,我暂且信你,""肥肥"问,"谁来把她接走的?"

"她是跟那个瘸子莫拉莱斯探长走的。不过,嬷嬷派来带他们离开市场的是'兰博'。"埃莫赫内斯回答。

"你觉得我有必要知道谁是'兰博'吗?""肥肥"又握着枪管,过去威胁他。

"他是神堂食客,有时候会来摩托队帮我。"埃莫赫内斯回答。

"肥肥"从口袋里掏出塞拉芬的老兵证,凑到埃莫赫内斯眼前:

"我敢说,这人就是'兰博'。"

埃莫赫内斯脸上的血涌得比刚才更凶,眼睛都迷住了,费了好大劲去看照片。

"就是他,不过照片上的人更年轻。"他回答。

"好了,'黑美洲鹫王'即刻废黜,人生无常啊,兄弟!""肥肥"收好手枪,冲守在门口的法哈多中尉示意,把人带走。

他们凶巴巴地把人带走,关进法哈多中尉从东方市场第四警队调来的囚车中,看得从影院池座赶到门厅的垃圾分类工们目瞪口呆。

与此同时,切佩一直待在角落,将喙塞进胸口羽毛,只抬过一次脑袋,看了看"肥肥",似乎在祈求他的怜悯。

"这个畜生,你们还等什么?赶紧结果了!""肥肥"火大,不耐烦地对法哈多中尉说。

他一边下楼,一边寻思,怎样才能顺利结果一头黑美洲鹫?这时,背后传来一声短促干脆的枪响,市场嘈杂,几乎淹没了枪声。接着,法哈多中尉匆匆跑出,跟他会合,一同下楼。

"现在,咱们去卡瓦里奥教堂旁边的神堂。""肥肥"等中尉走到身边,对他说。

此举纯属行动需要。他不会在神堂找到嬷嬷,也不会有人告诉他嬷嬷的下落。一帮不专业的人搞阴谋,布了个迷魂阵,别说,还挺管用。所以,他必须争分夺秒,和时间赛跑。

果然不出所料。他在神堂只找到了那群永远驻守在那儿、正在浴室门前排队的流浪汉,还有正在做午饭的厨娘。嬷嬷大清早提着篮子到东方市场买菜去了,她天天如此,去买肉和烧汤的蔬菜,有人便宜卖给她,有时候甚至白送。她一直没回来,厨娘们决定给他们吃种在院子里的小香蕉。

"肥肥"将近十点赶到齐博特,将"兰博"交到司法机关临时看守所最有经验的两位审讯官图克和蒂克手里,自己坐在监视窗外,就像坐在剧院包厢,观察那两个一眼看上去没力气的瘦猴儿如何一本正经、仔细认真地对犯人动用水刑。两人汗津津的,穿着热带丛林迷彩服T恤,赤脚,迷彩裤的裤腿卷得老高。

他们扒掉"兰博"的衣服,捆住他手脚,将他的脑袋一次次按进水池,呛死前,扯着头发拉出来,扔到水泥地上,然后跪在他身边,反复问他同样的问题。一小时后,似乎有了一点进展:嬷嬷给了他五十科多巴,让他去传话,叫莫拉莱斯探长把姑娘从墨西哥影院带走。东方市场像个迷宫,他带三人走了出来——除了探长和姑娘,还有个叫弗兰克的哥斯达黎加人,带到廷萨纳市场旁的出租车停靠站,然后就不知道了。最好去神堂问嬷嬷,带她过来跟他对质,到时候他们就知道,他说的全是实话。

"肥肥"按铃,下令继续。又折磨两回,"兰博"从水池里被拉出来,直接昏了过去。图克在监视窗那头向他示意:目前再审无用。他们让他躺在水泥地上大声呕吐,身边全是水。

监视窗上方印有养胃泡腾片字样的挂钟指着十二点差一刻。"肥肥"发现努力了一早上一事无成,心里有点慌。齐博特警卫室的勤务兵陆续送上办公室转来的急件,他不想分心,连信封上的火漆都没打开。调查索托女儿藏在哪儿并非当天的重中之重,可是有人想摸他的老虎屁股,种种迹象表明,这人就是莫拉莱斯探长。要是让他抓住那只敢冒天下之大不韪的手,他会将那手的每根骨头都碾成渣渣。

还差去私家侦探社走一遭,那个潦倒的瘸子绝对不可能傻到还待在侦探社。可是,他不是有个叫堂娜索菲亚的助手吗?也许可以和她心平气和地谈一谈,别吓着她,给她点小恩小惠,让她开口。

侦探社在哪儿?他从齐博特打电话到办公室,没有人知道,也没有关于多洛雷斯·莫拉莱斯探长的记录,因为他不是监视或跟踪对象。他让他们去打113问询台,或去查电话黄页,总之无论采取什么方式,必须找到。刚安排完,手机上就显示索托来电。

他在想,如何委婉地告诉索托实情,他不想直言至今没有任何发现。电话那头开了免提,小曼努埃尔在后头一个劲地催。他气得要命,刚想狠狠骂他一句,突然想到恰恰是小曼努埃尔知道侦探社的地址。他昨晚不是去那儿抓捕索托呼叫中心的雇员弗兰克吗?今天早上脑子进水了,居然没想到去找配合行动的巡逻队队长!至少现在想起来,侦探社是在博洛尼亚的一家商业中心。

小曼努埃尔很高兴能帮上忙,提供地址前,非要"肥肥"先准备好纸笔记录:象耳豆树购物中心。警长,走博洛尼亚主干道,往工人之家方向,到锯木厂拐弯,再往下走一个街区,不会迷路的,停车场里有棵巨大的象耳豆树,在街上就能看见。

下午一点过,出租车停在空了一半的停车场。"肥肥"留一个保镖守在车旁,带另外两个保镖,在库斯卡特莱科酒吧一位姑娘的指引下沿着拱廊往前走。姑娘正在用微波炉热一份玉米奶酪馅饼。

多洛雷斯·莫拉莱斯及其合伙人私家侦探社门前,挂着维萨卡馈赠的牌子,翻在"暂时歇业"那一面。"肥肥"见了怒火万丈,恨不得一拳打到迪克·崔西的方鼻子上,将橱窗砸个粉碎。

他沿着来时的路往回走,注意到下一个橱窗里放在假大理石基座上的鲁文·达里奥金色石膏半身像。半身像周围是一群没有脸蛋的脑袋,用来展示各种色彩艳丽的假发,就像在老式酒吧里跳钢管舞的妓女戴的那种。那些人都是谁啊?顾客坐在转椅上,他们慢条斯理地围着顾客转,剪下来的头发纷纷落到漂亮的黑围裙上。是奥威迪奥和阿波罗尼奥!他们都老了,一个肚子大了,一个头发白了,可就是他们。

他让保镖守在外头，走进 RD 美发廊，情绪大变，灵感突现。两个堂兄弟就像听见召唤，同时抬头，在镜子里看见了他。

"世界真小，都能在这儿遇见。""肥肥"开心地笑。

堂兄弟俩挥舞着剪刀，停在顾客脑袋上方。顾客们各自在想心事，没注意到这一幕。他俩对视，惊得说不出话来，很快意识到面前的人是谁，毕竟对着那张满是疤痕的脸。

"肥肥"以为他俩还没认出，愈加亲切地逗他们：

"傻瓜，不记得我了？是谁让你们转运的？"

"记得，警长，怎么会不记得呢？"阿波罗尼奥终于开口。他为顾客剪好头发，将围裙上的碎发抖落。

"既然如此，连声早上好、下午好都不说？""肥肥"抱住双臂。

"您是什么身份？我们不说话是出于尊重。"阿波罗尼奥去收银台刷卡收钱。

"那你呢，奥威迪奥？不说话，也是出于尊重？""肥肥"在空出来的椅子上坐下。

"警长，好久不见……"奥威迪奥也为顾客剪好头发，拿镜子过来，让他看看后面的效果。

"我发现，你们俩似乎不乐意见到我。""肥肥"假装失望。

堂兄弟俩又拘束地对视一眼。没有顾客需要招呼，发廊里没别人了。

"怎么会呢？很高兴见到您。"阿波罗尼奥说。

"肥肥"坐在椅子上打量他们，那么絮絮叨叨、爱开玩笑的人，如今吓成这样。阿波罗尼奥颌骨发抖，都能听得见牙齿咯咯咯打战的声音。奥威迪奥的手没处放，一会儿插进裤兜，一会儿拿出裤兜。要说那儿没猫腻，只能抓着猫的后颈皮把猫关起来，确切地说，把两只猫都关起来。

"一天我听到消息，说两位在象耳豆树商业中心开了家发廊，生意不错,顾客很上档次。""肥肥"舒舒服服地在椅子上坐好,"今天打这儿路过,我想过来跟你们打个招呼,顺便也跟我朋友、老战友多洛雷斯·莫拉莱斯探长打个招呼,反正你们是邻居。"

"他不在,"阿波罗尼奥小声说,"一个早上都没来。"

奥威迪奥开始整理,将镜子前搁板上的一溜瓶瓶罐罐摆好,又对着自己的脑袋,试了试吹风机的出风口。

"我已经注意到了,门关着,灯也关着。""肥肥"说,"堂娜索菲亚好吗?她也是我的老熟人,我想跟她打个招呼。"

奥威迪奥夸张地耸了耸肩,花的时间比平时长,然后又去摆梳子、剪子、折刀、胡须刷和发刷。

"她也不在。她倒是来过,大概一小时前走了。"阿波罗尼奥说。

"看来,奥威迪奥忙得很,""肥肥"说,"挺烦有人到访。"

"我就这样,警长,"奥威迪奥头都不回,"成天闲不下来,总在找事干,就像成天手痒痒。"

"你跟谁关系更好?""肥肥"跷起了二郎腿,"是跟莫拉莱斯探长,还是跟堂娜索菲亚?过来,凑近点,隔这么老远说话,我觉得不舒服。"

奥威迪奥乖乖听话,往"肥肥"走了几步,双手又在裤兜里插进插出。

"我们只是见他俩来来去去,打个招呼,没什么交情,对吧,阿波罗尼奥?"他说。

"知道吗?""肥肥"在椅子上躺下,枕着头靠,合上眼,似乎打算让人在脸上打肥皂,"你们俩是对大骗子,睁着眼说瞎话,让人伤心。"

"我们干吗要骗您?"阿波罗尼奥想笑,结果像哭。

"我也在问自己这个问题。""肥肥"睁开眼,似乎刚睡醒,直起身子,"你们很清楚我为什么来这儿,不是来看你们这两个忘恩负义的东西!过去我对你们的好,你们全忘了。"

"那您是来干什么的?"奥威迪奥管不住嘴,问道。等他发现应该闭嘴时,已经晚了。

"问题应该由我来问。""肥肥"挨个看他们俩,"堂娜索菲亚离开这里,去哪儿了?"

奥威迪奥越发夸张地耸了耸肩。

"一点前,她出门去天主慈悲教堂见堂娜安赫拉,就是你们在找的那个失踪女孩儿的妈。"阿波罗尼奥像在背书。

"肥肥"猛地站起来,椅子在基座上转。已经快两点了。

"待在这儿别动,晚点我还要找你们。"他急匆匆地往门口走,"我会在外面留个朋友陪陪你们。"

"难道我们被捕了?"阿波罗尼奥的颌骨一个劲地抖,好不容易问出口。

"趁此机会,帮我朋友整个莫西干人发型,他最近喜欢把自己打扮成帮派分子。""肥肥"说完,扬长而去。

16. 天主慈悲

天主慈悲教堂位于丰塔纳村让保罗路西延线,往尼加拉瓜国立自治大学方向,带铁栅栏的落地窗外摆满了花架,种着九里香和欧洲矮棕,很容易被误认为是一处宁静的养老院。

宽敞的庭院中央立着一尊结实的混凝土雕塑,是戴着法冠、穿着教皇十字褡的约翰·保罗二世,法袍像在迎风飘扬。

下午大概有场婚礼。"万事通"在侧门旁停车放下堂娜索菲亚时,花店员工正在从小货车上卸下一束束白色的马蹄莲,长长的根茎上还沾着水。

这个点儿酷热、人少。骄阳下的庭院中，只停着两辆兰德酷路泽，往里些的大榕树下，有辆蔚为壮观的八缸雪佛兰。大榕树的树冠一直延伸到庭院尽头神父住处的屋顶上方。"万事通"将顶着大喇叭的皮卡停在雪佛兰旁边，发动机生气地吼了几声，一口气没上来，熄火了。

堂娜索菲亚庆幸中殿阴凉，将炭火般的正午阳光挡在窗外。一群手脚勤快的夫人，头发被美容院造型师的巧手打理过，正在根据婚礼需要布置教堂。她们在中央走道两边长凳的末端系上装饰着菊花的纱幔，将马蹄莲插进大祭台前踏台上方的大玻璃花瓶，最后将新人跪椅套上浆过的套子。

堂娜索菲亚发现进门旁的祭坛上供着一尊皮奥神父的半身塑像，塑像前的花瓶里插的正是堂娜安赫拉当天早上在花园里剪来的黄边红冠赫蕉。她不由地去想象堂娜安赫拉正赤着脚、穿着嘉布遣会的教士服跪在疤痕圣徒的面前，见她来了，起身，邀她同往圣器室。

别瞎想了，中间人是教堂司事，该找她才对。最终，堂娜索菲亚在正门边找到了她。她双腿分开，稳稳地站着，双手叉腰，正盯着工人们展开节日庆典时要用的地毯——教堂定时去租，铺在走道上。

根据卡莫纳医生细致入微的描述，堂娜索菲亚猜出这人正是教堂司事，便光明正大地走了过去。司事却假装没看见她，跟工人交代两句，看似匆忙地往大祭台走，上台阶，在天主慈悲耶稣像前——前胸映出光轮——跪下，随后身影便消失在主祭坛左侧圣器室的门后。

堂娜索菲亚跟上台阶，见一位做好头发的夫人一边在根据花瓶深浅修剪马蹄莲的茎，一边投来审视的目光，想看她会不会跪在圣像前。

堂娜索菲亚第一次领圣餐后，就没在任何一座天主教祭坛前跪下过。然而，此行的目的高于一切，那位夫人将剪刀停在半空，做观望状，最好当她是一名负责清洗桌布、做弥撒时收取捐赠的虔诚教徒，现在要去圣器室听候指示。

她动作飞快，单膝微跪，没有画十字，好让内心的城堡少些豁口。她往圣器室门口走，正要拧动把手，门开了，跟司事打了个照面。司事面无表情，默默地让她进去，自己出来，回到大祭台，在外面把门关上。

堂娜索菲亚不知该如何是好，突然在黑暗中看见了堂娜安赫拉，她站在拼命从天窗挤下来的一束光线里。天窗在面对停车场那堵墙的上方，光线泻在一大堆破旧家具上，家具离天窗越远，轮廓越模糊。尽管顶上有盏荧光灯，却照不亮多少地方。

堂娜安赫拉身旁是马那瓜主教光临教堂时的专座——织锦缎尊座。椅脚边有只美极粥纸箱，装满了圣年印刷品；椅背上乱七八糟地搭着肉红色的教士服和教堂侍童的白袍；边上有只半开的衣橱，里面挂着祖母绿色和紫色的十字裾；再过去是些缺胳膊少腿的圣像，正奇怪地看着另一些脑袋底下只剩支架的圣像；一顶由四根镀铬管支起的黄色绣花丝绸华盖收起来，黑乎乎一大团，放在角落。

堂娜索菲亚还发现了更多的东西。衣橱脚边有只木盒，里面堆着肱骨、胫骨、股骨等各种骨头，被天窗泻下的光线染得金黄。司事侄女靠堂娜安赫拉捐助的奖学金在美洲大学念医科，会来圣器室温习功课，她需要这些骨头。毫无思想准备的人会误以为这是某位殉道者圣徒的骸骨。

堂娜安赫拉没有穿嘉布遣会的教士服，也没有像《你好！》杂志上那样盛装打扮，枯黄色的头发挽成髻，穿得干净雅致。麦秸色亚麻套装，或许是香奈儿款，半高跟皮鞋，烟灰色手袋，手袋挂在胳膊上,说不好她是刚刚到,还是正要离开。

堂娜索菲亚刚才只注意到放骨头的木盒边有把金属折叠椅,一定是那位医学院学生用的。她还没来得及好好去看圣器室里头。堂娜安赫拉冲她点点头,往里走,让她跟上。

于是,她看见了两把椅子,灯芯草编织出的椭圆形椅背,唱经弥撒时助祭坐的那种,放在一张桌旁。桌上铺着白色绣花桌布,十字纹,布圣餐时用。桌布上放着两盏中国茶杯、一只银色糖罐——像从婚礼礼品桌上挪过来的、一只装满勺子的亚光玻璃杯、一盒立顿袋泡茶、一只插满菊花的陶土小花瓶——司事趁布置婚礼拿过来装饰聊天场面的,还有一只小电炉,上面放着铝壶。

两人坐下,依旧无言。堂娜安赫拉将手袋放在桌上,伸出双手,握住堂娜索菲亚的双手,就这样握了很久,泪水夺眶而出,似乎自带光芒,在黑暗中晶晶亮。突然,她又把手收了回去。堂娜索菲亚在想:抓着陌生人的手,在陌生人面前流泪,是不是她不好意思?

随后,堂娜安赫拉从手袋里掏出一小包纸巾,抽出一张,轻轻地擦了擦眼,又抽出一张,擦了擦抹着深红色口红的唇,将两张纸巾揉成一团,扔在桌上。纸巾如花瓣,慢慢展开,一张湿了,另一张沾了口红印。

"对不起,对不起。"她摇着头,慌乱地说,又将手伸进手袋,摸出一盒本森金盒烟和一小盒带彗星标识的银河呼叫中心宣传用火柴,正想点一支,想了想,将烟盒递给堂娜索菲亚。

"不,谢谢,我不抽烟。"堂娜索菲亚回答得礼貌但坚决。

"我知道,您是新教徒。"堂娜安赫拉宽厚地笑了笑,"你们不抽烟,这样好,让那些不幡然醒悟的天主教徒们得肺癌去死吧!"

"我们不抽烟,更不会在教堂里抽烟。"堂娜索菲亚严肃地表示。

"我们的教区神父潘乔神父就在这间圣器室里抽烟。"堂娜安赫拉把烟点燃。

"那就更奇怪了，"堂娜索菲亚说，"还是教区神父！"

"阿朗古伦神父是个好人，"堂娜安赫拉说，"他叫帕奇，读起来有点拗口，更愿意我们叫他潘乔。遗憾的是，他去圣萨尔瓦多清修了，您见不着他。"

烟味似乎飘到了教堂司事的鼻子里，她穿着胶底护士鞋，轻手轻脚地进来，将一只海贝壳放在桌上当烟灰缸，又轻手轻脚地退下，带走了揉皱的纸巾。

短暂的悲哀过后，堂娜安赫拉说话有些轻佻，更像《你好！》杂志封面上肆意展示尘世奢华的贵妇人，而非那个穿着托钵僧袍子睡觉的慈善达人。

如果说一开始，她抓着堂娜索菲亚的手，明摆着想敞开心扉，那么现在，她又缩回到自己的壳里，躲在烟雾筑成的屏障后。然而，毕竟不该由堂娜索菲亚迈出第一步，告诉她：我们找到您女儿了，知道她为什么离家出走，我们要将发生的事公之于众，您应该陪我们去。她又不清楚这个女人站在哪一边，是站在被凌辱的女儿这边，还是站在十恶不赦的丈夫那边？

堂娜安赫拉在海贝壳里按熄烟蒂，将铝壶里的水优雅地倒进茶杯，似乎正坐在自家客厅的胭红色沙发上，周围是中国瓷瓶，还有只瓷牧羊犬。

"给您放几个茶包？"她问。

"一个就好，谢谢。"堂娜索菲亚为了回答而回答，她不习惯喝袋泡茶。

"潘乔神父特别爱喝袋泡茶，我也觉得味道不错。"堂娜安赫拉说。

她俩为什么来这儿？来聊潘乔神父的？聊他爱躲在自己教堂的圣器室里抽烟、爱喝袋泡茶？现在，堂娜安赫拉问她要放几勺糖。可她自己从不会在杯子里放茶包泡茶,她不喜欢那种超市卖的袋泡茶。尊贵的侯爵夫人——甭管是真是假——佯装纡尊降贵,为她这个布衣泡了一杯茶,可她不喝。说到底,各人该在哪儿在哪儿,该干吗干吗。

堂娜安赫拉突然又握住她的手,将她从思绪中拔了出来。

"我想知道最新消息。"她问。

"什么最新消息?"堂娜索菲亚反问。

"关于我女儿的最新消息。"堂娜安赫拉的双眼再次湿润,"也许您不知道,是我求丈夫雇用你们去找她的。"

"您丈夫明确表示,禁止把您卷到这件事里来。"堂娜索菲亚回答。

"他是不想让我担心。"堂娜安赫拉说。

"多好的想法啊! 不想让您担心。"堂娜索菲亚说。

"他就是这样,做事情有他自己的方式。"堂娜安赫拉又把手收了回去,"不过,我以母亲的身份,拜托您告诉我查到些什么。您也失去过孩子,应该能理解我。"

"这是击打腰以下部位,"迪克逊大人突然出现在堂娜索菲亚的身边,悄声对她说,"她想对您情感勒索。"

"区别在于,我儿子被杀了,您女儿还活着。"堂娜索菲亚说。

"可是,失去孩子的方式有很多种。"堂娜安赫拉说,"马塞拉要是回不来,也就相当于死了。"

"也许,她不想回来。"堂娜索菲亚说。

"为什么她不想回来?"堂娜安赫拉反问,"这孩子什么也不缺,想怎样就怎样。"

"所以离家出走了,因为她想怎样就怎样。"堂娜索菲亚嘲讽地笑。

"我们就是搞不懂她为什么。"堂娜安赫拉说,"现在的年轻人,谁能搞得懂?想法都怪得很。"

"耐心点,堂娜索菲亚,"迪克逊大人说,"继续揭伤疤,揭到她露出新肉为止。"

"您丈夫跟她关系如何?"堂娜索菲亚问。

"再好不过,"堂娜安赫拉回答,"当她是亲生女儿。"

"那么,这个世界上最好的父亲对您如何?"堂娜索菲亚问。

"还能对我怎么样?"堂娜安赫拉不喜欢这个问题,"正常相处,相敬如宾。"

"可是您怕他。"堂娜索菲亚说。

"怕?怕我丈夫?我会怕我丈夫?"堂娜安赫拉指着自己的胸口笑。

"您神神秘秘地约我来教堂,就是不想让他知道,说明您怕他。"堂娜索菲亚说。

"您怎么敢说这种话!"堂娜安赫拉从椅子上跳了起来。

"夫人就像被蝎子蜇了一口。"迪克逊大人说。

"我只想知道,您想干什么?"堂娜索菲亚问,"找我来干吗?"

"要知道我和我丈夫亲密无间,"堂娜安赫拉说,"我没理由怕他。"

她又从烟盒里取出一支烟,大口大口地吸,烟雾气呼呼地从鼻子和嘴里冒出来。她又让自己躲在烟雾筑成的屏障后。

"她纯粹出于恐惧,才站在混蛋那边。"迪克逊大人说。

"那就容易得很,"堂娜索菲亚说,"您等我们调查完,把报告交给您丈夫。"

"看来您没心没肺。"堂娜安赫拉在海贝壳边急促地敲打香烟,想弹掉烟灰。

"看来您也没掏心掏肺。"堂娜索菲亚回答。

"有些事您并不知情。"堂娜安赫拉吸了最后一口,将烟蒂在海贝壳中按熄。

她眼圈红了，堂娜索菲亚猜不透她是被烟熏的，还是又打算哭。

"您得让她明白，放下面子和里子，敞开天窗说亮话。"迪克逊大人说。

"告诉我是哪些事，也许我能帮您。"堂娜索菲亚说。

"马塞拉一直是个很麻烦的孩子，"堂娜安赫拉说，"她会惹出各种各样的麻烦。"

"应该交到精神科医生手里，"堂娜索菲亚说，"可您丈夫不许。"

"您怎么知道？"堂娜安赫拉又从椅子上跳了起来。

"我们排除万难查到的。"堂娜索菲亚回答，"您丈夫付了钱，却不想让我们查出任何东西。"

堂娜安赫拉想去够那包烟，手抖得厉害，够不着。

"是她任性，拒绝接受专业医生的治疗，"她说，"真的。"

"不管怎么说，她需要照顾。"堂娜索菲亚不耐烦地回答，"脑子的问题，我不是学这个的，我也不懂。可是这姑娘的问题很严重，叫精神创伤。"

"这么说，您见过她，跟她聊过？"堂娜安赫拉问。这回，她抓的是堂娜索菲亚的手臂。

"推断而已。"堂娜索菲亚回答得很干脆，"没人绑架她，没人强行带走她，她是从自己家里逃走的。如果不是家里有什么让人害怕的东西，谁会从自己家里逃走？"

"害怕？"堂娜安赫拉放开堂娜索菲亚，似乎她的手臂很烫，"您说她害怕什么？"

"用不着调查一年，我们就会比您这个当妈的知道得多。"堂娜索菲亚回答。

"我一直是个好妈妈。"堂娜安赫拉抗议。

"您说的,您自己心里清楚。"堂娜索菲亚回答。

"为什么您要怀疑?"堂娜安赫拉反过来问。

"我坦白说,您不生气?"堂娜索菲亚问她。

堂娜安赫拉很恐惧,有些犹豫。

"嗯,我不生气……"她小声回答。

"您就这一个女儿,"堂娜索菲亚说,"如果您不知道为什么女儿会从自己家里逃走,您就不可能是个好妈妈。"

"我很疼她。"堂娜安赫拉单手握拳,放到嘴边去啃指节。

"别松劲,别松手,您已经抓住她了。"迪克逊大人说。

"或者,您一清二楚,知道她为什么逃走,只是羞于启齿,不想告诉我。"堂娜索菲亚说。

堂娜安赫拉哀求地望着她,去啃两只手的指节。

"我不知道。我发誓,我不知道。"她说。

堂娜索菲亚气得拍桌,那杯一口也没喝过的凉茶跳起来,溅得桌布全湿了。

"夫人,别演戏了!"她说,"您很清楚我在说什么。"

堂娜安赫拉张开嘴,吼声堵在某处,肺里,喉咙里,吼出来,是那种动物被人割喉时发出的惨叫。

教堂司事惊得从门口探进头来,堂娜安赫拉不叫了,挥手让她离开。

她站起来,手袋挂在胳膊上,缓缓地在圣器室里走,走到收拢华盖的拐角,折回,继续走,停下,检视沿途经过的物品——放在支架上的圣徒脑袋、医学院女学生的骨头、衣橱里的十字褡,最后总算回来坐下。

"行,我会对您坦白。"她说,"不过,您先帮我一个小忙,把马塞拉的情况告诉我。"

她想再点一支烟,可是已经划光了最后一根火柴。她把铝壶稍稍挪开,叼着烟,把头凑到小电炉的明火上。

"夫人习惯真差,会把头发烧掉的。"迪克逊大人说。

"您又耍我。"堂娜索菲亚叹了口气,"就为这个,您考虑了那么久?"

"我没耍您。"堂娜安赫拉镇定自若地吐了一口烟,"告诉我怎么找到她的。我保证,您说完,我说。"

"您认定我们已经找到她了。"堂娜索菲亚说。

"现在是您耍我。"堂娜安赫拉说。

"对不起,堂娜索菲亚,夫人说得没错,"迪克逊大人说,"现在不是继续逼她的时候,给她个机会吧!

"这件事说来话长,一波三折,"堂娜索菲亚说,"您就知道她很好,身边的人爱她、尊重她就行。"

"那您告诉我,她是怎么对您说我的?"堂娜安赫拉问。

"她怨恨您。您心知肚明,却从不对她伸出援手。"堂娜索菲亚回答。

"她不理解我的处境。"堂娜安赫拉说。

"她当然理解。"堂娜索菲亚说,"她知道,如果您站在她那边,那个男人会把您扔到街上去。"

"不是钱的问题,绝对不是。"堂娜安赫拉说,"我是怕闹出丑闻。"

"首先,您担心潘乔神父和皮奥基金会的人会怎么说、怎么想。"堂娜索菲亚说。

烟盒里还剩下最后一支烟,堂娜安赫拉用快抽完的那支续火。

"说潘乔神父的话错了。"她回答,"他一直在给我施压,让我将一切公之于众。他是我的精神导师。"

"他知道马塞拉逃走了?"堂娜索菲亚问。

"上飞机前我打电话告诉他的，"堂娜安赫拉回答，"被他骂了一顿。他早就提醒过我会发生这种事。他每天给我打电话、发短信，我已经不回了，不知道该说什么。他还在继续逼我。"

"逼您什么？"堂娜索菲亚问。

"逼我离开米盖尔，等女儿一出现，就跟她远走高飞。"堂娜安赫拉回答。

"潘乔神父做得好，我该祝贺他才是。"堂娜索菲亚说，"现在，咱们先兑现承诺，我想听听您的说法：从什么时候起，您知道丈夫性侵马塞拉的？从什么时候起，您闭口不言的？"

"我能见见她，见见我女儿吗？"堂娜安赫拉问，"她想见我吗？"

"这个最后再谈，您先回答我的问题。"堂娜索菲亚说。

"我几乎从一开始就知道。"堂娜索菲亚试图从容面对堂娜索菲亚。

"他干了这么多年龌龊事，似乎跟您一点关系都没有。"堂娜索菲亚说。

堂娜安赫拉咬紧抹着深红色口红的唇，低下头，香烟继续在指间燃烧。

"我是个胆小鬼，上帝把我造成这样。"她说，"潘乔神父提醒过我：上帝不行懦夫之路，不与懦夫为伍。可是我不敢，我做不到。"

"圣经《启示录》里写道：唯有胆怯的、不信的、可憎的、杀人的、淫乱的、行邪术的、拜偶像的和一切说谎话的，他们的份就在烧着硫黄的火湖里，"堂娜索菲亚说，"约翰称其为'第二次的死'。"

"您说地狱？"堂娜安赫拉问，"不用跟我说地狱，我已经生活在地狱里了。"

"甩掉自身的胆怯，褪去化脓的皮肤，您就会看见天国。"堂娜索菲亚说。

"我不知道《福音书》里的教导此时合不合适,堂娜索菲亚。"迪克逊大人说。

"马塞拉期望我做点什么,还是已经对我不抱任何希望?"堂娜安赫拉问,"她给我捎话了吗?"

"她不知道我跟您见面。"堂娜索菲亚回答,"不过,她是否对母亲不抱任何希望,完全取决于您。"

"烟都烧到手指了,夫人竟浑然未觉。"迪克逊大人说。

"您认为我能见她吗?她想见我吗?"堂娜安赫拉问,"我什么都愿意做。"

"'什么'指什么?"堂娜索菲亚问。

"带她出国,跟她一起走,离米盖尔远远的。"堂娜安赫拉回答。

"事到如今,只做这些恐怕不够。"堂娜索菲亚说。

"可是,潘乔神父只要我做这些。"堂娜安赫拉说。

"都这时候了,忘了潘乔神父吧!"堂娜索菲亚说,"今天下午三点,一切都会结束。"

"怎么个一切都会结束?"堂娜安赫拉站起来问。

"马塞拉要开记者招待会,亲口说出隐瞒至今的事。"堂娜索菲亚回答。

堂娜安赫拉总算发现烟蒂已经烧到手指,一甩手,把烟扔到地上。

"我女儿要当着全世界人的面,说她自己的事?"堂娜安赫拉问,"她要将所有隐私公之于众?"

"夫人,不是隐私,是暴行。"堂娜索菲亚回答,"专家劝告,要想过得安心,必须拔掉心头那根刺。"

"太恐怖了!"堂娜安赫拉的双手捂住了嘴。

"不，夫人，恐怖的是您女儿的遭遇，也是您的遭遇。"堂娜索菲亚说。

"那我呢？我该怎么办？"堂娜安赫拉问，她绝望地在空烟盒里找烟。

"去陪您女儿，跟她一起出席记者招待会，"堂娜索菲亚回答，"她需要您陪在身旁。"

"您这不是在难为我吗？"堂娜安赫拉摇了摇头。

"我用《申命记》里的话回答您，"堂娜索菲亚说，"'谁惧怕胆怯，他可以回家去，恐怕他弟兄的心消化，和他一样。'如果您依然胆怯，那就让马塞拉自我救赎吧！"

"堂娜索菲亚，您真是让我目瞪口呆。"迪克逊大人说，"活水教堂还要牧师干吗？您比那些远程讲授《福音书》的人讲得更好。"

铝壶里的水烧干了，发出嘘声，堂娜安赫拉停下，拔掉小电炉的电源插头。在堂娜索菲亚眼里，这个与目前紧张事态毫无关系的小动作让她觉得奇怪。

"您说记者招待会几点开？"堂娜安赫拉又坐下，问。

"下午三点。"堂娜索菲亚回答。

"在哪儿？"堂娜安赫拉问。

"哦，这可不行。"堂娜索菲亚回答，"您不答应陪她去，我就不能告诉您。"

"因为您不信任我。"堂娜安赫拉说。

"对不起，这是实情。"堂娜索菲亚回答，"我还不能完全信任您。"

"那您带我去。"堂娜安赫拉说。

"鱼儿上钩了。"迪克逊大人说。

"当然可以，非常乐意。"堂娜索菲亚回答，"马塞拉见到您，一定会高兴得要死。"

"那咱们赶紧,已经两点多了。"堂娜安赫拉看了看精致的卡地亚腕表。

17.就让全世界与我为敌

堂娜索菲亚乘坐堂娜安赫拉的雪佛兰前往尼加拉瓜人权中心。保险起见,她嘱咐"万事通"五分钟后再走,去中心会合。因此,当"肥肥"开着假出租车赶到天主慈悲教堂时,她们已经走远,沿着栎树大街主干道进入河马区,午餐时间各餐厅提供行政套餐的喧嚣已经沉寂。

大门只开了一半,"肥肥"停下,让架着两只高音喇叭的皮卡先过。两位司机打了个照面,仅此而已。"肥肥"依稀听过淘气包讨债鬼的故事,但从未见过讨债公司的主人;"万事通"了解这位警局要人的过去,还有他头上的一撮白毛、脸上的一堆痘痘,但了解得还是不够,没认出来,更何况他开的是一辆出租车。

"肥肥"将车开进教堂大门,发现院子里空空荡荡,只停着一辆小巴,正在卸一把低音提琴。他今天无论去哪儿,总是晚到一步。堂娜安赫拉没找到,堂娜索菲亚也没找到。他走到大祭台和圣器室,那儿倒是个私下会面的好地方,只是铁将军把门。

巴赫室内乐团的乐师们正在上面唱诗班的位置摆放乐谱架,从盒子里拿出乐器,打算开始排练婚礼伴奏曲。低音提琴已经就位,乐师们互开玩笑的声音传进了"肥肥"的耳朵里。

"肥肥"出门时,迎面看见教堂司事拿着一盒新蜡烛往里走。他远远地见她把皮奥·德彼特雷尔西纳神父祭坛上正在冒烟、即将燃尽的蜡烛替换成新蜡烛,怎么也想不到这个高大壮硕的女人其实很有必要好好审问一番。

在跟保镖们上出租车之前,他又自问一遍那个始终困扰他的问题:为什么乌苏拉嬷嬷会掺和进去?这位美国老太太的消遣是在东方市场给那些恶习缠身、无可救药的人一口饭吃。嬷嬷凭空消失了,警察在哪儿都找不到她。

"肥肥"哪里会想到,当天早些时候,嬷嬷在巴尔迪维索普世基督教中心的后院坐上了林肯大陆,让堂纳西索带她去兜风,兜到该去尼加拉瓜人权中心为止。他们就像一起去淘气的两个小伙伴,或是已经退休、成天闲得慌的两位老人,决定随便走走。不是说大隐隐于市吗?

"咱们去马那瓜新区好玩的地方转一圈,好不好?"嬷嬷向堂纳西索建议,"从哪儿开始,您决定。"

嬷嬷对羽翼之下的人十分了解。堂纳西索对国家统一与和解政府有发自内心的好感,却与它保持一定的距离,不让自己裹挟其中;不像全身心投入的埃莫赫内斯,嬷嬷常会批评他;也不像为了讨口饭吃参与街头镇压的塞拉芬,暴力镇压成何体统?然而,要是论埃莫赫内斯和塞拉芬两个到底谁更忠心,想都不用想,就像之前她跟莫拉莱斯探长说的那样,一定是塞拉芬。"肥肥"想让他招供,那可不容易。

堂纳西索彬彬有礼,再三坚持,嬷嬷总算答应像堂安塞尔莫本人那样坐在林肯后座。他们驶往一个转盘,三棵茂盛的金钟柏守护着一尊致乌戈·查韦斯将军的黄铜纪念碑,将军的平面雕像从太阳中升起,太阳中间盘着一条色彩鲜艳的蛇。

"头上的红色贝雷帽可以理解,"他们缓缓绕过转盘,嬷嬷问,"可是,为什么他的脸像胆汁一样黄?"

"因为他面向未来,沐浴着金色的阳光。"堂纳西索沉着应对。

"您说是太阳,我倒觉得更像花朵。"嬷嬷说,"那条蛇似乎有羽毛。"

"的确，那是我们印第安祖先的羽蛇，诞生在黑暗的阴间，死后又在永恒的天国重生，"堂纳西索回答，"是个很重要的象征。"

林肯轿车最后一拐，往北驶向古老的玻利瓦尔大道，现在叫从查韦斯到玻利瓦尔大道。

"这些金钟柏，您明白是什么意思吗?"嬷嬷看着通往湖边的金钟柏怪树林的林荫道问，"每回见着它们，我想破脑袋也想不通。"

"很简单。"堂纳西索回答，"东方精神导师赛巴巴认为：金钟柏连接天堂与地狱，秩序与混乱，生命与死亡，代表宇宙创造出的所有形态。不过，金钟柏尤其庇护统治者，防止他们被敌人算计。"

"看来您对这些神神秘秘的东西懂得还挺多。"嬷嬷说。

"我在罗伯托维尔贝斯市场买过一本旧书，叫《隐秘的世界》，书里把这些问题解释得很清楚。"堂纳西索说，"您要是想看，我借给您。"

"不用，您跟我讲讲就行。"嬷嬷说，"我想，种这些假树恐怕要花一大笔钱。"

"这些树有两种大小，"堂纳西索解释道，"一种高十七米，重七吨；另一种高二十一米，重十吨。每棵树需要三桶丙烯酸涂料。"

"说得就像您亲自参与了建造。"嬷嬷说。

"哪儿的话，嬷嬷，我只是稍加学习。"堂纳西索微笑着回答。

"那电费呢？这些树都是一亮一晚上，直到天明。"嬷嬷问。

"漂亮的东西总是烧钱。"堂纳西索回答，"这片森林晚上美轮美奂。每棵树上装了一万五千只 LED 灯泡，每只三瓦，也就是说，每棵树四万五千瓦。"

"您就没想过，耗这么多电，能惠及多少户穷苦人家吗?"嬷嬷用最真诚的态度问。

"我们的革命政府单单在今年就建造了五千户社会保障房，每户都有用电补贴。"堂纳西索回答。

"我真心希望他们赶紧给您分房子，免得您还挤在大院。"嬷嬷说。

"我那个片区的党委政治书记已经签过字了，我拿着文件去了市民委员会。"堂纳西索说，"可是，排队等房的名单很长，要有耐心。"

堂纳西索给嬷嬷展示体育馆、溜冰场、大型游乐场还有各部委所在地。嬷嬷觉得外交部像墨索里尼式的花岗岩陵墓，电信大厦尽管用色大胆，灵感依然来源于"二战"时的飞机棚。

巨大的人民战士雕像一手举着 AK 步枪，一手握着锤了，被大家亲切地称为"不可思议的浩克①"。雕像过去是信仰广场，毗邻装饰着各色喜庆彩旗的萨尔瓦多·阿连德游艺码头。

"瞧，多漂亮！"堂纳西索说，"水上乐园即将对外开放，由迈阿密一家专业公司承建。开凿了一条人工河，还有游泳池、下水滑道、激流、瀑布等。"

"没错，确实像在迈阿密。"嬷嬷说，"麻烦停车，咱们下去走走。"

堂纳西索挽着嬷嬷的胳膊，嬷嬷挨着他，完美地构成她想要的暮年夫妇周末出门散心的画面。

"国家剧院以文化巨擘鲁文·达里奥的名字命名，左手边就是举办国家庆典的国民大会堂。"堂纳西索指给嬷嬷看。

———————

① 浩克，美国漫威漫画旗下的超级英雄，初次登场于 1962 年《不可思议的浩克》第一期。他因为被放射线大量辐射，身体产生异变，会变身为绿色怪物，因此中文译名常为"绿巨人"。浩克几乎与漫威漫画中的每一个英雄和反派都交战过。

"很美,像费雪牌儿童玩具。"嬷嬷说,"我记得是台湾蒋介石的政府捐的①。"

"管它是什么政府,台湾还给我们捐了一个崭新的棒球场,具备举办大联盟赛事的规格。"堂纳西索说。

散步道的南边正在举办重武器展,有防空炮、多口径火箭发射器、重机枪等,首次公开展出的 T-72 型坦克最引人瞩目。一位年轻的官员态度亲切,滔滔不绝地向好奇的观众介绍:刚从俄罗斯购进八十台,用于保卫国家、打击贩毒。

"堂纳西索,您能想象用这么大的家伙去打击贩毒?"嬷嬷问。

"军事知识我很少涉猎,不懂的东西我不发表意见。"堂纳西索回答。

"哦,"嬷嬷靠紧他胳膊,"总算有您不知道的东西了。"

站在高高的人行步道上,可以俯瞰毁于大地震的老城区建筑微缩模型,还有全国各地殖民者建造的主要教堂,也是微缩模型,密密匝匝地拥在一起。

"很像小人国里的场景。"嬷嬷评论道。

"中美洲没有类似的微缩模型展。"堂纳西索自豪地说,"我没去过迪士尼乐园,都说咱们这个不比他们差。"

"应该在公园里加上尼加拉瓜火山带,利用某个装置热气腾腾地喷出岩浆,供观众消遣,"嬷嬷说,"再用另一个装置制造出大地微微颤抖的效果。"

他们很快来到刚刚开放的约翰·保罗二世博物馆,里面展出了教皇两次到访尼加拉瓜时用过的圣器和服饰,他擦过手的毛巾,进餐时用过的玻璃杯、咖啡杯、盘子、刀叉,从罗马带来的、沾着他血的沙漏,还将他睡过的床和所有家具悉数搬来,还原了第二次下

---

① 尼加拉瓜至今仍与台湾"建交"。

榻时的教皇使节官邸卧室。当然，他们也欣赏到多张教皇两次到访时经典时刻的放大照片。

"少了那张教皇指着跪在面前的埃内斯托红衣主教，指责他不愿放弃文化部部长职位的照片。"嬷嬷说，"教皇第一次来访时发生的事，当时革命刚刚成功，局势确实动荡。"

"干吗非要纠结那些不愉快的事？"堂纳西索问，"过去的已经过去，大家来博物馆是想来愉快一会儿。"

"您说的没错。"嬷嬷说，"还是那次，教皇露天弥撒发生骚乱的照片也不在这儿，那些照片也会让人产生不愉快。"

"他拒绝为阵亡者祈祷，差点被骚乱群众给剐了。"堂纳西索点点头，"那件事也要忘掉。"

中午嬷嬷请客，去一家提供特色菜的小饭馆。嬷嬷吃得很少，堂纳西索胃口大开，十分尽兴。两人回到车上，堂纳西索坐在驾驶座，等候嬷嬷的指示。

"去卡门区的尼加拉瓜人权中心。"嬷嬷说，"您在门口候着，等我把事办完。"

大厅中已经散落着五六名记者，外加一两名摄像师，桌子附近架着好几家电视台的摄像机。桌子后面的墙上钉着一块帆布，上面印着尼加拉瓜人权中心的标志——一只张开的手，像一只正在飞翔的鸽子。下面写着口号："不维权，就没权。"

嬷嬷在最后一排坐下，发现前排坐着一名神色不安的贵妇，手上的烟快抽完了，正在找地方弹烟灰。坐在她身边的堂娜索菲亚从桌上撤下一只杯垫，递给她。

这名贵妇很像记忆中马塞拉的母亲。一次，嬷嬷去办一批罐装奶粉的捐赠手续，远远地见她走进皮奥神父慈善基金会的办公室。是她吗？在这里见到她，真是让人匪夷所思。

这时，马塞拉本人在努涅斯博士和两名身着短袖衬衫、打着领带的尼加拉瓜人权中心律师的陪同下进入大厅。她似乎因为刚从黑暗中走出,突然亮得炫目,就眨巴着眼睛到处看,看到贵妇,立即跑上前去,路上差点被椅子绊倒。嬷嬷疑问顿消。

母亲站起来,和女儿紧紧拥抱了好久。嬷嬷和堂娜索菲亚目光相遇,她无比钦佩地想:这是堂娜索菲亚的杰作,这个貌似从未放下过抹布和拖把的女人有能力创造奇迹。

莫拉莱斯探长很快在卡夫雷拉学士的陪同下来到大厅,看见堂娜安赫拉,也由衷地对堂娜索菲亚表现出钦佩之情。如今,堂娜安赫拉不再拿着园艺用弯刀割黄边红冠赫蕉了,而是从手袋里掏出一包纸巾,先给女儿拭泪,再为自己拭泪。

过了一会儿,努涅斯博士过去,马塞拉将她介绍给妈妈,三人简短地聊了几句,往桌边走。卡夫雷拉学士也加入她们的行列中。

莫拉莱斯探长挂着手杖站在门边。"万事通"抬起帽子,跟他打招呼,经过他身前,坐到嬷嬷身边。堂娜索菲亚没有明令禁止他参加活动,所以,他就自说自话地来了。

这时,芳妮气喘吁吁地赶到,跟莫拉莱斯探长解释她原本想第一个到,谁知死活打不到车,所以来晚了。芳妮想跟他站在一起,探长激动地比画,让她去找位子坐。她嘟囔着坐在"万事通"身旁。

努涅斯博士开始感谢到场的各位记者朋友,记者招待会的主题事先没有透露,听完控诉,原因自明。她介绍马塞拉,请她发言。

弗朗西斯是个卷头发、皮肤黝黑的干瘦姑娘,穿着印有中心标志——那只变成手掌的鸽子——的文化衫,坐在第一排,握着手机,拇指急切地悬在屏幕上方,准备发推文。

马塞拉端起面前那杯水,喝了一大口,不松开堂娜安赫拉的手,不慌不忙、镇定自若地开口:

"各位,我是米盖尔·索托·科梅纳雷斯性侵的受害者。我是他养女，身边这位是我母亲。"

严正控告企业家#米盖尔·索托#性侵，记者招待会开始，
召集人为受害者——继女马塞拉·索托。

马塞拉似乎在读一篇书面稿，从十二岁开始遭受性侵说起，地
点在迈阿密巴尔港索托豪宅。索托号称要教她游泳，举动一次比
一次大胆。回到马那瓜后，他又借口要教她骑马，把她带到埃斯基
普拉斯地区的自家马厩，尾随她进入更衣室，逼她当着自己的面，
脱衣服，换骑马服。脱到只剩内裤时，索托赞美她开始发育的身
体，抚摸她的小乳房、屁股和生殖器，提醒她这个游戏只能跟他玩，
跟别人不行。

#马塞拉·索托叙述从十二岁起，继父对她#性骚扰，先在
迈阿密，后在马那瓜愈演愈烈。

每次单独在一起，他都会说：她已经是个女人了，她已经来例
假了，为什么要浪费自己呢？他说自己那么爱她，可以当她的老
师，教她，之后，她自然会要更多。可他也变得越来越暴力。她想
从他身边逃走，他抓着她的小胳膊，强行将她留下，威胁她说要严
惩。他说要把她绑架到名下最偏远、位于希诺特加山区的欢闹庄
园，藏进放农具的仓库，那里有许多蝙蝠窝，还有人打死过一条响
尾蛇。或者，他会神不知鬼不觉地在她食物里放点东西，让她掉头
发、掉牙齿。她就像跟故事中的吃人魔王生活在一起。

后来，他又转成糖衣炮弹，提供游轮，让她去环游加勒比海中
的小岛；把最心爱的马儿"火花"送给她，直接转到她名下；给她一
张白金卡，衣服玩具随便买。这个阶段持续了将近一年。

弗朗西斯嘴张大、拇指悬空，惊呆了。突然，她晃过神来，
打字：

一年里,#米盖尔·索托用威胁、恐吓、勒索以及糖衣炮弹的方式对待#马塞拉·索托,以达到他无耻的目的。

马塞拉显得十分疲惫,直喘气,似乎跑步上坡,跑了好长一段。她看了看母亲,握紧了一直没有松开的手,接着往下说:

第一次强暴,发生在 2005 年 5 月 23 日星期一大约下午四点。她原本应该参加的学校排球赛因下雨取消。回家路上大雨滂沱,周围什么也看不清,司机将雨刮器调到最快,视线依然很差。当她看见索托站在从车库进家的楼梯旁时吓了一大跳。那回,偌大的房子里空空荡荡,仆人全消失了。而你,妈妈,正在皮奥神父慈善基金会接待国际明爱代表团。我怕极了,似乎没有一点力气。他牵着我的手把我带进卧室时,我没有反抗,只记得雨水愤怒地打在落地窗上,似乎想把窗户打破。他关上门,锁上保险,帮我脱掉衣服,让我躺在床罩上,做了他想对我做的事。然后,我必须发誓,一辈子不说出去,因为这是我们的秘密,永远将我们联系在一起。如果我跟别人说,特别是你,妈妈,谁也不会信,我会变成谎话精;即使有人信,我也会丢自己的脸,以后没人愿意娶我。他每次都说:嘴巴小心,我会盯着你的。

"这是我们的秘密。就算你说出去,也没人信。"#米盖尔·索托第一次在自己卧室强暴#马塞拉·索托后,提醒她。

堂娜安赫拉偷偷地、缓缓地松开马塞拉的手,抓着椅子边,拼命忍住,不让自己逃走。女儿的声音在无情地敲打她,反反复复。

地狱,她的生活变成地狱。妈妈每次去皮奥神父慈善基金会,她都会哭着央求妈妈带上她,她会自己做作业,不会烦她,可妈妈从来不理。说到这个,马塞拉侧着脑袋,满怀同情地看着妈妈,似乎妈妈是受害者,不是她。妈妈,我知道你心里明白。我不说,因为我不敢说。可是家里就像有具尸体散发恶臭,谁都能闻到,你就是不开口。他知道你去做慈善，会突然回到家里。我怕极了，赶紧躲到他找不着的地方去，可他每回都能找着。家里没有人，每回仆人们都会凭空消失，似乎对自己的角色心知肚明，集体退场，任他对我为所欲为。

#马塞拉·索托过着地狱般的日子。多年来，她屈从于#米盖尔·索托的淫威，任他奸淫。

堂娜索菲亚在座位上一动不动，用相机对准马塞拉的脸近距离拍摄；有时拉成中景，把堂娜安赫拉也拍进去；或放大视角，让努涅斯博士和卡夫雷拉学士也出现在镜头中。

"我被送到美国范德堡大学念书时，还以为终于摆脱了他的魔爪。可全都是我痴心妄想。他会突然坐着喷气式飞机，降落在纳什维尔机场，来校园看我，逼我离开宿舍，去他预订的酒店。那段日子，我人渐渐蔫了，根本打不起精神学习，课程勉强及格，或索性不及格。我把自己关在房间，害怕接到他下次从飞机上打来的电话，告诉我，飞机即将降落。我突然不想活了，感觉全世界的门都对我关上，就像被关在他吓唬过我的有蝙蝠和毒蛇的仓库。我情绪紧张，得了厌食症，医生给我开安神药。一次，我决定吞下一整瓶，可是我吐了，全吐了，捡回了一条命。我只要拿着托盘排队，一闻到学校咖啡厅食物的味道就想吐。"

#马塞拉·索托去美国念书，#米盖尔·索托穷追不舍，她差点自杀。

"这个局面一直维持到本月，我决定彻底给它画上句号。我不怪妈妈，我们俩和一个自认为无所不能的罪犯生活在同一个屋檐下，已经被吓傻了，动弹不了。今天，我之所以出现在这里，是因为我终于鼓足勇气，躲开打手的监视，远离摧毁我生活的刽子手。这个人已经自大到想出最后一招，要把我嫁给他的智障侄子，在婚姻的幌子下继续他的兽行。凭他的财力,婚礼将极尽奢华,在尼加拉瓜前所未有。"

#米盖尔·索托#的性侵持续至今,#马塞拉·索托受到威胁,出于今后的生活考虑,不得不逃走。

莫拉莱斯探长发现十七频道的记者从桌上撤走了麦克风,他的摄像师绕好电线,从三脚架上取下摄像机,折好三脚架。两位其他媒体的记者也迫不及待地离开,似乎听到的这番话会让他们有性命之忧。

"我知道米盖尔·索托大权在握,会说我谣言中伤;我知道很快会有舆论攻势,说我是谎话精,情绪不稳定,是精神病患者。可是,我在这里见到了妈妈,她赶来支持我,给了我力量,让我觉得漫漫长夜,终于能看见曙光。就让全世界与我为敌吧,我已经准备好去承受。谢谢你,妈妈,我很爱你。"

她亲了亲堂娜安赫拉的面颊,堂娜安赫拉面无表情。

"我曾经鼓足勇气对一些人敞开心扉。感谢他们听我倾诉,助我逃跑,帮我寻找安身之处。为了不连累他们,名字不便透露。我的话完了。"

努涅斯博士言简意赅,只宣布尼加拉瓜人权中心的司法团队会根据尼加拉瓜刑法的相关条款,立即对米盖尔·索托·科梅纳雷斯提出犯罪指控。卡夫雷拉学士随即朗读了事先准备好的一张纸:

受害人已经接受过专业诊断。从医学角度讲,由于受到长时间的性侵,且施暴者在家庭、社会、经济乃至政治层面大权在握,受害人严重抑郁。病理表现为:失去自尊,自我鄙视,恐惧社交,尤其是情感交往,只有自我封闭,才能找到安全感。受害人勇敢地站出来指控,迈出了康复的第一步,接下来将会借助合适的药物,继续心理方面的治疗。

"您能保证这位小姐所说的话不是精心设计的谎言?"没等她念完,一位瘦削的银发记者便发问道,"索托农艺师是个好人,他是模范企业家,创造了许多就业岗位。这是在诋毁名誉。"

"这家伙叫'瘦公鸡',""万事通"凑近了,对嬷嬷耳语,"据我所知,出了名的收受贿赂。索托名下哪个公司的人肯定给过他好处。"

"我为这位小姐所说的每句话担保。我是她的主治医生,有能力鉴别她证词的真实性。"卡夫雷拉学士毫不犹豫地保证。

"您指谁的名誉?"马塞拉第一次表现激动,质问站起来正要离开的"瘦公鸡","那混蛋毁了我的名誉,您还要去维护他的名誉?"

"我是来提问的,不是来被人提问的。""瘦公鸡"说着,往门口走。

心理医生卡夫雷拉学士支持#马塞拉·索托,证实#米盖尔·索托的#性侵导致其抑郁。

芳妮苦着脸、壮着胆子走到莫拉莱斯探长的身边,对他说:

"喂,我的小祖宗!这场活动完全以失败而告终,只剩下两名记者和十二频道的摄像师。"

"按照预估,最重要的是网络。"莫拉莱斯探长回答。

这时,推特转发量已经破千。看来,标签这个工具的确很实用。

"夫人呢?她就一直不说话?"芳妮问。

莫拉莱斯探长正想回答他不知道,突然听见努涅斯博士宣布:

"最后,有请受害人的妈妈——安赫拉·孔特雷拉斯·德索托夫人发言。"

大厅几乎完全走空，堂娜安赫拉茫然不知所措地往各个方向张望，最后直接面对堂娜索菲亚的摄像机。

"我百分之百站在女儿这边。"声音几不可闻，就这些。

安赫拉·德索托出现在记者招待会现场，表示百分之百支持女儿#马塞拉·索托。

在场记者又提了两个问题，一个是《日报》记者阿玛莉亚·莫拉莱斯问的，另一个是《秘闻》周刊记者阿莲·塞尔达问的。

阿玛莉亚问堂娜安赫拉，明知女儿被自己丈夫胁迫，成为他的情人，为什么多年来保持沉默？堂娜安赫拉好半天才意识到这个问题是问她的，看了看马塞拉，失声痛哭。

"我来替妈妈回答。"马塞拉说，"我再重申一遍，妈妈和我一样，吓坏了。不管怎样，重要的是，她有勇气来支持我，明知此举会永远改变他们的夫妻关系。我们母女比任何时候都靠得更近。"

阿莲问马塞拉，是否意识到有一架强有力的机器在支持索托，媒体、律师、法官、检察官，他们会扑上来，将她碾碎。

"我太清楚了，刚才我也提到。"马塞拉微笑着回答，"可是，我追寻的是道德公正，让大家看清楚他究竟是个什么样的人。司法公正方面，只能等待最糟糕的结果。"

活动结束。马塞拉告诉妈妈，她决定当天就离开尼加拉瓜，堂娜安赫拉听了，表示同意。美国航空公司飞往迈阿密的班机下午六点起飞，她们得赶紧。堂娜安赫拉自己提出开雪佛兰送女儿去机场。

马塞拉走到莫拉莱斯探长身边跟他告别。芳妮站在一旁，就是不挪窝。

"您要赶紧走得远远的。"马塞拉提醒他，"丑闻一爆，他们会来这儿找您。"

"我这就走。嬷嬷希望卡莫纳大夫把我藏在他家里，"莫拉莱斯探长回答，"等'肥肥'气消。"

"这是我在迈阿密的电子邮箱和电话，我们保持联系。"马塞拉递给他一张小纸条，亲了亲他的两边面颊。

芳妮气得发疯。更过分的是，马塞拉冲她点个头就走。

"还亲两下，似乎亲一下还不够。"她说。

"堂娜芳妮，这是欧洲方式。"迪克逊大人突然发表意见，"您应该庆幸，幸亏不是俄罗斯方式，那要口对口吻别。"

莫拉莱斯探长被逗得呵呵直乐，芳妮气急败坏，认为这是在笑话她。"万事通"急着跟他比画，自己去外面等，莫拉莱斯探长趁机赶紧脱身。

"这么长时间，你躲哪儿去了？"他一边出门，一边问迪克逊大人。

"我哪儿都没去，"迪克逊大人回答，"就在这儿，一句话没说，坐在黝黑皮肤的姑娘弗朗西斯身旁，看她大显身手发推特。马塞拉的指控已经在网上成为热门话题。"

"真想看看索托那张惊恐万分的脸。"莫拉莱斯探长说。

"要等黝黑皮肤的姑娘弗朗西斯把堂娜索菲亚拍摄的视频挂到 YouTube 上。"迪克逊大人说，"她在火速撤离前，把摄像机的存储卡留给弗朗西斯了。"

"哦，堂娜索菲亚！我看到她过去的，她都没跟我说再见。"他们走到门口，莫拉莱斯探长回答。

"嬷嬷让她步行离开作为迷惑。"迪克逊大人说，"她自己去蒙托亚雕像那儿打车走。"

"我都习惯听从嬷嬷大人的愿望了。"莫拉莱斯探长问，"忠心耿耿的堂纳西索呢？"

"正在前往东方市场的出租车停靠站，打算向片区委员会提出申请,在他住的大院天井里栽一棵金钟柏。"迪克逊大人回答。

"但愿这棵铁做的树能给他结好果子吃。"莫拉莱斯探长说。

"您赶紧上车,'肥肥'离这儿还有三个街区。他气急败坏,来势汹汹。"迪克逊大人说。

"万事通"在驾驶座上给他开门,他一上车,赶紧发动。皮卡正往北,打算上泛美公路时,一辆摩托车横在街口,另一辆摩托车锁住南边街口。

"喇叭打开,话筒给我。"莫拉莱斯探长吩咐"万事通"。

音量太高,喇叭发出尖利的啸声。"万事通"的手哆哆嗦嗦,将音量调到适中。

莫拉莱斯探长对着话筒吹了两三下,热情洋溢地开口:

"索莱卡红药膏,专治红肿、皮疹、痤疮、疖子、疱疹和其他各种疹。别在不听话的粉刺前败下阵来,只擦一次,您的皮肤就会像婴儿屁股那般光洁……"

肉红色出租车出现在尼加拉瓜人权中心门前。从摩托车上下来一位警察,举起戴着橙色手套的手,拼命招呼"万事通",让他赶紧走。

18. 忧伤与无力

莫妮卡·马利塔诺约下午四点半走进米盖尔·索托的办公室,高跟鞋急促地敲打地面。大事不好,她赶紧来汇报:网上曝出丑闻,尼加拉瓜人权中心突然召开记者招待会,现在已经结束。

她带了 iPad,结结巴巴地将国内外几十个网站正在转发的推特读给索托听。读到最后一条,她不禁偷着乐,将 iPad 举到他眼前:

安赫拉·德索托出现在记者招待会现场,表示百分之百支持女儿#马塞拉·索托。

索托从她手里夺过 iPad，摔在地上，就像查尔顿·赫斯顿①在电影《十诫》中将写着戒律的石板摔在地上，iPad 的屏幕被摔得粉碎。他冲着公关助理大吼，怪她建议自己雇那个挂着手杖的瘸子侦探，不等她反驳，说这恐怕是他夫人的建议，他又大吼着撵她出办公室，一把抓起办公桌上的铜马头镇纸，想要砸将过去。莫妮卡赶紧消失在门外。

等一个人了，他又将怒火发泄在"肥肥"身上，快中午才好不容易跟他通上电话，他一定忙别的事去了，没把他的事放在心上。要不，那个满脸痘痘的警察就不像传说中那么有本事。

他又给"肥肥"打电话，这次一打就通，刚结束紧急围捕行动的"肥肥"正在从尼加拉瓜人权中心往回赶。莫拉莱斯探长从他手里跑了，前后只差几分钟。

"您放心，我们马上见面。""肥肥"说。

"现在见面还有什么用？"索托苦恼地说，"我的生活已经被您毁了。"

"农艺师，可以将伤害降到最低。""肥肥"说，"让您的人赶紧行动，去堵缺口，管住那些不听话的媒体。不多，没几个，但会坏事，今天早上我们聊过。"

"我的公关助理是个废物。"索托说。

"那您就亲自打电话过去，直接打给各媒体老总。""肥肥"说。

"网络呢？谁去控制？"索托问。

"过两天就没人记得了。这个我们也讨论过。""肥肥"回答，"更何况，您继女今天已经去了迈阿密。当事人都走了，还有什么

①　查尔顿·赫斯顿(1923—2008)，美国演员，代表作为电影《野性的呼唤》《十诫》等。

闹头?"

"她走了?"索托惊讶地问。

"忘了她吧！将她从您的生活中抹去。""肥肥"说,"我还有个忠告,您别躲,该干吗干吗。"

"我还能怎么办？明天一早在蓬塔卡纳有个很重要的会,今天就要出发。"索托说,"可事到如今,我还有什么脸面出现在多米尼加合伙人的面前?"

"摆出您最好的表情,开开心心、完全不担心的表情。""肥肥"说,"把夫人带在身边,你们俩最好走得远远的,去度个假。"

"刚发生这么多事,"索托问,"安赫拉和我坐飞机去度假?"

"农艺师,别那么没种,请原谅我有失尊重,""肥肥"说,"想止损,她是最重要的一张牌。除了您,还有谁能让她迷途知返?"

"我都不知道去哪儿找她。"索托说,"也许,她住到别处去了,比如酒店。"

"她亲自送马塞拉去坐飞机,""肥肥"说,"母女俩刚进机场的贵宾候机厅,十五分钟后登机。母女俩告别后,她会落单,茫然无助。那时候,您可以登场。"

"我没觉得那么容易。"索托叹了口气。

不过,话音刚落,他就给堂娜安赫拉的司机打电话,命他等夫人出航站楼,哪怕夫人不愿意,也直接带她去总裁飞机棚,他的"猎鹰"私人飞机正等在那儿。接下来,他又吩咐了些其他事。

这时,小曼努埃尔哭红了眼进门。

"叔叔,网上写的那些是真的吗?"他握紧拳头,挑衅地走过来问。

"你真是狗改不了吃屎!"索托平静地对他说,"你不知道我在生意场上有很多敌人吗？马塞拉因为记仇,自愿给他们当枪使。凡是继女,都会记仇。"

“她是我的未婚妻。”小曼努埃尔啜泣道。

“别说傻话了！你很清楚，她从来都不是你的未婚妻，”索托说，“是我想把她嫁给你。可是一切都结束了，我们会给你找个更般配的。”

“为什么她控告时，婶婶也在？”小曼努埃尔问。

“因为她骗了婶婶。”索托回答，他过去拥抱小曼努埃尔，“马塞拉已经挽回不了，咱们还可以挽回婶婶。你知道的，她是个好人，就是太单纯。”

“没错，叔叔。”小曼努埃尔点点头，“她做慈善，就是犯傻。有人免费供吃供喝，干吗还要努力工作？”

“你婶婶正在飞机棚里等我们，”索托说，“我们仨去蓬塔卡纳。”

“我也去？”小曼努埃尔问。

“你不是听到了吗？我去开完会，咱们在那儿休息几天。”索托回答，“婶婶和我有很多话要说，你自己去钓鱼、开游艇、蹦迪。”

那时候，莫拉莱斯探长已经安全地待在“万事通”位于莱斯卡诺阁下区的家里，整个家就像一只坚不可摧的牢笼。为了防止不相干的朋友到访——“万事通”往往称之为强盗，车库大门和一层所有门窗都安装了牢固的阿拉伯花叶饰铁栏杆，二层阳台也用编辫饰铁栅栏封得严严实实。

回廊面向庭院，也封了栅栏，当起居室。那儿摆着另一套摇椅，跟购物中心办公室那套一模一样。还有一张八人餐桌，家具店老板送的，感谢他成功帮忙讨回债务。每把椅子的靠背上方都雕着一头展翅高飞的鹰。餐桌一端摆着他那台老掉牙的电脑，二十四小时开机，翘首以盼从科特迪瓦发来的邮件。

一堵薄墙隔开了诊疗室和临街的候诊室，尽管诊疗室被依法责令关闭，所有陈设依然保持原样。一张妇科检查床，教堂司事曾经羞愧难当地躺在上面；一只放置医疗器械的玻璃橱；一块摆满医疗样本的搁板，样本已经失效多年；一张蒙着桌布的办公桌，上面摆着希波克拉底的半身像和家里的胶木电话机。候诊室如今已是鲍勃·艾斯庞哈的卧室，满城活动的工具脚踏车也放在卧室中。

"万事通"刚把皮卡停进车库，跟客人走进回廊，就听见电话响，他进诊疗室去接。

"'肥肥'下令，把我们关在美发廊。"奥威迪奥的声音如同来自深井。

看守饿得不行，去库斯卡特莱科酒吧买玉米奶酪馅饼去了，跟他们说，要是谁敢离开，跑到哪儿，他都会用枪打断他们的狗腿。

"大笨蛋！""万事通"对他说，"还不赶紧跑？跑得远远的。"

"可是阿波罗尼奥吓得屁滚尿流。"奥威迪奥说。

"那你跑，把他留在那儿！胆儿这么小，活该让人修理。""万事通"回答。

"好吧。"奥威迪奥的声音越发幽远，他挂了。

"问题是，他们随时会去搜查侦探所。""万事通"把跟奥威迪奥的通话内容讲给莫拉莱斯探长听，探长对他说，"要从那儿取出索托给我的美金。"

"您只要告诉我确切位置，鲍勃·艾斯庞哈负责去取。""万事通"回答。

"行。不过，还得通知堂娜索菲亚。她会干傻事，自己回去取。"莫拉莱斯探长说。

"她被嬷嬷请走，人在神堂，也让鲍勃·艾斯庞哈去提醒一下。""万事通"回答。

他们把人叫来，莫拉莱斯探长让他大声复述进了侦探社之后的行动步骤。鲍勃·艾斯庞哈张大嘴巴呼吸，似乎喘不过气来。不过，刚开口的坎儿过去，他倒是能证明自己，该记的全都在脑子里了。

鲍勃·艾斯庞哈刚推着脚踏车出门,电话铃又响了。还是奥威迪奥。他们俩跑出来了,在工人之家公交站台给他打电话。阿波罗尼奥被迫免费给那个大块头看守剪了个莫西干人发型。当他拿着玉米奶酪馅饼,一边吃一边往回走的时候,哥儿俩一路狂奔,跑到了购物中心出口。胜利的是,尽管匆忙,他们还放下了美发廊的金属卷帘门。

莫妮卡·马利塔诺的厨娘埃尔梅琳达打算把他们藏在自己家里,她家在南方公路塔博尔山附近。

"瞧你们待的都是什么地方!睁大眼睛,""万事通"提醒他,"别让那个厨娘通知女主人,把你们给卖了。"

"我们没有别的救命稻草。"奥威迪奥说。

"亏他们想得出,还放下卷帘门!""万事通"把新的通话内容说给莫拉莱斯探长听,"不管怎么说,门会被强行撞开,等搜查完,连把梳子都不会给他们剩下。"

快七点,他们坐在电脑另一侧的桌边,吃点"万事通"收在面包篮里的意大利面包,喝点谢勒可乐。那是一种古老的汽水,他曾经推荐给产妇,用作产后康复,如今在食品店里很难买到了。

莫拉莱斯探长连续很多个小时没睡觉,处于紧张状态中,更想喝三份甘蔗花朗姆酒。可是在那个大牢笼里连酒的影子都找不着,"万事通"早就给自己下了禁酒令。

"您打算拿吊顶里的钱做什么?""万事通"伸手去取一块意大利面包,"不会拿去还给索托吧!"

"当然不会。"莫拉莱斯探长回答,"做什么,还没想好。"

"我有个建议,""万事通"非常小心地一点点啃面包,"我把我小小的资产投资到一桩生意里,手头没现金了。能不能短期借给我?利息非常丰厚。"

"是什么生意?"莫拉莱斯探长问,"您要买个赌场?"

"才不是芝麻绿豆大的小生意。""万事通"和和气气地笑,"我要继承一笔数目可观的遗产,前期需要支出一些费用办办手续什么的,弄得我现在一贫如洗。"

"我都不知道,您居然像电影里演的那样有个富婆阿姨。"莫拉莱斯探长说。

"是科特迪瓦有个寡妇,""万事通"回答,"她快死了,让我做她遗产的全权继承人,我所有的资产都花在办理司法认证和银行事务上了。"

"这些手续费,您都转给谁了?"莫拉莱斯探长已经从好奇变成惊恐。

"转给寡妇的律师,用来办理银行转账。""万事通"回答。

"提议您做继承人的消息是从网上发来的?"莫拉莱斯探长问。

"是我红运当头,收到了这位老人弥留之际的来信。""万事通"伸手去拿洒了糖霜的甜甜圈,"她选中我,以她的名义,将遗产用于慈善事业。可俗话说得好,先济己,再济世。"

"对不起,大夫,别跟我说这些细枝末节的东西,您被骗了。"莫拉莱斯探长说,"您天真地落入了国际犯罪组织的坏人手里,他们利用互联网行骗。"

"我天真?""万事通"哈哈大笑,"就算我借钱借的不是时候,您也不用找这种借口来搪塞我。"

"真不是借口,我只是提醒。"莫拉莱斯探长回答。

这时,铃铛响了,有新邮件,就像做弥撒时侍童摇铃,即将举扬圣饼。

"寡妇死啦!""万事通"大叫着跑向电脑。

他在读邮件时屏幕的光照亮了他的脸。

“是堂娜芳妮的邮件，”他失望地说，“应该是堂娜索菲亚把我的邮箱地址告诉了她。您过来看一眼，内容只跟您有关。”

莫拉莱斯探长没看就能猜到邮件内容，他羞愧难当地坐在电脑前：

我亲爱的：

　　最近发生了一些事我要写一封痛苦和愤怒的邮件给你如果你要为那个狗屎不如的傻逼姑娘踹了我你直接跟我说就好可是我最恶心的是你的欺骗和背叛如果你就这么扔下我是因为你看我病入膏肓姿色全无天都塌了所有不幸都落在了我头上从堂娜比尔马的人权中心出来后我立刻去了卢克莱西亚表姐家她给我拿塔罗牌算命证实了这一点她抽出的前两张牌是一张剑花压着一张棒花她说结果显而易见你只有认命接受但是我不认命不接受我最后再问一次扔下我是你的想法吗如果是那好咱们到此为止可是我的心在滴血因为你太残忍太负心整个地球上就找不到第二个过去共度幸福时光的爱人向你告别不会忘了你她只不过是个跟继父上床的小臭婊子这种人把你从我怀里夺走瞧瞧你就是个接盘男。

　　祝好！

芳妮

莫拉莱斯探长按了删除键，把邮件删了，更加羞愧地抬不起头来，回到桌边原来的座位。

“说回到寡妇遗产那件事……”他说。

“别提了，我不想逼您借钱，就当是朋友跟您说了点知心话。”“万事通”说，“想给的，自然会给。现在，您跟我说实话，您当真爱上了那个遭遇不幸的小姑娘？”

“老牛吃嫩草，痴人说梦。”莫拉莱斯探长回答。

"探长,这跟年纪无关,只跟感情有关。""万事通"问,"是？还是不是？"

"这么说吧,我想她的时间有点多。"莫拉莱斯探长悔恨地回答。

"这就是爱,""万事通"说,"谁试过,谁知道。"

"我老了,这可不是开玩笑。更有甚者,我是残废。"莫拉莱斯探长说,"现在情况更糟,我是个没工作的老残废。"

"老马识途……""万事通"说。

"探长,您还没老到让别人用勺子喂糊糊的地步。"迪克逊大人说,"对不起我来晚了,这房子这么多栅栏,我好不容易才进来。"

"只是我想她的时间有点多,"莫拉莱斯探长说,"我敢保证,那姑娘没花时间想我。"

"柏拉图式的爱情,""万事通"说,"意思是一无所获,您应该对她敞开心扉。"

"大夫,您疯了吗？"莫拉莱斯探长居然还笑得出来,"我们生活在不同的行星上,她在木星,我在冥王星,冥王星都已经不是行星了。"

"所以,我在无产阶级群体中寻找爱人,""万事通"说,"就不会面临这种难题,或者说,阶级难题。"

"还有,她远在迈阿密,肯定再也不会回来了。"莫拉莱斯探长说。

"也许,'阿涅利'会借您私人飞机,让您去看她。"迪克逊大人说。

"不是发明了电话吗？别怕,您给她打电话。""万事通"说,"堂堂游击队员,居然害怕？我才不信！"

"用 Skype 更好,"迪克逊大人说,"恋爱中的人还能看见对方的脸。"

"人总有一怕，"莫拉莱斯探长回答，"最糟的是怕出丑。"

"尊敬的探长，您瞧好了，""万事通"说，"那姑娘现在脆弱着呢，正好需要人保护。"

"一个新继父，好去替代索托。"莫拉莱斯探长忧伤地笑。

那时候，他想要的已经不是三份甘蔗花朗姆酒，而是一整瓶七年窖藏甘蔗花朗姆酒。

"别拿自己跟索托比，不值当。""万事通"批评他。

"同志，您又没强暴谁，只是单纯地落入情网。"迪克逊大人说。

"我可没拿自己跟他比，犯得着吗？"莫拉莱斯探长回答，"但我不喜欢您给我戴的这顶傻瓜保护人的帽子。"

铃铛又响了，"万事通"以为又是芳妮，不急不忙地走到电脑边上。

"死啦！""万事通"欢欣鼓舞，"寡妇终于死啦！律师通知我啦！"

"现在，他要您再转一笔钱作为殡葬费，因为死者的账户还是不能动。"莫拉莱斯探长说。

"您怎么知道的？""万事通"神色大变，"他们要我再转五千美元，用来办理死亡证明、处理遗体、购置棺木以及殡葬许可。"

"瞧瞧，"莫拉莱斯探长说，"您把钱转过去，下回再写信让他们交付遗产时，您的邮件会被退回，说地址不存在。他们专门建些账户，等骗完钱再销户。"

鲍勃·艾斯庞哈走进回廊，骄傲地推着脚踏车，全部搞定，装钱的麻布袋子塞在衬衫底下。完成任务后没几分钟，"肥肥"的手下就冲进了购物中心，搜查侦探所，捣毁美发廊。鲁文·达里奥的石膏像碎成两半，被扔在拱廊，旁边是一堆乱七八糟的假发。不过，"淘气包好办事"的办公室他们没碰。

去购物中心前，他按要求先去神堂通知了堂娜索菲亚。

莫拉莱斯探长接过麻布袋子，掏出银行信封，里面装着五千美金的预付款，递给"万事通"。他还坐在电脑前，呆呆地盯着屏幕，仿佛被催了眠。

"大夫，给。"莫拉莱斯探长对他说，"您要是乐意，明天就把钱转过去。"

"万事通"的眼神离开屏幕，沮丧地看着他，回答：

"谢谢您的仗义疏财。钱收好，拿去派上更好的用场。"

莫拉莱斯探长绕到他身后，见他已经打开了维基百科词条，页面上列出了"尼日利亚集团"从拉各斯实施的各种典型诈骗案例，最常见的一种便是医治无效的有钱寡妇找人继承遗产做慈善。

"既然如此，您现在比平时更需要这笔钱。"莫拉莱斯探长把信封放在桌上。

"我已经无地自容，您就别大发善心来刺伤我的自尊心了。""万事通"将信封还给他。

"大夫，又不止您一个，"莫拉莱斯探长说，"全世界受骗上当的人多得是。"

"您居然把我归到一大堆白痴的行列中来安慰我。我自以为是太师级人物，到头来却是个乳臭未干的小毛孩。""万事通"说。

"您坐，我还想接着跟您诉说爱情的烦恼呢！"莫拉莱斯探长想转移他的注意力。

"把您的烦恼说给风听吧！我的脑袋瓜子实在给不了情感方面的建议。""万事通"说，"不好意思，我急着出门。您的房间在楼上，全都准备好了。您要是觉得热，就开电扇。"

莫拉莱斯探长顿时惊慌，叮嘱道：

"别去法老赌场，他们会让您输得一干二净。"

"您放心,我去办公室,有件急事需要处理。""万事通"说,"您都听到了,没搜查到我头上。"

他叫鲍勃·艾斯庞哈打开车库门,不一会儿,皮卡的马达声响彻整栋屋子,之后车渐渐驶远。

鲍勃·艾斯庞哈又出现在回廊,匆匆来到莫拉莱斯身旁。

"这时候,办公室没有事情需要处理,我最好跟去看一眼。"他张口结巴,急得要命,后来才说出话。

"你做得很对。"莫拉莱斯探长问,"我给你钱,打车去?"

"我骑脚踏车去,骑车更快。"鲍勃·艾斯庞哈回答。

"等你回来,不管我有没有睡着,告诉我情况。"莫拉莱斯探长嘱咐道。

牢笼里只剩下他一个人。他就像一头爱好和平的困兽在回廊里走来走去。他进诊疗室,看搁板上古老的妇科学和产科学书籍,不少是法语的,还有候诊室里多年前被人翻烂了的杂志。鲍勃·艾斯庞哈已经打开了帆布折叠床,莫拉莱斯探长不想上楼去找自己的房间,人也不困。

他从口袋里掏出马塞拉给他的小纸条,上面有她的电子邮箱和电话号码,他陷入沉思。这时候,她应该到迈阿密了。不过,贸贸然给她打电话太冒险,也不明智。

"爱情本来就会让人不明智,"迪克逊大人说,"别拘泥于小节。"

他走到电脑旁,按了边上的一个按钮唤醒屏幕。堂娜索菲亚很久以前帮他创建过一个雅虎邮箱,他几乎没怎么用,从一开始就充斥着广告垃圾邮件。他输入邮箱密码 Artemio(阿特米奥),将小纸条上马塞拉的电子邮箱填在收件人一栏,主题写的是"问候",然后就吓坏了,双手离开键盘,似乎靠近老掉牙的电脑会着火。

"同志,鼓起勇气,"迪克逊大人说,"不过,千万别用堂娜芳妮的怒火中烧体。"

他终于痛下决心，小心翼翼地去敲每个字母，似乎正拄着手杖在爬陡峭的楼梯。

> 尊敬的马塞拉：
>
> 我想您已经平安到达目的地，希望您一切都好，很高兴能与您合作。
>
> 祝好！
>
> 多洛雷斯·莫拉莱斯

"这也太谨慎了。"迪克逊大人说，"我劝您用词谨慎，也没让您谨慎到这个地步。"

他点击"发送"，似乎闯了个大祸，不想看到后果，只想赶紧逃。他逃到回廊尽头，那边就是车库。这时，传来了教堂的小铃铛声。

他小心翼翼地走过去，打开新邮件：

> 我刚到酒店。您是我的守护天使，再次感谢您为我做的一切。我很爱您。

"她是用 iPhone 发的。"迪克逊大人说，"人应该已经躺在床上。这是黄金时机，再好不过，千万别浪费了。"

莫拉莱斯探长又写：

> 我到现在一直没睡，想知道您已平安到达，远离各种威胁。我也非常爱您。

这次，等了一会儿才收到回复，小铃铛终于响起。

> 谢谢您的关心。托米去接的我，出机场时，我对他说，了解您之后，我发现您是一位真正的保护神，就像我的父亲，我正好没有父亲。托米是我朋友，上大学时认识的，人非常好，

在迈阿密做金融咨询师。我能跟您说点悄悄话吗？我喜欢过他，现在依然喜欢，可是因为我的遭遇，觉得跟他恋爱有点荒唐。我们一起去吃的晚饭，我都告诉他了。他非常理解，表示站在我这边，支持我。也许，日子长了，我们会建立恋爱关系，谁知道呢？目前，他只是个"普通朋友"。真正让我担心的是妈妈。您为我做了这么多，我不能再把我的烦恼压到您身上。祝您晚安。

"哎哟，'万事通'真知灼见，继父理论一语成谶。"迪克逊大人说。

莫拉莱斯探长删掉所有邮件，每次点击鼠标就像把文字扔进万丈深渊。之后，他关上电脑。电脑在彻底认输前苟延残喘了几声。

"我是个彻头彻尾的大傻子，从哪个角度看都是大傻子。"他从雄鹰展翅高飞的椅子上站起来，说道。

"您只是一时昏了头，谁叫生活困难重重却又索然无味呢？"迪克逊大人说。

"你刚刚不是还怂恿我给她发邮件吗？"莫拉莱斯探长气不打一处来，"火是你点的，你又不承认。"

"要是有一天，马塞拉想写本书，说说这件事，因为清教徒美国佬特别爱看描写罪恶的文学作品，没准这些来往邮件会被收入其中。"迪克逊大人说。

"你真这么觉得？"莫拉莱斯探长害怕地问。

"连拍电影都有可能，"迪克逊大人回答，"要是找您扮演自己，一点也不奇怪。"

"你去啃臭狗屎吧！"莫拉莱斯探长说。

"我觉得这本小说里，这个不雅的词汇已经被用了太多回。"迪克逊大人说。

传来脚踏车的链条声，说明鲍勃·艾斯庞哈即将出现。瞧他的脸色，不是什么好消息。他连车把都没松开，试了好几回，就是说不出话，最后好不容易冲破障碍，蹦出话来：

"他开了笼子锁。"

"什么笼子？"莫拉莱斯探长问。

"标志他戒酒的铁笼子。"迪克逊大人回答。

"锁着老伯威酒的铁笼子。"鲍勃·艾斯庞哈回答，"钥匙在堂娜索菲亚手里，他把锁撬开了。"

"现在，他会死于肝硬化。"迪克逊大人说。

"他喝了一整瓶？"莫拉莱斯探长问。

"喝得一滴不剩，"鲍勃·艾斯庞哈回答，"还叫我好儿子，抱着我哭，让我去买更多的酒。"

"这时候还能买到威士忌？"莫拉莱斯探长问。

"我给他买了三瓶小马朗姆酒。"鲍勃·艾斯庞哈回答。

"够了，能撑到天亮。"迪克逊大人说。

"你就把他一个人留下，让他关起门来喝闷酒？"莫拉莱斯探长问。

"是您让我回来报告的，"鲍勃·艾斯庞哈回答，"我这就回去，免得他乱跑。"

"尼日利亚人骗光了他的钱，他哪儿有钱去酒馆喝酒？"莫拉莱斯探长问。

"他打开保险箱，把钱全拿走了，"鲍勃·艾斯庞哈回答，"也就三千科多巴，还有昨天晚上打牌从中国人那里赢来的金表。"

"三千科多巴连两天都撑不过去，"莫拉莱斯探长说，"那块金表肯定是假的。"

"就是马口铁表。"迪克逊大人说，"很快他就会酗酒，睡到大街上，大小便失禁。"

"必须通知嬷嬷。"莫拉莱斯探长说。

"跟嬷嬷说也没用,以前发生过这种事,他会用最难听的话骂嬷嬷。"鲍勃·艾斯庞哈说。

"我把自己关在这儿干什么?"莫拉莱斯探长看看周围,问。

"这儿总比齐博特的牢房强,"迪克逊大人回答,"这点您可以保证。"

后记:9 月 3 日,星期五

天色在朦胧起来，
乌鸦都飞回到昏暗的林中……

威廉·莎士比亚
《麦克白》第三幕第二场

已无人为我哭泣

9月3日星期五上午,多洛雷斯·莫拉莱斯探长将两只银行信封塞进了都市中心①走道尼加拉瓜癌症儿童救助委员会的募捐箱。信封里装着米盖尔·索托让他去找马塞拉的预付款。除去在调查过程中必要的花费,剩下的钱被他悉数捐出。几分钟后,他被跟踪的便衣逮捕。

自从探长住进"万事通"被栅栏围得像铁桶似的家里,堂娜索菲亚常去看他,送东西、做饭、打扫卫生,最重要的是给他做伴,拼命打发时间,聊些无关紧要的话题,或是找些平常她很厌恶的消遣方式,比如打牌,各种门道很快被她摸清。没有人知道"万事通"的下落,连鲍勃·艾斯庞哈都找不到他。

然而,过了些日子,莫拉莱斯探长越来越无法忍受足不出户的生活方式,无论堂娜索菲亚如何坚决反对,他非要出门,借口是索托的钱太烫手,得赶紧脱手,他找到脱手的好办法了。一次,他跟踪瘦骷髅店短笛手的老婆,跟到都市中心美食广场,情人在那儿等她共进午餐。莫拉莱斯探长等他们吃完饭出来,偷拍了张合影后,

①　都市中心,一家位于马那瓜的大型连锁商业中心,隶属于萨尔瓦多罗夫莱集团,该集团在中美洲、加勒比海及南美各国开设了多家大型商业中心。

看到了那些募捐箱。当天守着募捐箱的是拉马斯克塔医院患白血病的孩子，头发全掉光了，因为那天是国际儿童癌症日。

迪克逊大人的看法是，莫拉莱斯探长认为"肥肥"手里有更重要的案子，没工夫盯他，完全是身为私家侦探专业水平倒退并盲目自信的表现。他想错了。"肥肥"的手下一直在不折不扣地执行命令，死盯着由他本人在马那瓜地图上圈出的几个重要地点，其中包括神堂。负责监视神堂的警察见堂娜索菲亚出门，骑着摩托，一直跟到莱斯卡诺阁下区围着铁栅栏的房子。尽管堂娜索菲亚为保险起见随意换了好几辆公交车，也没能甩掉身后的尾巴。

后来，他们派去了一队警察，谎称是卫生小分队，进门喷灭蚊药水，查明了这里就是莫拉莱斯探长的藏身之处。他总不会在里头待一辈子，那就跟他玩一会儿，等到公共场合再实施抓捕。

堂娜索菲亚无奈，只好松口，条件是自己必须远远地跟着。于是，他俩一前一后出门，在综合医院前上了两辆出租车，到达都市中心后，她还是远远地跟在后头。两人假意欣赏橱窗，直到莫拉莱斯探长走到第一只募捐箱前。募捐箱摆在暇步士休闲鞋与服饰的商铺门口，旁边就是特价鞋展台。

堂娜索菲亚见他被人团团围住，跑去救援，被一名警察紧紧地抓住手腕，推开，撞在特价鞋展台上，鞋子散落得遍地都是。

走道上的人不说话，只是默默地观望。警察夺走莫拉莱斯探长的手杖，搜身缴枪，掏空口袋，把人铐走，塞进都市中心东门前一辆没挂牌照、没熄火的象牙白韩国现代车里。

穿着条纹T恤、海军蓝裤子的法哈多中尉走到堂娜索菲亚身旁，对她说：

"夫人，您放心，这事儿跟您没关系。我们只想查一查他的私家侦探执照有没有问题。"

堂娜索菲亚仔细瞅了瞅，瞅出他在撒谎。法哈多中尉是个神情坚定的年轻人，眼珠淡黄色，像猫，眼神里跳动着揶揄的火花。

"为什么给他戴手铐？"堂娜索菲亚提出抗议，"这是对游击队战士的侮辱。"

"我们看过他的履历，革命感谢他所做的一切。"法哈多中尉微笑着回答，"戴手铐是规定，我不能违反。"

"那我呢？您知道我是谁吗？"堂娜索菲亚大叫，她想走出鞋子堆，不踩着任何一只鞋，"我是烈士的母亲。"

"谨代表长官向您道歉，伤害您纯属无意。"法哈多中尉说，"您回家吧，要么在这儿逛逛，随您的便。没人找您麻烦。"

他假模假样地给她敬了个军礼，往门口走，上了第二辆象牙白韩国现代，它停在塞进莫拉莱斯探长的那辆后面。两辆车同时开动。

堂娜索菲亚站在走道上，不知该如何是好。暇步士售货员出来收拾鞋子，责备地看着她。

最后，她决定打车去神堂。到了那儿，发现食客们吵吵嚷嚷地聚在大门前的人行道上，大门开着，厨娘也站在外头，似乎刚刚发生了一场地震。布丽希达告诉她，移民局派来一队女警，把乌苏拉嬷嬷押到机场去了，连行李都不让收拾。嬷嬷什么也没带，被遣返回美国。

"柏皮斯"瞪着无神的双眼，突然放声哀号，"巫婆"搂着她安慰，她才渐渐安静下来。"巫婆"连声痛骂"魔术师约翰逊"：这个胆小鬼见一队为防止群情激奋而来的"机器战警"护送着移民局女警前来，像兔子似的撒腿就跑。这么多人，就出了他一个没胆儿的，其他人谁也没跑。嬷嬷被一边一个女警押着往停在垃圾堆边上的小巴走去时，大家鼓掌送别。前面还有个女警开道，"巫婆"正在笑话她，说她制服绷得那么紧，眼看就要绽线，露出白花花的大屁股。

堂娜索菲亚顿时心如死灰，似乎在世上唯一的奢望便是找张床，关上灯，在黑暗中沉沉睡去。

她要是知道奥威迪奥和阿波罗尼奥的遭遇心更会凉透。他俩听说 RD 美发廊被砸，担心随时有人找到埃尔梅琳达家抓人，就跟蛇头交易，当天凌晨，和一群非法移民越过边境，偷渡到哥斯达黎加去了。

堂娜索菲亚实在没办法，只好去找努涅斯博士，亲口告诉她发生的事。至少，尼加拉瓜人权中心可以提出公诉。她掏出零钱包，发现剩下的钱连坐公交车都不够，只好顶着毒辣的日头，从东方市场出发，步行到卡门区，路上起码要花一个小时。她强忍着泪，沿着九月十五日街往南走去。

与此同时，两辆韩国现代并没有像莫拉莱斯探长以为的那样开往提斯卡帕山，开进齐博特的大门，而是走马萨亚公路，开到中美洲转盘，将拉塞尔中学甩在身后，往郊区驶去。

快到南方公路连接点前，轿车拐向一栋贴着酒瓶绿色玻璃幕墙的楼房。大门开了，轿车驶下斜坡，进入地下车库。

私人电梯门开着，正在等候。他们把莫拉莱斯探长推进去，只留下法哈多中尉一个人看守。电梯很快到达那只光线暗淡的鱼缸，戴着蝶翅状眼镜的秘书手握荧光笔，正在查看一些文件，见他们往索托办公室走，只是微微抬头。

"肥肥"穿着总警长制服候在门口。法哈多中尉向他敬礼，请求退下。之后，"肥肥"向莫拉莱斯探长微微颔首致意，请他进门。

栎树大门刚在身后关上，莫拉莱斯探长就感觉有人扑上来揍他，他一闪，那拳落了空。可就这么一闪，因为戴着手铐，他差点摔倒，被"肥肥"一把扶住。面前站的是穿着鼠灰色西装、戴着墨镜、又扮回到"特工史密斯"的小曼努埃尔，摆出要继续揍他的架势。

"农艺师，管管您侄子，""肥肥"说，"别让他胡闹。"

这时，莫拉莱斯探长才看见索托。他穿着双排扣西装，打着一丝不苟的条纹领带，坐在细木镶嵌工艺的办公桌后，背后是一只古铜色的眼睛，惊恐地睁大，这些眼睛他见过。

"小曼努埃尔，冷静，动粗解决不了问题。"索托声音温和。

"特工史密斯"很不高兴地在沙发上坐下。

"我把人带来了，""肥肥"说，"只想让他来跟您告个别。"

索托很冷静，一双粗手的指甲精心修剪过。他的手张开，放在办公桌上说：

"当众捏造我是强奸犯对你没有任何好处。"

"完败一场。""肥肥"笑了，"胡说八道，任何一个神智健全的人都不会当真。"

"叔叔，告诉他，您刚被中美洲企业家联合会选为年度企业家。气死他！"小曼努埃尔说。

"我不想起诉你，告你造谣诽谤、恶意中伤，"索托又说，"这样做对我没什么好处。警长告诉我，你把装着预付款的两个信封投进了尼加拉瓜癌症儿童救助委员会的募捐箱。恭喜你，做得好！"

"无证经营私家侦探社，侵犯他人隐私——从你办公室吊顶搜出的照片和存储卡就是物证，非法持械，""肥肥"说，"加起来够你坐五六年的牢。不过，我们也不想起诉你。"

"那就帮我解开手铐，手都弄伤了。"莫拉莱斯探长说。

"嘴巴长在你身上，你随便说！"小曼努埃尔坐在沙发上笑话他。

"你得出门旅行，要铐着走，简直以赏代罚。""肥肥"说。

"我也得出门旅行，去休斯敦，已经晚了。咱们走，曼努埃尔。"索托说。侄子赶紧跟上，往楼梯走，去天台，直升机在那儿等着。

"我也告辞。""肥肥"说,"说真的,写你的文字太夸张。"

"写你的文字一点也不夸张。"莫拉莱斯探长说,"这撮白毛倒是挺有吸引力的,只是这张脸,跟文字描述得一模一样。"

"别为我担心,上床关灯,统统搞定。""肥肥"说,"女人们看不见我,一样享受。"

"我能知道要把我带到哪儿去吗?"莫拉莱斯探长问。

"到了那儿,自己查。""肥肥"回答,"革命有时候对你这种人实在太好。要是我做主,一定把你关到牢里,好好让你吃点苦头。"

"有钱人高高在上,为奴者无以果腹……"莫拉莱斯探长环视办公室,说,"革命真美好。"

"肥肥"正想回答,直升机开始起飞,嗡嗡的螺旋桨声笼罩了整间办公室。

"革命选中哪些人做盟友,轮不到你我评判。""肥肥"等直升机飞远,说道。

"不是我评判,是我这条铁腿在想。"莫拉莱斯探长说。

"我就说,你怎么还没提你是游击队员,在战场上负过伤呢?""肥肥"戴上总警长那装饰着月桂叶的帽子,"庆功宴上人太多,不是你的错,也不是我的错,我们能怎么办?"

"你还能讨点残羹剩饭。"莫拉莱斯探长说。

"你的愤怒,我能理解。你输了,玩完儿了。""肥肥"说,"为了表示我的诚意,我已经下令把手杖还给你,手机也还给你,到了新地方,总能用得着,还有身份证,也还给你。"

他推开栎树大门走了。不一会儿,门又开了,军士带着身穿国家警察制服、手持 AK 折叠式步枪的押送小队进门。

犯人被押往电梯,这回,女秘书连头都没抬。到了地下车库,他们把他押上皮卡的后车厢,"兰博"和"黑美洲鹫王"戴着手铐,已经在后车厢里。"兰博"见到他,满心欢喜;"黑美洲鹫王"的斜眼已经对正,昂首望天。

"他们不由分说把我往水池里按。不过头儿,我啥也没招。""兰博"对他耳语。

皮卡开往北方公路,埃莫赫内斯王冠已失,威严犹存,告诉他们:目的地是拉斯玛诺思边境,三人要被流放到洪都拉斯。

这是他最后一次开口,接下来一路无言,黯然神伤。也许,他不想再让人看见他缺了几颗牙。金牙全没了,说他走私,审得还挺凶。他好几次用表情示意,请押送人员停车,想下车方便,探长和"兰博"趁机一起方便。双手铐着解手实属不易。

皮卡驶过奥科塔尔城,离边境越来越近,公路在山间盘旋。一开始,山上还密密地覆盖着松树,后来全都光秃秃的,只有刚发出的几根新枝拼命地想在沙地上扎根。细细的树干被电锯放倒,躺在斜坡上,只留下短短的一截树根,等着哪天被连根拔起,提取树脂。暮霭中,只见远处的山坡上,松树又重新长成了片,凉风吹来阵阵松香,飘进皮卡的后车厢。

其中一座光秃秃的山头上已经竖起了一棵紫红色的金属树,一队操作人员正在用起重机竖起另一棵雀黄色的金属树。看地面,还有两棵树等着要固定到钢筋混凝土的基座上去,一棵祖母绿,另一棵龙胆紫。很快,那里会出现一片金钟柏树林,枝干立着,风吹不倒。

停在公路边、绵延数公里的载重卡车预示着即将到达边境口岸。口岸建在迪皮尔托山脉峡谷,两边是乱石嶙峋的山峰,架着好多天线。

到了拉斯玛诺思,移民支队长引着三名囚犯往国境线走去,步行过关的旅人、流动商贩、边防警和办手续的工作人员,各色人等来往穿梭。支队长亲自替他们解开手铐,让他们迈过国境线,交给一位洪都拉斯上校。上校是个身材魁梧、眼睛狭长的黑白混血。

上校带他们去军营的一个小房间做例行询问。他坐在一台打字机前，是宽轴打财务报表的那种，左手食指敲键盘，右手夹一根帝国牌香烟，烟在自燃，他忘了拿到嘴边来吸。

莫拉莱斯探长排在最后一个，等待时无聊地去看放在墙壁搁板上的小电视机。电视里正在播放尼加拉瓜八台，信号不好。可是，当晚间新闻主播预报接下来将播放独家画面时，他毫不费力地认出屏幕上的人正是索托夫妇。索托穿着白裤子，金属扣运动外套，海军上校款；堂娜安赫拉永远拿着手袋，似乎要上街购物，脖子上系着印花薄软绸丝巾。

取景地还是在《你好！》杂志那组照片的客厅。索托夫妇坐在金色镶边、胭脂红面的沙发上，脚边卧着一只真实大小的瓷制牧羊犬。布景师们恐怕都归莫妮卡·马利塔诺指挥，她又官复原职，负责公关去了。他们在那套彰显家居和谐的摆设中，增添了一束黄边红冠赫蕉，插在一只中国瓷瓶里，放在左手边的显著位置。

堂娜安赫拉开始讲话，她字斟句酌，索托频频点头，夫妇俩似乎深感愧疚。她代表自己和丈夫求马塞拉回家。身为母亲，她知道女儿被人利用了，有人想败坏她丈夫的好名声，无耻地在女儿身上耍手段，拿她当牺牲品。不过，这些都是过去的事了。回来吧，我的女儿，这儿是你的家，我们是你的父母。堂娜安赫拉以此为结束语，镜头拉近到她化过妆的脸上，贴得太近，妆容近乎裂开，凸显出她枯黄色的头发。

这时，上校叫莫拉莱斯探长，问了他几个常规问题，最后宣布他们仨已经恢复自由身，可以持身份证在洪都拉斯境内自由通行。只要不参与任何犯罪活动或政治活动，共和国宪法政府同意他们居留。

外面飘起了毛毛细雨，雨雾中，灯都亮了，国境线两边的活动渐止。有个大腹便便的胖子在等埃莫赫内斯,看上去像个有钱的牧场主,牛仔帽、宽皮带、牛仔靴、格子衬衫。他们互相拥抱,上了胖子的银色越野车。

"埃莫赫内斯同志应该使了点小钱,免得内急时被尿憋死。""兰博"冻得发抖,"这个恐怕是他在洪都拉斯的合伙人。"

"他们应该是去特古西加尔巴了,"莫拉莱斯探长用手杖指了指消失在拐弯处的越野车,"都不问我们一句要不要搭车。"

"干吗要搭车?""兰博"问,"头儿,您在特古西加尔巴有熟人?"

"那儿我谁都不认识。"莫拉莱斯探长回答。

"那我建议,咱们步行到埃尔帕拉伊索,反正离这儿不远,找个地方睡觉。等明天早上醒了,看能不能打个零工,""兰博"说,"再接着往前走。"

"还走? 去哪儿?"莫拉莱斯探长问。

"头儿,像湿背人①那样去美国呀!""兰博"说,"第一步先到危地马拉,过苏恰特河。"

"游过去?"莫拉莱斯探长问。

"有向导,可以带人从最浅的河段蹚过去。""兰博"回答,"然后,咱们去坐那种在电视上看到的、被称为'野兽'的火车,穿过墨西哥全境。"

"笑死人了,坐头等座。"莫拉莱斯探长说。

"那倒不至于,头儿,都是趴在火车顶上,好心的夫人会从底下车厢扔吃的上来,""兰博"说,"免得上头人饿死。"

"塞拉芬,你想得美!"莫拉莱斯探长说,"咱们在路上就会被

---

① 湿背人,含贬义,指非法入境的劳工,特别指非法入境美国的墨西哥人,因为以前他们需要游过格兰德河才能到达美国,故得此名。

洛斯塞塔斯①黑帮分子生吞活剥了。"

这时，装在探长裤子前兜里的手机响了，是那种老式电话的铃声。他的手机铃音都是芳妮帮他设置的。在毒品调查局工作那会儿，他用的是圣诞歌曲《铃儿响叮当》，附带雪橇前行的背景音。

是堂娜索菲亚打来的，她尽量变着声问：

"堂娜比尔马人权中心的人去问警察局公关部，他们说已经把您放了。您在哪儿？"

"我被驱逐到了洪都拉斯。"莫拉莱斯探长回答，"你正常说话，都这时候了，还装，一点用没有。"

"太过分了，这都什么年代了，还发生这种事！"堂娜索菲亚义愤填膺。

"想说什么快点说。我听不太清楚，电话说断就断。"莫拉莱斯探长说。

"那是因为尼加拉瓜的信号，这儿基本接收不到。""兰博"说。

"是芳妮，她被送进了综合健康医院。"堂娜索菲亚说。

"她怎么了？"莫拉莱斯探长从"兰博"身边走开，惊恐地问，"出车祸了？"

"拍了几张片子，"堂娜索菲亚回答，"她的病转移到一侧肺了。"

"医生怎么说？"莫拉莱斯探长惊恐万分，将手机紧紧地贴着耳朵。

"他们说，可能还转移到了骨头。"堂娜索菲亚顿了一下回答，"不过，结果明天才出来，明天要给她做核磁共振。"

手机果然哑了，再也听不到声音。

---

① 洛斯塞塔斯，此前是墨西哥最猖狂的贩毒集团——"海湾集团"的军事力量，现为独立犯罪团伙，在墨西哥无法无天，无恶不作。

"瞧您的脸色,头儿,一定是坏消息。""兰博"走过来说。

"我要回尼加拉瓜。"莫拉莱斯探长看着手中失去信号的手机说。

"什么时候走?""兰博"问。

"天蒙蒙亮就走,好看清该走哪条路。"莫拉莱斯探长回答。

"我跟您回去,就这么定了。""兰博"说。

"塞拉芬,你总是这么不负责任,简直不靠谱。"莫拉莱斯探长感激地看着他。

"净说别人,自己也好不到哪里去。""兰博"笑着问答。

"咱们先歇会儿,哪怕靠着那些轮胎也行。"莫拉莱斯探长说。

"您回去,没别的,一定是为了女人。""兰博"说。他们往停车场走,司机们在集装箱下面挂着吊床,舒舒服服地躺着过夜。

"你说得没错,"莫拉莱斯探长回答,"我回去,就是为了一个女人。"

"头儿,不是为了瘦姑娘吧?""兰博"问。

"她都去迈阿密了,"莫拉莱斯探长往地上一坐,靠着车轮,叹了口气,"那是做白日梦。"

"其实最好别碰她,""兰博"也坐下,"小骨头细得很,一扯全碎了。"

"同志,瞧您这个情感顾问当的!"迪克逊大人说。

"塞拉芬,你尽往歪里想。"莫拉莱斯探长说。

"头儿,我不知道什么叫'歪',""兰博"说,"听起来很棒。瞧我饿成这样,什么歪的东西我都想吃。"

"探长,'肥肥'不会欢迎您。"迪克逊大人说。

"我得提醒你,塞拉芬,现在,他们才真的不会让我们有好日子过。"莫拉莱斯探长说。

"都把我折磨成那样了,还能怎样?只能要命一条。""兰博"说。

"咱们得东躲西藏，居无定所。"莫拉莱斯探长说。

"推荐您东方市场。您见识过，我对它了如指掌，是个藏身的好地方。""兰博"说。

"我都能看见自己在那儿调查盗窃案、商家欺诈案了。"莫拉莱斯探长笑言道，笑声变成悲凉的呼噜声。

"那儿也有好多女店主勾搭别人老公，"塞拉芬说，"她们胖归胖，可还是很想快活的。"

"这将是全球首家地下经营的私家侦探社。"迪克逊大人说。

马那瓜／马萨特佩／马萨帕

2013 年 1 月至 2017 年 5 月

21 世纪年度最佳外国小说书目
（2001—2019）

2001 年：

1. 要短句，亲爱的　〔法〕彼埃蕾特·弗勒蒂奥 著

2. 雷曼先生　〔德〕斯文·雷根纳 著

3. 天空的皮肤　〔墨西哥〕埃莱娜·波尼亚托夫斯卡 著

4. 无望的逃离　〔俄罗斯〕尤·波里亚科夫 著

5. 饭店世界　〔英〕阿莉·史密斯 著

6. 凯恩河　〔美〕拉丽塔·塔德米 著

2002 年：

7. 老谋深算　〔美〕安妮·普鲁克斯* 著

8. 间谍　〔英〕迈克尔·弗莱恩 著

9. 尘世的爱神　〔德〕汉斯-乌尔里希·特莱希尔 著

10. 幸福得如同上帝在法国　〔法〕马尔克·杜甘 著

11. 黑炸药先生　〔俄罗斯〕亚·普罗哈诺夫 著

12. 蜂王飞翔　〔阿根廷〕托马斯·埃洛伊 著

---

* 即安妮·普鲁。

33.病魔　〔委内瑞拉〕阿尔贝托·巴雷拉　著

34.希腊激情　〔智利〕罗伯托·安布埃罗　著

35.萨尼卡　〔俄罗斯〕扎·普里列平　著

36.乌拉尼亚　〔法〕勒克莱齐奥　著

37.皇帝的孩子　〔美〕克莱尔·梅苏德　著

2008 年(本年起,以评选时间标志年度):

38.太阳来的十秒钟　〔英〕拉塞尔·塞林·琼斯　著

39.别了,那道风景　〔澳大利亚〕亚历克斯·米勒　著

40.优美的安娜贝尔·李　寒彻颤栗早逝去

　　〔日〕大江健三郎　著

41.大师之死　〔法〕皮埃尔-让·雷米　著

42.午间女人　〔德〕尤莉娅·弗兰克　著

43.情系撒哈拉　〔西班牙〕路易斯·莱安特　著

44.曲终人散　〔美〕约书亚·弗里斯　著

45.我脸上的秘密　〔爱尔兰〕凯伦·阿迪夫　著

2009 年:

46.恋爱中的男人　〔德〕马丁·瓦尔泽　著

47.卖梦人　〔巴西〕奥古斯托·库里　著

48.秘密手稿　〔爱尔兰〕塞巴斯蒂安·巴里　著

49.天扰　〔加拿大〕丽芙卡·戈臣　著

50.悠悠岁月　〔法〕安妮·埃尔诺　著

51.图书管理员　〔俄罗斯〕米哈伊尔·叶里扎罗夫　著

2010 年:

52.转吧,这伟大的世界　〔美〕科伦·麦凯恩　著

2017 年：

2018—2019 年：

（带★者为"邹韬奋年度外国小说奖"获奖作品）